百年乡愁

中国乡土小说经典大系 ⑱

张丽军 主编

受 戒
——当代江苏乡土小说

山东城市出版传媒集团·济南出版社

图书在版编目（CIP）数据

受戒：当代江苏乡土小说 / 张丽军主编 . —济南：济南出版社，2023.6

（百年乡愁：中国乡土小说经典大系）

ISBN 978-7-5488-5726-6

Ⅰ . ①受… Ⅱ . ①张… Ⅲ . ①乡土小说 – 小说集 – 中国 – 当代 Ⅳ . ① I247.7

中国国家版本馆 CIP 数据核字（2023）第 107325 号

受戒——当代江苏乡土小说

SHOU JIE

张丽军 / 主编

出 版 人	田俊林
责任编辑	刘召燕　胡雨薇
装帧设计	郝雨笙　张　倩
出版发行	济南出版社
地　　址	山东省济南市二环南路 1 号（250002）
编辑热线	0531-86131722
发行热线	0531-86116641　87036959　67817923
印　　刷	济南龙玺印刷有限公司
版　　次	2023 年 6 月第 1 版
印　　次	2023 年 7 月第 1 次印刷
成品尺寸	145 毫米 ×210 毫米　32 开
印　　张	9.25
字　　数	191 千
定　　价	58.00 元

（济南版图书，如有印装质量问题，请与出版社出版部联系调换。电话：0531-86131736）

编委会

主　编　张丽军
副主编　田振华
编　委（以姓氏笔画为序）

丁　帆　马　兵　王方晨　王光东　王延辉　田振华
付秀莹　丛新强　刘玉栋　刘醒龙　李　勇　李云雷
李君君　李掖平　吴义勤　何　平　张　炜　张丽军
陈文东　陈继会　赵月斌　赵德发　贺仲明　徐　勇
徐则臣　蒋述卓

总　序

记录百年中国乡愁　传承千年根性文化

　　面对急剧迅猛的乡土中国城市化、现代化、高科技化浪潮，我们惊讶地发现，曾被认为千年不变、"帝力于我何有哉"的中国乡村根性文化正面临着从根源深处的整体性危机。"谁人故乡不沦陷？"千百年来，孕育和滋养乡土中国文化、文明的乡村及其根性文化正以某种加速度的方式消逝，甚至被连根拔起。这不仅是乡土中国城市化、现代化的问题，而且是一个全球化、人类性的整体危机。早在20世纪60年代，法国社会学家孟德拉斯就提出，在工业文明入口处，数十亿农民向何处去的问题。而在1948年，中国学者费孝通就在《乡土重建》中提出传统的乡土社会所面临的现代性失血危机，进而提出了"乡土重建"的深邃思考。显然，在21世纪的今天，思考乡村、乡土、农业、农民乃至整体性人类向何处去的问题，显得无比重要而迫切。

作为一个从事乡土文学研究二十多年的研究者，我在苦苦思考：中国乡土文学向何处去？乡土中国社会向何处去？乡土中国农民向何处去？新时代乡村如何振兴？……苦苦思考之后，我突然意识到，既然看不清去处，何不回顾自己的来路？未来的道路，并不是冥思苦想来的，而是从过去的来路而来。历史的来路，决定了我们未来的去处，即未来的去处正蕴藏在历史来路之中。这让我重新思考百年中国乡土文学，重新回顾晚清以来中国仁人志士的文化选择和文学审美思考，乃至从更远的历史、文学中寻找智慧和启示。正是在这样一种文化思考中，我与济南出版社不谋而合，立志从众多乡土中国文学中选编一套"中国乡土小说经典大系"，来为21世纪的新一代中国青年提供一个关于百年乡土中国心灵史的文学路线图，慰藉那些因完整意义的乡土中国乡村消逝而无从获得纯粹乡土中国体验的21世纪中国读者。此外，从中汲取智慧和灵感推进新时代中国乡村振兴，也是本套丛书的应有之义。简单归纳之，《百年乡愁：中国乡土小说经典大系》（以下简称"大系"）具有以下特点：

一是强烈的经典意识。文学、文化的传承与经典的建构是由一个个经典化的环节与步骤完成的。从古代文学的"选本"，到20世纪中国新文学大系，在中国文学经典化中，"选本"文化起到了某种极为重要的，乃至核心的作用，为经典化提供了不同时代不断接续的核心动力源。本套"大系"选编了现当代文学史中具有重要影响的作家作品，力图使"大系"具有乡土中国现代化思想史的重要功能，展现中华民族的百年心灵史。

二是浓郁的地方气息。乡土文学是最接地气的文学，是"土气息、泥滋味"的文学，是由不同地域文化包孕、滋养的文学，又是最能显现和表达乡土中国各个地方独特文化的审美形态的文学。本套"大系"就是百年中国各地民俗文化最大、最美、最迷人的表达。齐鲁、燕赵、三秦、三晋、江南、东北、西北、岭南等不同地域的文化，在本套"大系"中得到了较完整的展现。从这个意义上而言，本套"大系"既是一部百年中国民俗文化史，也是一部最精彩的地方文化志。

三是典雅的审美意识。文学是审美的艺术。言之无文，行而不远。文学性、审美性是文学的自然属性。文学应该是美的，是诗，是生命舒展的自由吟唱。正是在这个审美维度上，我们来选编百年乡土中国小说，让读者、研究者在美的文字诗意流动中获得对千年中国乡村根性文化之美的感悟，从而思考人与自然、人与大地、人与世界的精神建构问题。因此，本套"大系"是"乡土中国最后的抒情诗"，是千年乡土中国根性文化的当代吟唱，是具有深厚乡土生命体验的文化乡愁。

乡愁是感伤的，是一种甜蜜优美的感伤。不是每个人都有乡愁的。乡愁是一种深厚的文化情怀，是对大地、故乡、世界的一种深刻的生命眷恋。而《百年乡愁：中国乡土小说经典大系》就是让我们这些具有乡土中国完整经验的最后一代人，以文化传承的方式，把这种纯粹、完整、具有审美意义的文化乡愁，传递给21世纪中国青年，乃至未来的中国青年。我们曾有过这样一种乡土生活，这样一种乡土中国乡村根性文化——这就是我们的文化根基、我们的精神基因，它蕴含未来的路径和种种可能性。

我们常言，越是民族的，就越是世界的。而我想说的是，越是地方的，越是中国的，也越是世界的。中华文化是一个整体，是由一个个具有地方文化特性的地域文化组成的，是千百年来文化交融凝聚而成的。地方性文化的丰富和多样，恰恰是中华文化的活力与魅力所在。《百年乡愁：中国乡土小说经典大系》就具有鲜明的、浓郁的地方性文化特征，不同地域的读者不仅可以从中读到自己家乡的影子，而且可以由一个个乡土文化而建立起丰富、感性、美美与共的中华文化世界。

本套"大系"适合研究乡土文学文化的学者、学生阅读，也适合对中华文化、地域文化感兴趣的读者阅读。事实上，这套"大系"对于世界各国读者而言，是理解和思考千年中国根性文化、百年中国社会变迁的最佳读本，是具有世界性意义、最接中国地气、最具中国民俗文化气息的文学读本。

是为序。

张丽军

2023 年 7 月 1 日凌晨于暨南园

导 读

江苏文学可以说是中国现当代文学天空中一颗非常耀眼的明星，尤其在反映乡土、乡愁方面，涌现出了一大批优秀作家：高晓声、汪曾祺、赵本夫、苏童、范小青、鲁敏等。他们一起经历了中国社会的巨变，一起见证了中国文学的繁荣兴盛。在这个过程中，他们带着特有的勇于探索、敢于创新的巨大文学活力，以各自的方式回应着时代的变化，塑造出了一些反映时代转折的节点式人物。

高晓声对乡土中国的书写独树一帜。他的《李顺大造屋》以及"陈奂生系列"等是非常著名的乡土小说。他的语言质朴而有韵味，他能在叙述中提炼细节，表现人物的心理活动。他也常以不经意的方式传达对人物的嘲讽，同时又不失温情。在时代的变化中，他敏锐地捕捉到农民的行为、心理和思维的转变，他们勤劳、坚韧，却也逆来顺受、难移本性。

苏童是先锋文学的代表人物。他对乡土生活的刻画非常深入，他会细致、深入地书写人性的恶，如《1934年的逃亡》《罂粟之家》。可以说，透过他的小说，我们能看到鲁迅对人性、对民族、对国民性书写传统的再现，这是一种非常可贵的精神。

汪曾祺的乡土小说又是另外一种风格。他笔下的乡土生活具有一种超脱岁月的美感。就像《大淖记事》《受戒》，意境都是极美的，无论是乡村景色的绘制，还是少年少女懵懂的爱情，都美得好似一幅质朴纯洁的水墨画。然而，细细品味之后，就会发现这是一种面对工业化飞速发展、自然乡土锐减的反抗和无奈。

在一众乡土作家中，赵本夫有其独特的理解与思考。他的作品以丰富的细节和严谨的逻辑，向下挖掘人性之根，向上求索道德的自我完善，表达了对文明断裂的忧思，对文明重建的构想，以及对当代人精神困境的理解，拓展了中国乡土小说的文化内涵，为当代文学注入了一种生命理想主义的独特气象。

范小青是一位非常善于处理细节的作家。她笔下的乡土生活和乡土人物是很实的。在情节的处理方面，她不做大起大落的安排，而是把它转化为内心冲突，化有形于无形，就像《城乡简史》，透过一本小小的账本表现城乡生活的差异与变化。

鲁敏的小说不是以宏大叙事的野心去建构，而是从细致入微的关怀去表达。正如《颠倒的时光》，她关注生活的细节，关怀生活的低处，并能在生活的滋味里，融进暖意，让人能看到未来、看到希望。这种"人情味"，在当今作品中格外珍贵。

目录

百年乡愁：中国乡土小说经典大系

李顺大造屋 / 高晓声　001

陈奂生上城 / 高晓声　026

大淖记事 / 汪曾祺　040

受戒 / 汪曾祺　063

卖驴 / 赵本夫　087

1934年的逃亡 / 苏童　102

罂粟之家 / 苏童　155

城乡简史 / 范小青　219

颠倒的时光 / 鲁敏　239

长篇存目　278

后记　279

李顺大造屋

/// 高晓声

一

老一辈的种田人总说,吃三年薄粥,买一头黄牛。说来似乎容易,做到就很不简单了。试想,三年中连饭都舍不得吃,别的开支还能不紧缩到极点吗?何况多半还是句空话!如果本来就吃不起饭,那还有什么好节省的呢!

李顺人家从前就是这种样了。所以,在解放前,他并没有做过买牛的梦。可是,土地改革以后,却立了志愿,要用"吃三年薄粥,买一头黄牛"的精神,造三间屋。

造三间屋,究竟要吃几个"三年粥"呢?他不晓得,反正和解放前是不同了,精打细算过日子的确有得积余,因此他就有足够的信心。

那时候，李顺大二十八岁，粗黑的短发，黑红的脸膛，中长身材，背阔胸宽，俨然一座铁塔。一家四口（自己、妻子、妹妹、儿子）倒有三个劳动力，分到六亩八分好田。他觉得浑身的劲倒比天还大，一铁耙把地球锄一个对穿洞也容易，何愁造不成三间屋！他那镇定而并不机灵的眼睛，刺虎鱼般压在厚嘴唇上的端正阔大的鼻子，都显出坚强的决心；这决心是牛也拉不动的了。

别说牛，就是火车也拉不动。李顺大的爹、娘，还有一个周岁的弟弟，都是死在没有房子上的。他们本来是船户，在江南的河浜里打鱼，到处漂泊，自己也不知道祖籍在哪里。到李顺大爹手里，这只木船已经很破旧了：钉头锈出漏洞，芦篷开了天窗，经不起风浪，打不得鱼虾了。一家人改了行，有的拾荒，有的用糖换破烂，有的扒螺蛳，挣一口粥吃。一九四二年，李顺大十九岁，寒冬腊月，破船停在陈家村边河浜里。那一天，云黑风紧，李顺大带了十四岁的妹妹顺珍上岸，一个换破烂，一个拾荒。走出去十多里路。傍晚回来时，风停云灰，漫天大雪，顷刻迷路。幸亏碰着一座破庙，兄妹俩躲过一夜。天亮后赶回陈家村，破船已被大雪压沉在河浜里，爹娘和小弟冻死在一家农户大门口。原来大雪把船压沉前，他们就上岸叩门呼救，先后敲过十几家大门。怎奈兵荒马乱，盗贼如毛，他们在外面喊救命，人们还以为是强盗上了村，谁也不敢开门，结果他们活活冻死在雪地里。天没有眼睛，地没有良心，穷人受的灾，想也想不到，说也说不尽……没有房子，唉！

李顺大兄妹俩哭昏在爹娘身边，陈家村上的穷苦人无不伤心。他们把那条沉船拖上岸来，拆了一半做棺材埋葬了死人；剩下的半条，翻身底朝天，在坟边搭成一个小窝棚，让李顺大安家落户。

抗战结束，内战开始，国民党抽壮丁，谁也不肯去。保长收了壮丁捐，看中李顺大是六亲无靠的异乡人，出三石米强迫他卖了自己去当兵。他看看窝棚，窝棚上没有门，怕自己走了，妹妹被人糟蹋，就用卖身钱造了四步草屋，才揩干眼泪去扛那"七斤半"。

他怎么肯替国民党卖命！隔了三个月，一上前线就开小差溜了回来。到了明年，保长又把他买了去。前前后后，他一共把自己卖了三次。第二次的卖身钱，付了草屋的地皮钱；第三次的卖身钱，付了爹娘的坟地钱。咳，如果再把自己卖三次，钱也都会给别人搞去的。

然而还亏得有了四步草屋，总算找着了老婆。他出去当兵时，妹妹找来了一个无依无靠的讨饭姑娘同住做伴，后来就成了他的妻。一年后生了个胖小子，哪一点都不比别人的孩子差。

土改分到了田，却没有分到屋。陈家村上只有一户地主，房子造在城里，没法搬到乡下来分。李顺大只有自己想办法了。他粗粗一码算，兄妹两人两个房（妹妹以后出嫁了就让儿子住），起坐、灶头各半间，养猪、养羊、堆柴也要一间，看来一家人家，至少要三间屋。

这就是李顺大翻身以后立下的奋斗目标。

二

一个翻身的穷苦人，把造三间屋当作奋斗目标，也许眼光太短浅，志向太渺小了。但李顺大却认为，他是靠了共产党，靠了人民政府，才有这个雄心壮志，才有可能使雄心壮志变成现实。所以，他是真心诚意要跟着共产党走到底的。一直到现在，他的行动始终证明了这一点。在他看来，搞社会主义就是"楼上楼下，电灯电话"，主要也是造房子。不过，他以为，一间楼房不及二间平房合用，他宁可不要楼上要楼下。他自己也只想造平房，但又不知道造平房算不算社会主义。至于电灯，他是赞成要的。电话就用不着，他没有什么亲戚朋友，要电话做什么？给小孩子弄坏了，修起来要花钱，岂不是败家当东西吗？这些想法他都公开说出来，倒也没有人认为有什么不是。

陈家村上的种田汉，不但没有轻视他的奋斗目标，反而认为他的目标过高了。有人用了当地一句老话开头，说："'十亩三间，天下难拣'，在我们这里要造三间屋，谈何容易！"有的说："真要造得成，你也得吃半辈子苦。"有的说："解放后的世界，要容易些，怕也少不了十年积聚。"

这些话是很实在的。当时沪宁线两侧，以奔牛为界，民房的格局截然不同：奔牛以西，八成是土墙草屋；奔牛以东，十有八九是青砖瓦房。陈家村在奔牛以东百多里，全村除了李顺大，没有一家是草屋。李顺大穷虽穷，在这种环境里，倒也看惯了好房子。唉，这个老实人，还真有点好高骛远，竟想造三间砖房，谈何容易啊！

在众多的议论面前，李顺大总是笑笑说："总不比愚公移山难。"他说话的时候，厚嘴唇牵动着笨重的大鼻子，显得很吃力。因此，那说出的简单的话，给人的印象，倒是很有分量的。

从此，李顺大一家，开始了一场艰苦卓绝的战斗，它以最简单的工具进行拼命的劳动去挣得每一颗粮，用最原始的经营方式去积累每一分钱。他们每天的劳动所得是非常微小的，但他们完全懂得任何庞大都是无数微小的积累，表现出惊人的乐天而持续的勤俭精神。有时候，李顺大全家一天的劳动甚至不敷当天正常生活的开支，他们就决心再饿一点，每人每餐少吃半碗粥，把省下来的六碗看成了盈余。甚至还有这样的时候，例如连天大雨或大雪，无法劳动，完全"失业"了，他们就躺在床上不起来，一天三顿合并成两顿吃，把节约下来的一顿纳入当天的收入。烧菜粥放进几颗黄豆，就不再放油了，因为油本来是从黄豆里榨出来的；烧螺蛳放一勺饭汤，就不用酒了，因为酒也无非是米做的……常年养鸡不吃蛋；清明买一斤肉上坟祭了父母，要留到端阳脚下开秧元①才吃。

只要一有空闲，李顺大就操起祖业，挑起糖担在街坊、村头游转，把破布、报纸、旧棉絮、破鞋子等废品换回来，分门别类

---

① 开秧元：移栽秧的第一天。

清理后卖给收购站，有时能得到很好的利润。废品中还往往有可以补了穿的衣裤、雨鞋等物，就拣出来补了穿一阵，到无法再补的时候仍纳入废品中，这样也省了不少生活费用。那换废品的糖，是买了饴糖回来自己加工的，成本很便宜。可是李顺大的独生儿子小康，长到七岁还不知道那就是糖，不知道是甜的还是咸的。八岁的时候，被村上小伙伴怂恿着回去尝了一块，就被娘当贼捉出来，打他的屁股，让他痛得杀猪似的叫，被娘逼着发誓从此洗心革面。娘还口口声声说他长大了要做败家精，说他会把父母想造的三间屋吃光的，说将来讨不着老婆休要怪爹娘！

最可敬佩的事情，是发生在李顺大的妹妹顺珍身上。一九五一年分进土地时，她已经二十三岁了。当时政府还没有号召晚婚，按照习惯，正到了结婚的妙龄。她不但吃苦能干，温顺老实，而且一副相貌，也长得出奇地漂亮。细细看去，似乎和她哥哥一模一样，只是鼻子小了一点，嘴唇薄了一点；就在这两个"一点"上，造化却又显露出了它无所不能的伟大，把高挑个儿、鹅蛋脸型的李顺珍衬出了一派清秀俏丽之气。当时，附近村上一些小伙子央人登门求婚的，也不是三个两个。可是，不管对方条件怎样，人品如何，顺珍姑娘只是说自己年纪还轻，一概回绝。她是哥哥抚养长大的，她决心要报答哥哥的恩情。她知道离开她的帮助，哥哥的奋斗目标就很难实现；如果她出嫁，哥哥不但少了一个坚强可靠的助手，而且还得把她名下分到的一亩七分田让她带走。这样一来，她哥哥的经济基础和劳动能力都会大大削弱，不知要到何年何月才能造出三间屋。因此，她甘愿把一生中最美好的时代——称得上是青春中的青春，留给她哥哥的事业。

一直到了一九五七年底，李顺大已经买回了三间青砖瓦屋的全部建筑材料，李顺珍才算了却心事，以二十九岁的大姑娘嫁给邻村一个三十岁的老新郎。新郎因为要负担两个老人和一个残疾妹妹的生活，穷得家徒四壁，鹑衣百结，才独身至今。所以，迎接李顺珍的，仍然是艰苦的生活。因为她已苦惯了，所以并不在乎。

三

办过妹妹的婚事，就跨进了一九五八年。李顺大这时候还缺少什么呢？还缺些瓦木匠的工钱和买小菜的费用，再有一年，问题就可完全解决了。而且公社化以后，对李顺大很为有利。土地都归公了，他可以随意选择一块最合适的地基造屋。这不是太理想了吗？

可是，李顺大终究不是革命家，他不过是一个跟跟派。听毛主席话，跟共产党走，能坚决做到，而且完全落实，随便哪个党员讲一句，对他都是命令。有一夜李顺大一觉醒来，忽然听说天下已经大同，再不分你的我的了。解放八年来，群众手里确实是有点东西了。例如李顺大不是就有三间屋的建筑材料吗？那么，何妨把大家的东西都归拢来加快我们的建设呢？我们的建设完全是为了大家，大家自必全力支援这个建设。任何个人的打算都没有必要，将来大家的生活都会一样美满。那点少得可怜的私有财产算得了什么，把它投入伟大的事业才是光荣的行为。不要有什么顾虑，统统归公使用，这是大家大事，谁也不欺。

这种理论，毫无疑问出自公心。李顺大看看想想，顿觉七窍齐开，一身轻快。虽然自己的砖头被拿去造炼铁炉，自己的木料被拿去制推土车，最后，剩下的瓦片也上了集体猪舍的屋顶，他也曾肉痛得簌簌流泪。但想到将来的幸福又感到异常地快慰。近来的经验也改变了他原来的看法，他认为楼房比平房更优越了。因为粮食存放在楼上不会霉烂，人住在楼上不会患湿疹。看来以后还是住分配到的楼房好，何必自讨苦吃，像蜗牛那样老是把房子作为自己的负担呢。所以，他的思想就彻底解放了，不管集体要什么，他都乐意拿出来。如果需要他的破床，他也会毫不吝惜；因为他和他的老婆，都不是困在床上长大的。他的老婆，那个原先的讨饭姑娘，说真的倒比他多了一个心眼。但十二级台风早把大家刮得身不由己了，她一个女人家又有什么用！多一个心眼无非多一层愁。不过究竟也藏下一只铁锅，没有送进炼铁炉里熔化，所以集体食堂散了以后，不曾要去登记排队买锅子。

后来是没有本钱再玩下去了，才回过头来重新搞社会主义。自家人拆烂污，说多了也没意思。不过在战场尚未打扫之前，李顺大确实常常跑去凭吊，看着那倒塌了的炼铁炉和丢弃在荒滩上的推土车，睁着泪眼，迎风唏嘘。他想起了六年的心血和汗水，想起了饿着肚皮省下来的粮食，想起了从儿子手里夺下来的糖块，想起了被耽误了的妹妹的青春……

四

政府的退赔政策，毫无疑问是大得人心的。但是，把李顺大的建筑材料拿去用光的不是国家，而是集体。这个集体，当然也要执行退赔政策。可是集体也弄得穷透了，要赔材料没材料，要赔钞票也困难，当干部的只好尽一切力量去做思想工作，提高李顺大这类人的政治觉悟，要求他们做出自我牺牲，以最低的价格落实退赔政策。

李顺大的损失是很不小的，但政治觉悟是确实提高了。因为在这以前，从不曾有人对他进行过像这样认真细致的思想教育。区委书记刘清同志，一个作风正派、威信很高的领导人，特地跑来探望他，同他促膝谈心；说明他的东西，并不是哪个贪污掉的，也不是谁同他有仇故意搞光的。党和政府的出发点都是很好的，纯粹是为了加快实现社会主义建设，让大家早点过幸福生活。为了这个目的，国家和集体投入的财物比他李顺大投入的大了不知多少倍，因此，受到的损失也无法估计。现在，党和政府不管本身损失多大，还是决定对私人的损失进行退赔。除了共产党，谁会这样做？历史上从来没有过。只有共产党，才对我们农民这样关心。希望他理解党的困难，以国家和集体利益为重，分担一些损失；经过这几年，党和政府也有了经验教训，以后发展起来就快了。只要国家和集体的经济一好转，个人的事情也就好办了。你要造那三间屋，现在看起来困难重重，其实将来是容易的。不要失望。最后，刘清同志又帮助他和供销社联系，要供销社在任何困难的情况下都要尽量供应给糖，使他能够换破烂，多挣一点钱。

李顺大的感情是容易激动的，得到刘清同志的教导和具体的帮助，他的眼泪早就扑簌扑簌流了出来，二话没说，呜咽着满口答应了。

另有两万片瓦，由生产队拿去盖了七间五步头猪舍，现在还完整地铺在屋面上，应该是可以原物归还的。但是，如果拆下来，一时买不到新瓦换上去，猪就得养在露天；瓦又是易碎物品，拆拆卸卸，损坏也不会少，还是不拆为宜。后经双方协商同意，互相照顾困难，决定不拆，而由生产队腾出两间猪舍来，借给李顺大暂住；等将来李顺大造新屋时，队里还瓦，他也让出猪舍。那猪舍也比李顺大住的草屋强，两间共有十步，够宽敞了；屋脊也有一丈一尺高，就是后步比人矮，但房主人也没有必要挺起胸膛在屋里逞威风，无妨大局。况且李顺大是从小钻惯船篷的，他自然不嫌。

退赔问题就这样解决了。尽管李顺大衷心接受干部们的开导，但是，他从这一件事里也吸取了特殊的教训。在这以前，他想到的是旧社会的通货膨胀，钞票存放在手里是靠不住的；所以，一有余钱，就买了东西存放起来。现在有了新的体验，觉得在新社会里，存放货物是靠不住的，还是把钞票藏在枕头底下保险。老实说，从这种主张里，嗅觉特别敏锐的"左"派是闻得出"反党"味道来的。

从一九六二年到一九六五年，靠了"六十条"，靠了刘清同志特别照顾的饴糖，李顺大又积聚了差不多能造三间屋的钞票。但是他什么也没有买，他打定主张：要么不买，要买就一下子把材料买齐，马上造成屋，免得夜长梦多，再吃从前的亏。

这个李顺大，真和许多农民一样，具有这种向后看的小聪明。因此，当他认为有把握不再吃老亏的时候，转眼又跌倒在前边路上了。说真话，扶着这种人前进，手也真酸。

那时候，物资丰富，什么都敞开供应，他偏不买。过了几年，物资样样紧张起来，没有点"三分三"的人什么都买不到了，他倒又想一下子样样都买全，岂不又做了阿木林！其实怪他也冤枉，谁又是诸葛亮呢？

五

在通常情况下，李顺大觉得自己做一个跟跟派，也还胜任，真心实意，感情上毫不勉强。可是"文化大革命"开始以后，他就跟不上了。要想跟也不知道去跟谁，东南西北都有人在喊："唯我正确！"究竟谁对谁错，谁好谁坏，谁真谁假，谁红谁黑，他头脑里轰轰响，乱了套，只得蹲下来，赖着不跟了。"是非之心，人皆有之"，这话口气挺大，其实是没有经过"文化大革命"，太天真了。你总不能光看人家在台上唱什么，还得看看在台底下干的什么吧！"好恶之心，人皆有之"，这倒也还有理，李顺大就是有一点不高兴。这不高兴和他想造房子有密切关系。他看到那汹汹的气势,和一九五八年的更不相同,一九五八年不过是弄坏点东西罢了,这一次倒是要弄坏点人了,动不动就性命交关。这房子目前是造不成的了,谁知道明天会怎样呢!他为此真有点厌恶。转而又庆幸自己住到村中心的猪舍里来了,如果还孤零零地待在河边的草屋里,他枕头底下的造屋钱只怕还要遭到盗劫呢。

李顺大想得太落后了,在文明的时代里,文明的人是无须使用那野蛮手段的。有一个造反派的头头,在光天化日之下,腰里插着手枪,肩上挂着红宝书,由生产队长陪同,到李顺大家做客来了。原来他是公社砖瓦厂的"文革"主任,很讲义气,知道李顺大要造房子买不到砖,特地跑来帮助解决困难。他大骂了一通"走资派"刘清不替贫下中农谋利益,现在则轮到他来当救世主了,只要李顺大拿出二百一十七元钱来,他负责代买一万块砖头,下个月就可以提货。这话说得过分漂亮,原是值得怀疑的。但李顺大却认为,彼此都住同一大队,虽然没有交情,也三天两头见面,从前也不曾听说过这人有什么劣迹,现在出来革命,总也想做点好事,不见得一上马就骗人。况且又是生产队长同来的,还有枪有红宝书,真是讲交情有交情,讲信仰有信仰,讲威势有威势。李顺大虽然当过三次逃兵,还没有经过这种软硬兼施的场面,心一吓,面一软,双手颤颤数出了二百一十七。

到了下个月,大概本来是可以提货的,想不到李顺大交了厄运,被公社的专政机关请去了,要他交代几件事:一、你是哪里人,老家是什么成分;二、你当过三次反动兵,快把枪交出来;三、交代反动言行（例如他说过"楼房不及平房适用，电话坏了修不起"的话，就是恶毒攻击社会主义）。

后来的事情就不用说了，那是人人皆知的。他自己出来后也没有多言，不过有两点颇有性格。第一是他吃不消喊救命的时候，是砖瓦厂的"文革"主任解了他的围。作为报答，事后私下商定从此不再提起那二百一十七。第二是关押他的那间房子造得相当牢固，他平生第一次详细地在那里研究了建筑学，对自己将来要造的屋，有了非常清楚的轮廓。

等到放出来，他扶着儿子（已经十九岁了）的肩胛拐回家。流着眼泪的老婆、妹妹问他为了什么事，吃了什么苦，他嘶哑着喉咙说了两个莫名其妙的短语："他们恶啊！我的屋啊！"

之后有一年多时间不能劳动，腰里不好受，碰到阴天和交节气，浑身骨头痛。他有点奇怪，虽然这顿生活从前不曾挨过，但毕竟从小就苦苦拉拉、跌跌撞撞过来的，怎么现在这样娇嫩了？莫非也变"修"了吗？他有点吃惊，觉得自己变牛变马都可以，但是不能变"修"。"修"是什么东西呢？是一只黑锅，是一只不能烧饭、只能驮在背上的装饰品，是一个没有生命因而不会死亡、能够世代相传的"传家宝"。儿子今年十九岁了，如果背上这只锅，到哪里去讨媳妇呢？而房子又没有造，一点条件也没有。

李顺大想到这一点，心中恐慌又迷信。他从小听过不少老故事，其中就有说到人会变成多种东西的。讲的人总这样说："一夜过来，他变成了××。"而且在变化之前，也总有异样的感觉，比如浑身骨头痛，热皮暴躁等等。所以，李顺大一碰到身子难受，就怕黑夜，怕自己睡着了。他总是睁大眼睛，以防在昏睡中不知不觉变成一只黑锅。他的警惕性一直很高，所以至今还不曾变过去。

在那些不敢睡着的夜里，李顺大为了打发掉肉体上的痛苦，也想过一点使人开心的文娱生活。他没有收音机，想读书又不认几个字，而且也浪费火油，因此，唯一的办法是去回忆从小听过的故事、看过的戏文和老一辈教给孩儿们的俚歌。后来身体好一些，他挑起糖担出去换废品，嘴里常常不三不四唱着一个小曲儿，招惹孩子们。据他说这就是他在那些夜晚回忆出来的。从这些就可以看出他当时究竟想的是什么。他唱道：

稀奇稀奇真稀奇，

老公公困在摇篮里；

稀奇稀奇真稀奇，

八仙台装在袋袋里；

稀奇稀奇真稀奇，

老鼠咬破猫肚皮，

稀奇稀奇真稀奇，

狮子常受跳蚤气；

稀奇稀奇真稀奇，

狗派黄鼠狼去看鸡；

稀奇稀奇真稀奇，

天鹅肉进了蛤蟆嘴；
稀奇稀奇真稀奇，
大船翻在阴沟里；
稀奇稀奇真稀奇，
长人做了短人梯。
哎呀呀，瘌痢头戴西瓜皮，
蚌壳兜里一泡尿，
皮球肚里装个屁，
穿袍的邪神一胎泥。
稀奇呀，稀奇呀，真稀奇，
火赤链①过冬钻在菩萨肚皮里，
闻着香火装神气。

这确是一支公认的装满一兜肚"稀奇"的儿歌，而且老掉了牙。不过，各人兜肚里的货色是不同的，总要把自认为稀奇的东西装进去。但如果追查起来，李顺大决不承认自己加进了什么。他又不是作家，不会有黑字落在白纸上，是不怕有什么把柄落在别人手里的。他虽然笨，究竟也经过锻炼了，晓得当时那一班人——造反的当权派和当权的造反派，如果要触你的霉头，倒不在乎你做了什么，而在于要达到一个这样那样的目的，例如他的

---

① 火赤链：赤练蛇。

二百一十七。

有一天，他在邻村换糖唱歌，偶然碰到了在那里劳改的"走资派"——老区委书记刘清，悲喜交集，久久不忍离开。最后刘清央求他再唱一遍稀奇歌，他毫不犹豫地唱起来，那悲惨、沉重、愤怒的声音使空气也颤抖，两个人都流下了眼泪。

六

一年病拖下来，李顺大有点心灰意懒了。他常常想自己还能活几年，何必要再操心造屋！愚公立下移山志，也是靠后代去完成的，为啥一定要亲手造成功！再说也算积有一笔钱，也有点汗马功劳，不算坍台了。可是凡胎未脱，尘心难破，儿子已经二十出头了，房子造不出，媳妇就找不着，猪舍做新房，谁肯来住！要像自己那样拾个要饭姑娘做妻子，现在也没有这种好机会了。那可不行，没有媳妇哪有孙子？没有孙子哪有重孙？将来建成共产主义过幸福生活，焉能独缺他李顺大的后代？看来房子还是非造不可，而且要抓紧时间，就算这样，儿子恐怕也得拖到政府规定的晚婚年龄以后才有婚结了。

经过动摇之后又坚定下来，立即开始行动。他挑起拾破烂的箩筐，悠悠地从这个市镇晃荡到那个市镇，县城里大小街巷也几乎跑遍，却从不见有建筑材料出售，询问有关商店，才知道买一块砖也得有本地三级证明，更无空口说白话的余地。他晓得再瞎跑也没有用，只有向当地生产队、大队、公社申请了。幸亏自己是带了箩筐出来的,虽不曾买到造屋材料,拾到的破烂倒也卖得十几元钱,不算白误了工。

接着自然是找生产队、大队干部打证明,人家听了笑笑说:"打证明有什么用,民用建筑材料,有时稍会有一点,有时简直就没有。给了证明,你也买不到。"李顺大不肯信,以为是干部筑坝,又不敢反驳,怕弄僵,就耐着性子赖着不走,搞变相静坐示威。谁知人家倒并不放在心上,到吃晚饭时发现他没有走,就说:"走吧,锁门了。"他也只得回去。到了明天,又去坐。如此三天,干部不耐烦了,说:"好话你不听,瞎缠。你以为有用,就打个证明给你!"果然打了。他高高兴兴上供销社。营业员看了证明,也和大队干部一样笑笑,说:"没办法,无货供应。"

"几时有呢?"

"不晓得。"营业员说,"有空你就常来问问。"

从此李顺大就如学生上学校,七天里去问六次;半年下来,还是不曾买到一块砖。那营业员是个好心人,暗地里叹息李顺大太笨,却也被他的精神感动了。终于有一天,悄悄告诉他说:"你还是省点工夫吧,不要来跑了。这几年革命革得厉害,地皮都快革光了,难得有点东西来,干部都照顾不周全,哪会轮到你。真要有你的份,也都是经过千拣万拣拣剩的落脚货,价钱倒和拣走的好货一样大,你也不划算。我劝你还是另想办法吧!"

李顺大得了这个忠告,十分失望,又非常感激,因此由不得要请教:"另想别的什么法?"

营业员沉吟半晌,说:"可有至亲好友当干部的?"

"没有。"李顺大沉重而吃力地说,"只有一个种田的妹婿,没有第二个亲戚。"

"那就没有路了。"营业员惋惜道,"现在是'圆圆头'①不及'点点头',你没有亲友可靠,除了买黑市,还有什么办法。"

李顺大信以为真,从此想办法买黑市材料。哪晓得营业员倒也并无这方面的经验,不懂得黑市交易的复杂,一万块砖头,市价二百一十七元,黑市要卖到四百元左右,而且必须先付钱,过上一年半载才能提货,往往还会碰到骗子手。李顺大已经上过一次当了,钞票当然是不肯轻易出手的。所以,跑了千里路,说了万句话,过了三年也不曾买成。倒还是那个营业员肯帮忙,替他买了一吨官价石灰。那石灰原是分配到蚕室里用的,只为近年来一个劲儿旱改水,许多桑田改莳水稻了,剩下几棵癞痢毛桑树,还能养几条蚕!也就用不了那么多石灰,倒给营业员钻了空子,李顺大拾着了便宜。为此,他想买包好烟请营业员的客,却又买不到。偶然碰见砖瓦厂的原"文革"主任(已当上厂"革委会"主任了),想起他从来是吸好烟的,他亏待过自己,现在请他买包烟总肯吧,就老着脸皮上去拉交情。主任倒也爽快,拿了他五角钱,从袋里掏出一包还没有开封的"大前门"。但是,在递给他之前,竟自作主张拆开来拿一支抽了,并且说:"我就这一包,

---

① 圆圆头:印章。

要不是你，我谁也不给。"

李顺大拿了十九支去送给营业员，营业员坚决不收，拗不过面子，才抽了一支。其余十八支，硬是让李顺大带回去了。

李顺大回家路上，想到自己今天做了一件从来没有做过的欠妥事情，他竟请了自己的恩人和仇人各一支烟。到吃晚饭的时候他真的发怒了，骂他的儿子没出息，二十五岁了，还吃荫下饭①，害他老子在外面受罪。

七

闹腾了许多年，李顺大房子没造成，造房的名气倒很大了。精诚所至，金石为开。李顺大不仅感动了营业员，而且还感动了"上帝"。这"上帝"不是别人，就是他未来的儿媳妇，名叫新来。新来姑娘住在邻村，早就同李顺大吃荫下饭的儿子小康有串联活动。她倒不在乎房子造了没有，反正看中了人，过了门造屋也行。可是她爹筑坝，怎么说也不肯把女儿嫁到猪舍里去。他以自己的模范事例教导女儿，因为他尽管穷，也想法造了两间屋，才讨了第一房媳妇。他骂李顺大是房头，是阿木林，不会做事情。可是，想不到老天爷爱开玩笑，喜欢打说满话人的嘴巴。事隔一年，公社里一班打倒了"走资派"的当权派，为了要把山河重安排，看着一条河像老家伙似的弯着背，很不舒服，硬是动用了几千民工，

---

① 荫下饭：不出头露面，只做事，不拿主张。

花了几万个劳动日开出一条笔直的样板河,足以使火星上的高等动物看了,称赞地球人的伟大。新来姑娘家那两间新屋,偏偏就在样板河的河床上(当然也不止两间),只好拆了搬走。公社补贴搬屋费每间一百五十元,拆拆造造,又借了三百元添进去,才勉强重新搭起一间半来。新来爹瘦了两个膘,头发白了七八成,而且还要老来做小,听新来姑娘的教育。新来建议他应该向李顺大伯伯学习,人家就是精明,不盲动,钞票放在枕头边,一个也不少。要造房子,也该看准了形势动手呀!他说不响嘴,只得服输,任凭女儿婚姻自主。

李顺大不但有了儿媳妇,而且也知道儿媳妇在理论上对他的实践作了充分肯定,非常高兴。因此,在儿子结婚那天晚上,喝了几杯酒,灵机一动,对着亲家公说了两句神来之话,他说:"现在是地牌吃天牌,烂污二封王,你的房子造得太急了。天天闹地震,大家宁愿住牛棚,还要房子做什么。我一万块砖头给窑鬼吃在肚里,也比你省心。"……他还想说下去,幸亏老婆警惕性高,为了挽救他,当着新亲的面,开口就训他:"灌了点酒就像吃了尿,说话没有关拦,骨头痛的日子忘记了!"这才转话收场,皆大欢喜。

从那时开始,李顺大不再白花心计去买东买西,他挑着糖担,东转一天,西转一天,替国家收废品,赚一点生活费。可是,事情也怪,造房子的人家,还真多着呢。他看了不禁眼馋,往往就要打听打听,这幢那幢是谁家造的,哪里买的材料。得到的答复也真千种百样,细细说来,每一幢屋都能写一本书,但也不惹人看,无非是"大官送上门,小官开后门,老百姓求别人"而已。那些吃尽苦头的人,反而羡慕起李顺大来,说还是他乖巧,不曾钻进这苦胆里头去,不愧为识时务的俊杰。有个熟人竟不忌讳,愤然对他说:"我这一块砖、一片瓦,没一样不是黑市货,造两间屋,用了四间的钱。上梁那天,靠造反起家的大队书记来吃了我一顿,还说我这房子,没有'文化大革命',哪能造得出。×他娘,我这房子又不是他那官衔,是用拳头打得来的吗!"

到此为止,李顺大对于建筑学的知识,本来已经登峰造极,叹为观止了,想不到天地渊博,造化无穷,值得大书特书的事情,如长江浊流,滚滚而来,竟无法忍心不看。那鸡零狗碎的事,恕不细说,但值得大书特书的奇迹,放过未免可惜。例如有一个大队,要把全部民房拆了,合并到一个地方去,造一列式的楼房,名曰"新农村"。民房拆下的材料,折价归公,谁要住新房,重新出钱买。李顺大听了,大为振奋,认为"楼上楼下"果然要实现了。耐不住挑着糖担,飞奔去自费参观。

那个地方,李顺大从前也常走过,此番看去,果然大不一样,村村巷巷,都有人家在拆屋,拆了把材料运到公路边头一块大田里,那里正在造第一排楼房。那些拆屋的人家,议论非常热烈,甚至到了激烈的程度,都说盘古开天辟地以来,像这样的事情,从未有过。因此有人流出眼泪来,大概过于兴奋了。有些屋上卸下来的瓦,还沾着窑里的煤灰,分明盖了上去还没有经过雨淋,倒又翻身了。看了这些,李顺大觉得自己二十几年来空喊造屋没有造成，倒是平生做的一件最正确的事情，不过想着拆屋主过去的一番心血，也不禁有点眼酸。他慨叹着一路低头走去，忽听有人喊道："喂，换糖的。"

李顺大抬头一看，见一个老头带着个女孩站在公路旁看造屋，十分面熟，却想不起是谁了。

那老头笑道："怎么，不认识了？"

李顺大恍然大悟，忙道："原来是你，老书记。还在劳改吗？"他忽然伤心起来。想不到，几年不见，竟老得认不出了。可见老书记的心境不直落。

老书记笑笑说："劳还在劳，改却未改。你呢，又来搜集稀奇歌材料吗？"

"唉唉，老书记，你取笑我。"李顺大难为情地说，"这可是'楼上楼下'，搞'新农村'。我到今天才晓得，原来这农村分新旧，就在这房子上，倒不在集体化不集体化。"

老书记轻轻地嘘了口气，说："唉，有话你就说清楚点吧。"

李顺大笑笑说："自然，说给你听听没关系。不过也不能知法犯法。从前我说过楼房不如平房适用的话，已经当反动言论批过了，现在看了这种样子，倒还真有点想法。蛮好的屋，有的还是新的，倒又拆了再造，何必呢？有这个力气，不好把田地种种熟吗！这种事情，阳间里人不敢说，阴间里鬼看了也要盯白眼呢。"

听了这"反动"话，老书记不但不驳斥，反而点了点头，严肃地搭腔说："'何必呢？'你问得对。告诉你吧，有人想把这个当上天梯。你倒也明白,晓得集体化是新农村的根本,可是人家搞起复辟来,公社这个组织形式也是可以利用的。你的眼睛还要睁大些。你看看吧,贫下中农吃了二十多年苦造了点房子,一声拆就得拆,还管群众死活吗?可是公社不仍旧是公社!"

李顺大听了,虽有所悟,也不能完全领会,只得张开嘴巴,睁大眼睛,尊敬地看着这个老人,默默无言。

老人愤怒地哼了一声,也不再说,低头看了看小女孩,指着李顺大说:"叫公公。"

小女孩亲热地叫了一声。李顺大大为感动,连忙敲下一块糖塞在她小手里,称她是最乖最乖的小囡。他今年五十四岁,一个拾破烂的外乡人,还第一次有人叫他公公,这给了他非常有力的鼓舞,竟把别的念头都冲淡了。

从此以后,他同老书记交了朋友。

八

到了一九七七年春节,李顺大带了几块糖去看老书记,才知道老书记重新上了任,又在区里办公了。李顺大喜出望外,把糖给了小囡,吃了小囡妈烧出来的点心,兴冲冲就往区里跑。他觉得如今有了区委书记做朋友,总弄得着造屋材料了。

老朋友一见面,果然十分亲热。可是一提到材料,老书记沉吟不语,打起嗝顿来,弄得李顺大心也一颤,觉得不妙。只听老书记慢腾腾地说:"老弟,你的困难,我都知道。从前你唱稀奇歌,我十分赞成。现在你我总不能做稀奇事了吧。"

李顺大忙说："老书记，别人不做，我也不做。现在不是还通行吗，为什么唯独你我不做，岂不太吃亏！"

老书记笑笑说："十一年混乱，积习难改。现在应该拨乱反正了。否则的话，建设国家的计划，就成了空话，别人做，我们是不能做的。全区干部来说，第一应从我改起；群众来说，先从唱稀奇歌的人改起，你说合理不合理？"

听了这番话，李顺大心里糖罐醋瓶一齐打翻，一方面感到书记要同他一起带头整风，不禁自豪；一方面又想到好不容易交了个大官朋友，竟又不能拉私人关系，不禁怅然。他经过"文化大革命"，也学得很乖了，不愿吃这个亏，想了一下，振振有词道："老书记，你讲的道理我服帖，不过，话说在前头，叫我不做稀奇事，一定照办。你可也不能动摇，不要以后碰到交情比我深的，面子比我大的，就帮他开后门，让别人笑我同你白交了一场。那我是要造你的反的。"

老书记哈哈大笑，拿过纸笔，迅速把顺大的话写了下来，说："我念一遍，你听。"他念了，和顺大讲的一字不差，然后说："你拿去请人写在一张纸上，贴在我的办公室里。"

李顺大愕然道："我不，这不是要你的好看！"

老书记说："哪里哪里，这才叫帮了我的大忙，我还真怕有大面子的人来开臭口呢！你贴了这个，就不用我作难了。"

李顺大高高兴兴真的照办了。

到了一九七七年冬天，李顺大家忽然忙碌起来。老书记刘清同志，在那位"文革"主任出身的砖瓦场场长身上做了点工作，让他把李顺大的一万块砖头退赔了，公社"革委会"也批准了李顺大的申请，同意供应十八根水泥桁条。那位好心的供销社营业员通知李顺大，现在椽子已经敞开供应了。这一次，李顺大的房屋，会有把握造成了。要运回这么多东西，李顺大一家四口，哪里忙得过来，只得把妹妹、妹婿，儿媳妇的兄弟妯娌都请来帮忙，摇船的摇船，推车的推车，连年老的亲家公也高高兴兴地流了几身汗，大大热闹了一番。

不过，在高兴的时候，也还发生了一点扫兴的事情，运回那一万块砖头，曾经过一些波折。大船停在砖瓦厂，人家不发货，皮笑肉不笑地对他说："你的桁条还没有买，砖头拿回去白堆在那儿没有用，再等等吧。"李顺大同他吵了个脸红耳赤，说桁条已经落实了。那个人却比李顺大更懂李顺大，一口咬定他没有桁条。幸而他的亲家公跑来，凭自己买过砖头的经验，暗地里告诉李顺大什么叫"桁条"。李顺大这才恍然大悟，马上到供销社买了两条最好的香烟送过去，这才皆大欢喜，砖头下船。后来到水泥制品厂运桁条，李顺大再不用别人开口，就散发了一条香烟，免得人家说他还没有买到椽子。

做了这些腐蚀别人的事，李顺大内心惭愧，不敢告诉老书记。但是他的灵魂不得安宁，有时候半夜醒过来，想起这件事，总要骂自己说："唉，呃，我总该变得好些呀！"

陈奂生上城

/// 高晓声

一

"漏斗户主"陈奂生,今日悠悠上城来。

一次寒潮刚过,天气已经好转,轻风微微吹,太阳暖烘烘,陈奂生肚里吃得饱,身上穿得新,手里提着一个装满东西的干干净净的旅行包,也许是气力大,也许是包儿轻,简直像拎了束灯草,晃荡晃荡,全不放在心上。他个儿又高、腿儿又长,上城三十里,经不起他几晃荡;往常挑了重担都不乘车,今天等于是空身,自更不用说,何况太阳还高,到城嫌早,他尽量放慢脚步,一路如游春看风光。

他到城里去干啥?他到城里去做买卖。稻子收好了,麦垄种完了,公粮余粮卖掉了,口粮柴草分到了,乘这个空当,出门活动活动，赚几个活钱买零碎。自由市场开放了，他又不投机倒把，卖一点农副产品，冠冕堂皇。

他去卖什么？卖油绳①。自家的面粉，自家的油，自己动手做成的。今天做好今天卖，格啦嘣脆，又香又酥，比店里的新鲜，比店里的好吃，这旅行包里装的尽是它，还用小塑料袋包装好，有五根一袋的，有十根一袋的，又好看，又干净。一共六斤，卖完了，稳赚三元钱。

赚了钱打算干什么？打算买一顶簇新的、呱呱叫的帽子。说真话，从三岁以后，四十五年来，没买过帽子。解放前是穷，买不起；解放后是正当青年，用不着；"文化大革命"以来，肚子吃不饱，顾不上穿戴，虽说年纪到把，也怕脑后风了。正在无可奈何，幸亏有人送了他一顶"漏斗户主"帽，也就只得戴上，横竖不要钱。一九七八年决分以后，帽子不翼而飞，当时只觉得头上轻松，竟不曾想到冷。今年好像变娇了，上两趟寒流来，就缩头缩颈，伤风打喷嚏，日子不好过，非买一顶帽子不行。好在这也不是大事情，现在活路大，这几个钱，上一趟城就赚到了。

陈奂生真是无忧无虑，他的精神面貌和去年大不相同了。他是过惯苦日子的，现在开始好起来，又相信会越来越好，他还不满意么？他满意透了。他身上有了肉，脸上有了笑，有时候半夜里醒过来，想到囤里有米、橱里有衣，总算像家人家了，就兴致

---

① 油绳：一种油煎的面食。

勃勃睡不着，禁不住要把老婆推醒了陪他聊天讲闲话。

　　提到讲话，就触到了陈奂生的短处，对着老婆，他还常能说说；对着别人，往往默默无言。他并非不想说，实在是无可说。别人能说东道西，扯三拉四，他非常羡慕。他不知道别人怎么会碰到那么多新鲜事儿，怎么会想得出那么多特别的主意，怎么会具备那么多离奇的经历，怎么会记牢那么多怪异的故事，又怎么会讲得那么动听。他毫无办法，简直犯了死症毛病，他从来不会打听什么，上一趟街，回来只会说"今天街上人多"或"人少""猪行里有猪""青菜贱得卖不掉"之类的话。他的经历又和村上大多数人一样，既不特别，又是别人一目了然的，讲起来无非是"小时候娘常打我的屁股，爹倒不凶""也算上了四年学，早忘光了""三九年大旱，断了河底，大家捉鱼吃""四九年改朝换代，共产党打败了国民党""成亲以后，养了一个儿子、一个小女"……索然无味，等于不说。他又看不懂书；看戏听故事，又记不牢。看了《三打白骨精》，老婆要他讲，他也只会说："孙行者最凶，都是他打死的。"老婆不满足，又问白骨精是谁，他就说："是妖怪变的。"还是儿子巧，声明"白骨精不是妖怪变的，是白骨精变成的妖怪"，才算没有错到底。他又想不出新鲜花样来，比如种田，只会讲"种麦要用锄头抨碎泥块""莳秧一蔸莳六棵"……谁也不要听。再如这卖油绳的行当，也根本不是他发明的，好些人已经做过一阵了，怎样用料，怎样加工，怎样包装，什么价钱，多少利润，什么地方、什么时间买客多、销路好，都是向大家学来的经验。如果他再向大家夸耀，岂不成了笑话！甚至刻薄些的人还会吊他的背筋："哎！连'漏斗户主'也有油、粮卖油绳了，还当新闻哩！"还是不开口也罢。

如今，为了这点，他总觉得比别人矮一头。黄昏空闲时，人们聚拢来聊天，他总只听不说，别人讲话也总不朝他看，因为知道他不会答话，所以就像等于没有他这个人。他只好自卑，他只有羡慕。他不知道世界上有"精神生活"这一个名词，但是生活好转以后，他渴望过精神生活。哪里有听的，他爱去听；哪里有演的，他爱去看。没听没看，他就觉得没趣。有一次大家闲谈，一个问题专家出了个题目："在本大队你最佩服哪一个？"他忍不住也搭了腔，说："陆龙飞最狠。"人家问："一个说书的，狠什么？"他说："就为他能说书，我佩服他一张嘴。"引得众人哈哈大笑。

于是，他又惭愧了，觉得自己总是不会说，又被人家笑，还是不说为好。他总想，要是能碰到一件大家都不曾经过的事情，讲给大家听听就好了，就神气了。

二

当然，陈奂生的这个念头，无关大局，往往蹲在离脑门三四寸的地方，不大跳出来，只是在尴尬时冒一冒尖，让自己存个希望罢了。比如现在上城卖油绳，想着的就只是新帽子。

尽管放慢脚步，走到县城的时候，还只下午六点不到。他不忙做生意，先就着茶摊，出一分钱买了杯热茶，啃了随身带着当晚餐的几块僵饼，填饱了肚子，然后向火车站走去。一路游街看店，遇上百货公司，就弯进去侦察有没有他想买的帽子，要多少价钱。三爿店查下来，他找到了满意的一种。这时候突然一拍屁股，想到没有带钱。原先只想卖了油绳赚了利润再买帽子，没想到油绳未卖之前商店就要打烊；那么，等到赚了钱，这帽子就得明天才能买了。可自己根本不会在城里住夜，一无亲，二无眷，从来是连夜回去的，这一趟分明就买不成，还得光着头冻几天。

受了这点挫折，心情挺不愉快，一路走来，便觉得头上凉飕飕，更加懊恼起来。到火车站时，已过八点了。时间还早，但既然来了，也就选了一块地方，敞开包裹，亮出商品，摆出摊子来。这时车站上人数不少，但陈奂生知道难得会有顾客，因为这些都是吃饱了晚饭来候车的，不会买他的油绳，除非小孩嘴馋吵不过，大人才会买。只有火车上下车的旅客到了，生意才会忙起来。他知道九点四十分、十点半，各有一班车到站，这油绳到那时候才能卖掉，因为时近半夜，店摊收歇，能买到吃的地方不多，旅客又饿了，自然争着买。如果十点半卖不掉，十一点二十分还有一班车，不过太晚了，陈奂生宁可剩点回去也不想等，免得一夜不得睡，须知跑回去也是三十里啊。

果然不错，这些经验很灵，十点半以后，陈奂生的油绳就已经卖光了。下车的旅客一拥而上，七手八脚，伸手来拿，把陈奂生搞得昏头昏脑，卖完一算账，竟少了三角钱，因为头昏，怕算错了，再认真算了一遍，还是缺三角，看来是哪个贪小利拿了油绳未付款。他叹了一口气，自认晦气。本来他也晓得，人家买他的油绳，是不能向公家报销的，那要吃而不肯私人掏腰包的，就会耍一点魔术，所以他总是特别当心，可还是丢失了，真是双拳不敌四手，两眼难顾八方。只好认了吧，横竖三块钱赚头，还是有的。

他又叹了口气，想动身凯旋回府。谁知一站起来，双腿发软，两膝打战，竟是浑身无力。他不觉大吃一惊，莫非生病了吗？刚才做生意，精神紧张，不曾觉得，现在心定下来，才感浑身不适，原先喉咙嘶哑，以为是讨价还价喊哑的，现在连口腔上片都像冒烟，鼻气火热；一摸额头，果然滚烫，一阵阵冷风吹得头皮好不难受。他毫无办法，只想先找杯热茶解渴。那时茶摊已无，想起车站上有个茶水供应地方，便硬撑着移步过去。到了那里，打开龙头，热水倒有，只是找不到茶杯。原来现在讲究卫生，旅客大都自带茶缸，车站上落得省劲，就把杯子节约掉了。陈奂生也顾不得卫生不卫生，双手捧起龙头里流下的水就喝。那水倒也有点烫，但陈奂生此时手上的热度也高，还忍得住，喝了几口，算是好过一点。但想到回家，竟是千难万难；平常时候，那三十里路，好像经不起脚板一颠，现在看来，真如隔了十万八千里，实难登程。他只得找个位置坐下，耐性受痛，觉得此番遭遇，完全错在忘记了带钱先买帽子，才受凉发病。一着走错，满盘皆输；弄得上不上、下不下，进不得退不得，卡在这儿，真叫尴尬。万一严重起来，此地举目无亲，耽误就医吃药，岂不要送掉老命！可又一想，他陈奂生是个堂堂男子汉，一生干净，问心无愧，死了也口眼不闭；活在世上多种几年田，有益无害，完全应该提供宽裕的时间，没有任何匆忙的必要。想到这里，陈奂生高兴起来，他嘴巴干燥，笑不出声，只是两个嘴角，向左右同时嘻开，露出一个微笑。那扶在椅上的右手，轻轻提了起来，像听到了美妙的乐曲似的，在右腿上赏心地拍了一拍，松松地吐出口气，便一头横躺在椅子上卧倒了。

三

一觉醒来，天光已经大亮，陈奂生肢体瘫软，头脑不清，眼皮发沉，喉咙痒痒地咳了几声。他懒得睁眼，翻了一个身便又想睡。谁知此身一翻，竟浑身颤了几颤，一颗心像被线穿着吊了几吊，牵肚挂肠。他用手一摸，身下贼软，连忙一个翻身，低头望去，证实自己猜得一点不错，是睡在一张棕绷大床上。陈奂生吃了一惊，连忙平躺端正，闭起眼睛，要弄清楚怎么会到这里来的。他好像有点印象，一时又糊涂难记，只得细细琢磨，好不容易才想出了县委吴书记和他的汽车，一下子理出头绪，把一串细关节脉都拉了出来。

原来陈奂生这一年真交了好运，逢到急难，总有救星。他发高烧昏睡不久，候车室门口就开来一部吉普车，载来了县委书记吴楚。他是要乘十二点一刻那班车到省里去参加明天的会议。到火车站时,刚只十一点四十分,吴楚也就不忙,在候车室踱起步来。那司机一向要等吴楚进了站台才走,免得他临时有事找不到人,这次也照例陪着。因为是半夜,候车室旅客不多,吴楚转过半圈,就发现了睡着的陈奂生。吴楚不禁笑了起来,他今秋在陈奂生的生产队里蹲了两个月,一眼就认出他来,心想这老实肯干的忠厚人,怎么在这儿睡着了?若要乘车,岂不误事,便走去推醒他;推了一推,又发现那屁股底下,垫着个瘪包,心想坏了,莫非东西被偷了?就着紧推他,竟也不醒。这吴楚原和农民玩惯了的,一时调皮起来,就去捏他的鼻子,一摸到皮肤热辣辣,才晓得他病倒了,连忙把他扶起,总算把他弄醒了。

这些事情,陈奂生当然不晓得。现在能想起来的,是自己看到吴书记之后,就一把抓牢,听到吴书记问他:"你生病了吗?"他点点头。吴书记问他:"你怎么到这里来的?"他就去摸了摸旅行包。吴书记问他:"包里的东西呢?"他就笑了一笑。当时他说了什么,究竟有没有说,他都不记得了。只记得吴书记好像已经完全明白了他的意思,便和驾驶员一同扶他上了车,车子开了一段路,叫开了一家门(机关门诊室),扶他下车进去,见到了一个穿白衣服的人,晓得是医生了。那医生替他诊断片刻,向吴书记笑着说了几句话(重感冒,不要紧),倒过半杯水,让他吃了几片药,又包了一点放在他口袋里,也不曾索钱,便代替吴书记把他扶上了车,还关照说:"我这儿没有床,住招待所吧,安排清静一点的地方睡一夜就好了。"车子又开动,又听吴书记说:"还有十三分钟了,先送我上车站,再送他上招待所,给他一个单独房间,就说是我的朋友……"

陈奂生想到这里,听见自己的心扑扑跳得比打钟还响,合上的眼皮,流出晶莹的泪珠,在眼角膛里停留片刻,便一条线挂下来了。这个吴书记真是大好人,竟看得起他陈奂生,把他当朋友,一旦有难,能挺身而出,拔刀相助,救了他一条性命,实在难得。

陈奂生想,他和吴楚之间,其实也谈不上交情,不过认识罢了。要说有什么私人交往,平生只有一次。记得秋天吴楚在大队蹲点,有一天突然闯到他家来吃了一顿便饭,听那话音,像是特地来体验体验"漏斗户"的生活改善到什么程度的。还带来了一斤块块糖,给孩子们吃。细算起来,等于两顿半饭钱。那还算什么交情呢!说来说去,是吴书记做了官不曾忘记老百姓。

陈奂生想罢,心头暖烘烘,眼泪热辣辣,在被口上拭了拭,便睁开来细细打量这住的地方,却又吃了一惊。原来这房里的一切,都新堂堂、亮澄澄,平顶(天花板)白得耀眼,四周的墙,用青漆漆了一人高,再往上就刷刷白,地板暗红闪光,照出人影子来,紫檀色五斗橱,嫩黄色写字台,更有两张出奇的矮凳,比太师椅还大,里外包着皮,也叫不出它的名字来。再看床上,垫的是花床单,盖的是新被子,雪白的被底,崭新的绸面,呱呱叫三层新①。陈奂生不由自主地立刻在被窝里缩成一团,他知道自

---

① 三层新:被面、被里、被絮都是新的。

己身上（特别是脚）不大干净，生怕弄脏了被子……随即悄悄起身，悄悄穿好了衣服，不敢弄出一点声音来，好像做了偷儿，被人发现就会抓住似的。他下了床，把鞋子拎在手里，光着脚跑出去，又眷顾着那两张大皮椅，走近去摸一摸，轻轻捺了捺，知道里边有弹簧，却不敢坐，怕压瘪了弹不饱。然后才真的悄悄开门，走出去了。

到了走廊里，脚底已冻得冰冷，一瞧别人是穿了鞋走路的，知道不碍，也套上了鞋。心想吴书记照顾得太好了，这哪儿是我该住的地方！一向听说招待所的住宿费贵，我又没处报销，这样好的房间，不知要多少钱，闹不好，一夜天把顶帽子钱住掉了，才划不来呢。

他心里不安，赶忙要弄清楚。横竖他要走了，去付了钱吧。

他走到门口柜台处，朝里面正在看报的大姑娘说："同志，算账。"

"几号房间？"那大姑娘恋着报纸说，并未看他。

"几号不知道。我住在最东那一间。"

那姑娘连忙丢了报纸，朝他看看，甜甜地笑着说："是吴书记汽车送来的？你身体好了吗？"

"不要紧，我要回去了。"

"何必急，你和吴书记是老战友吗？你现在在哪里工作？……"大姑娘一面软款款地寻话说，一面就把开好的发票交给他，笑得甜极了。陈奂生看看她，真是绝色！

但是，接到发票，低头一看，陈奂生便像给火钳烫着了手。他认识那几个字，却不肯相信。"多少？"他忍不住问，浑身燥热起来。

"五元。"

"一夜天？"他冒汗了。

"是一夜五元。"

陈奂生的心，忐忑忐忑大跳。"我的天！"他想，"我还怕困掉一顶帽子，谁知竟要两顶！"

"你的病还没有好，还正在出汗呢！"大姑娘惊怪地说。

千不该，万不该，陈奂生竟说了一句这样的外行语："我是半夜里来的呀！"

大姑娘立刻看出他不是一个人物，她不笑了，话也不甜了，像菜刀剁着砧板似的笃笃响着说："不管你什么时候来，横竖到今午十二点为止，都收一天钱。"这还是客气的，没有嘲笑他，是看了吴书记的面子。

陈奂生看着那冷若冰霜的脸，知道自己说错了话，得罪了人，哪里还敢再开口，只得抖着手伸进袋里去摸钞票，然后细细数了三遍，数定了五元；交给大姑娘时，那外面一张人民币，已经半湿了，尽是汗。

这时大姑娘已在看报，见递来的钞票太零碎，更皱了眉头。但她还有点涵养，并不曾说什么，收进去了。

陈奂生出了大价钱，不曾讨得大姑娘欢喜，心里也有点愤愤然。本想一走了之，想到旅行包还丢在房间里，就又回过来。

推开房间，看看照出人影的地板，又站住犹豫："脱不脱鞋？"一转念，愤愤想道："出了五块钱呢！"再也不怕弄脏，大摇大摆走了进去，往弹簧太师椅上一坐："管它，坐瘪了不关我事，出了五元钱呢。"

他饿了，摸摸袋里还剩一块僵饼，拿出来啃了一口，看见了热水瓶，便去倒一杯开水和着饼吃。回头看刚才坐的皮凳，竟没有瘪，便故意立直身子，扑通坐下去……试了三次，也没有坏，才相信果然是好家伙。便安心坐着啃饼，觉得很舒服，头脑清爽，热度退尽了，分明是刚才出了一身大汗的功劳。他是个看得穿的人，这时就有了兴头，想道："这等于出晦气钱——譬如买药吃掉！"

啃完饼，想想又肉痛起来，究竟是五元钱哪！他昨晚上在百货店看中的帽子，实实在在是二元五一顶，为什么睡一夜要出两顶帽钱呢？连沈万山①都要仟穷的；他一个农业社员，去年工分单价七角，困一夜做十天还要倒贴一角，这不是开了大玩笑！从昨半夜到现在，总共不过七八个钟头，几乎一个钟头要做一天工，贵死人！真是阴错阳差，他这副骨头能在那种床上躺尸吗！现在别的便宜拾不着，大姑娘说可以住到十二点，那就再困吧，困到足十二点走，这也是捞着多少算多少。对，就是这个主意。

---

① 沈万山：民间传说里的大富翁。

这陈奂生确是个向前看的人，认准了自然就干，但刚才出了汗，吃了东西，脸上嘴上，都不惬意，想找块毛巾洗脸，却没有。心一横，便把提花枕巾捞起来干擦了一阵，然后衣服也不脱，就盖上被头困了，这一次再也不怕弄脏了什么，他出了五元钱呢。——即使房间弄成了猪圈，也不值！

可是他睡不着，他想起了吴书记。这个好人，大概只想到关心他，不曾想到他这个人经不起这样高级的关心。不过人家忙着赶火车，哪能想得周全！千怪万怪，只怪自己不曾先买帽子，才伤了风，才走不动，才碰着吴书记，才住招待所，才把油绳的利润搞光，连本钱也蚀掉一块多……那么，帽子还买不买呢？他一狠心：买，不买还要倒霉的！

想到油绳，又觉得肚皮饿了。那一块僵饼，本来就填不饱，可惜昨夜生意太好，油绳全卖光了，能剩几袋倒好。现在懊悔已晚，再在这床上困下去，会越来越饿，身上没有粮票，中饭到哪里去吃？到时候饿得走不动，难道再在这儿住一夜吗？他慌了，两脚一踹，把被头踢开，拎了旅行包，开门就走。此地虽好，不是久恋之所，虽然还剩得有二三个钟点，又带不走，忍痛放弃算了。

他出得门来，再无别的念头，直奔百货公司，把剩下来的油绳本钱，买了一顶帽子，立即戴在头上，飘然而去。

一路上看看野景，倒也容易走过；眼看离家不远，忽然想到这次出门，连本搭利，几乎全部搞光，马上要见老婆，交不出账，少不得又要受气，得想个主意对付她。怎么说呢？就说输掉了；

不对，自己从不赌。就说吃掉了；不对，自己从不死吃。就说被扒掉了；不对，自己不当心，照样挨骂。就说做好事救济了别人；不对，自己都要别人救济。就说送给一个大姑娘了；不对，老婆要犯疑……那怎么办？

陈奂生自问自答，左思右想，总是不妥。忽然心里一亮，拍着大腿，高兴地叫道："有了。"他想到此趟上城，有此一番动人的经历，这五块钱花得值透。他总算有点自豪的东西可以讲讲了。试问，全大队的干部、社员，有谁坐过吴书记的汽车？有谁住过五元钱一夜的高级房间？他可要讲给大家听听，看谁还能说他没有什么讲的？看谁还能说他没见过世面了？看谁还能瞧不起他？唔！……他精神陡增，顿时好像高大了许多。老婆已不在他眼里了，他有办法对付，只要一提到吴书记，说这五块钱还是吴书记看得起他，才让他用掉的，老婆保证服帖。哈，人总有得意的时候，他仅仅化了五块钱就买到了精神的满足，真是拾到了非常的便宜货。他愉快地迈着快步，像一阵清风荡到了家门……

果然，从此以后，陈奂生的身份显著提高了，不但村上的人要听他讲，连大队干部对他的态度也友好得多，而且，上街的时候，背后也常有人指点着他告诉别人说"他坐过吴书记的汽车"或者"他住过五块钱一天的高级房间"……公社农机厂的采购员有一次碰着他，也拍拍他的肩胛说："我就没有那个运气，三天两头住招待所，也住不进那样的房间。"

从此，陈奂生一直很神气，做起事来，更比以前有劲得多了。

大淖记事

/// 汪曾祺

一

这地方的地名很奇怪，叫作"大淖"。全县没有几个人认得这个"淖"字。县境之内，也再没有别的叫作什么淖的地方。据说这是蒙古话。那么这地名大概是元朝留下的。元朝以前这地方有没有，叫作什么，就无从查考了。

淖，是一片大水。说是湖泊，似还不够，比一个池塘可要大得多，春夏水盛时，是颇为浩渺的。这是两条水道的河源。淖中央有一条狭长的沙洲。沙洲上长满茅草和芦荻。春初水暖，沙洲上冒出很多紫红色的芦芽和灰绿色的蒌蒿，很快就是一片翠绿了。夏天，茅草、芦荻都吐出雪白的丝穗，在微风中不住地点头。秋天，全都枯黄了，就被人割去，加到自己的屋顶上去了。冬天，下雪，这里总比别处先白。化雪的时候，也比别处化得慢。河水解冻了，发绿了，沙洲上的残雪还亮晶晶地堆积着。这条沙洲是两条河水的分界处。从淖里坐船沿沙洲西面北行，可以看到高阜上的几家炕房。绿柳丛中，露出雪白的粉墙，黑漆大书四个字："鸡鸭炕房"，非常显眼。炕房门外，照例都有一块小小土坪，有几个人坐在树桩上负曝闲谈。不时有人从门里挑出一副很大的扁圆的竹笼，笼口络着绳网，里面是松花黄色的、毛茸茸、挨挨挤挤、啾啾乱叫的小鸡小鸭。由沙洲往东，要经过一座浆坊。浆是浆衣服用的。这里的人，衣服被里洗过后，都要浆一浆。浆过的衣服，穿在身上沙沙作响。浆是芡实水磨，加一点明矾，澄去水分，晒干而成。这东西是不值什么钱的。一大盆衣被，只要到杂货店花两三个铜板，买一小块，用热水冲开，就足够用了。但是全县浆粉都由这家供应（这东西是家家用得着的），所以规模也不算小。浆坊有四五个师傅忙碌着，喂着两头毛驴，轮流上磨。浆坊门外，有一片平场，太阳好的时候，每天晒着浆块，白得叫人眼睛都睁不开。炕房、浆坊附近还有几家买卖荸荠、慈姑、菱角、鲜藕的鲜货行，集散鱼蟹的鱼行和收购青草的草行。过了炕房和浆坊，就都是田畴麦垄、牛棚水车，人家的墙上贴着黑黄色的牛屎巴巴——牛粪和水，拍成饼状，直径半尺，整齐地贴在墙上晾干，做燃料，已经完全是农村的景色了。由大淖北去，可至北乡各村，东去可至一沟、二沟、三垛，直达邻县兴化。

大淖的南岸，有一座漆成绿色的木板房，房顶、地面都是木板的。这原是一个轮船公司。靠外手是候船的休息室。往里去，临水，就是码头。原来曾有一只小轮船，往来本城和兴化，隔日一班，单日开走，双日返回。小轮船漆得花花绿绿的，飘着万国旗，机器突突地响，烟筒冒着黑烟，装货、卸货、上客、下客，也有卖牛肉、高粱酒、花生瓜子、芝麻灌香糖的小贩，吆吆喝喝，是热闹过一阵的。后来因为公司赔了本，股东无意继续经营，就卖船停业了。这间木板房子倒没有拆去。现在里面空荡荡、冷清清，只有附近的野孩子到候船室来唱戏玩，棍棍棒棒，乱打一气，或到码头上比赛撒尿。七八个小家伙，齐齐地站成一排，把一泡泡臊尿哗哗地撒到水里，看谁尿得最远。

大淖指的是这片水，也指水边的陆地。这里是城区和乡下的交界处。从轮船公司往南，穿过一条深巷，就是北门外东大街了。坐在大淖的水边，可以听到远远的一阵一阵朦朦胧胧的市声，但是这里的一切和街里不一样。这里没有一家店铺。这里的颜色、声音、气味和街里不一样。这里的人也不一样。他们的生活，他们的风俗，他们的是非标准、伦理道德观念和街里的穿长衣、念过"子曰"的人完全不同。

二

由轮船公司往东往西，各距一箭之遥，有两丛住户人家。这两丛人家，也是互不相同的，各是各乡风。

西边是几排错错落落的低矮的瓦屋。这里住的是做小生意的。

他们大都不是本地人,是从里下河一带,兴化、泰州、东台等处来的客户:卖紫萝卜的(紫萝卜是比荸荠略大的扁圆形的萝卜,外皮染成深蓝紫色,极甜脆),卖风菱的(风菱是很大的两角的菱角,壳极硬),卖山里红的,卖熟藕(藕孔里塞了糯米煮熟)的,还有一个从宝应来的卖眼镜的,一个从杭州来的卖天竺筷的。他们像一些候鸟,来去都有定时。来时,向相熟的人家租一间半间屋子,住上一阵,有的住得长一些,有的短一些,到生意做完,就走了。他们都是日出而作,日入而息。吃罢早饭,各自背着、扛着、挎着、举着自己的货色,用不同的乡音、不同的腔调,吟唱吆唤着上街了。到太阳落山,又都像鸟似的回到自己的窝里。于是从这些低矮的屋檐下就都飘出带点甜味而又呛人的炊烟(所烧的柴草都是半干不湿的)。他们做的都是小本生意,赚钱不大。因为是在客边,对人很和气,凡事忍让,所以这一带平常总是安安静静的,很少有吵嘴打架的事情发生。

这里还住着二十来个锡匠,都是兴化帮。这地方兴用锡器,家家都有几件锡制的家伙。香炉、蜡台、痰盂、茶叶罐、水壶、茶壶、酒壶,甚至尿壶,都是锡的。嫁闺女时都要陪送一套锡器。最少也要有两个能容四五升米的大锡罐,摆在柜顶上,否则就不称其为嫁妆。出阁的闺女生了孩子,娘家要送两大罐糯米粥(另外还要有两只老母鸡,一百鸡蛋),装粥用的就是娘家柜顶上的这两个锡罐。因此,二十来个锡匠并不显多。

锡匠的手艺不算费事,所用的家什也较简单。一副锡匠担子,一头是风箱，绳系里夹着几块锡板；一头是炭炉和两块二尺见方、一面裱着好几层表芯纸的方砖。锡器是打出来的，不是铸出来的。人家叫锡匠来打锡器，一般都是自己备料——把几件残旧的锡器回炉重打。锡匠在人家门道里或是街边空地上，支起担子，拉动风箱，在锅里把旧锡化成锡水——锡的熔点很低，不大一会就化了；然后把两块方砖对合着（裱纸的一面朝里），在两砖之间压一条绳子，绳子按照要打的锡器圈成近似的形状，绳头留在砖外，把锡水由绳口倾倒过去，两砖一压，就成了锡片；然后，用一个大剪子剪剪，用一个木槌在铁砧上敲敲打打，大约一两顿饭工夫就成型了。锡是软的，打锡器不像打铜器那样费劲，也不那样吵人。粗使的锡器，就这样就能交活。若是细巧的，就还要用刮刀刮一遍，用砂纸打一打，用竹节草（这种草中药店有卖的）磨得锃亮。

这一帮锡匠很讲义气。他们扶持疾病，互通有无，从不抢生意。若是合伙做活，工钱也分得很公道。这帮锡匠有一个头领，是个老锡匠，他说话没有人不听。老锡匠人很耿直，对其余的锡匠（不是他的晚辈就是他的徒弟）管教得很紧。他不许他们赌钱喝酒；嘱咐他们出外做活，要童叟无欺，手脚要干净；不许和妇道嬉皮笑脸。他教他们不要怕事，也绝不要惹事。除了上市应活，平常不让到处闲游乱窜。

老锡匠会打拳，别的锡匠也跟着练武。他屋里有好些白蜡杆、三节棍，没事便搬到外面场地上打对儿。老锡匠说：这是消遣，也可以防身，出门在外，会几手拳脚不吃亏。除此之外，锡匠们的娱乐便是唱唱戏。他们唱的这种戏叫作"小开口",是一种地方小戏,唱腔本是萨满教的香火(巫师)请神唱的调子,所以又叫"香火戏"。这些锡匠并不信萨满教,但大都会唱香火戏。戏的曲调虽简单,内容却是成本大套:李三娘挑水推磨,生下咬脐郎;白娘子水漫金山;刘金定招亲;方卿唱道情……可以坐唱,也可以化了装彩唱。遇到阴天下雨,不能出街,他们能吹打弹唱一整天。附近的姑娘媳妇都挤过来看,听。

老锡匠有个徒弟,也是他的侄儿,在家排行第十一,小名就叫个十一子,外人都只叫他小锡匠。这十一子是老锡匠的一件心事。因为他太聪明,长得又太好看了。他长得挺拔匀称,肩宽腰细,唇红齿白,浓眉大眼,头戴遮阳草帽,青鞋净袜,全身衣服整齐合体。天热的时候,敞开衣扣,露出扇面似的胸脯,五寸宽的雪白的板带煞得很紧。走起路来,高抬脚,轻着地,麻溜利索。锡匠里出了这样一个一表人才,真是鸡窝里飞出了金凤凰。老锡匠心里明白:唱"小开口"的时候,那些挤过来的姑娘媳妇,其实都是来看这位十一郎的。

老锡匠经常告诫十一子,不要和此地的姑娘媳妇拉拉扯扯,尤其不要和东头的姑娘媳妇有什么勾搭:"她们和我们不是一样的人!"

三

轮船公司东头都是草房,茅草盖顶,黄土打墙,房顶两头多盖着半片破缸破瓮,防止大风时把茅草刮走。这里的人,世代相传,都是挑夫。男人、女人,大人、孩子,都靠肩膀吃饭。

挑得最多的是稻子。东乡、北乡的稻船,都在大淖靠岸。满船的稻子,都由这些挑夫挑走,或送到米店,或送进哪家大户的廒仓,或挑到南门外琵琶闸的大船上,沿运河外运。有时还会一直挑到车逻、马棚湾这样很远的码头上。单程一趟,或五六里,或七八里、十多里不等。一二十人走成一串,步子走得很匀,很快。一担稻子二百斤,中途不歇肩。一路不停地打着号子。换肩时一齐换肩。打头的一个,手往扁担上一搭,一二十副担子就同时由右肩转到左肩上来了。每挑一担,领一根"筹子"——尺半长、一寸宽的竹牌,上涂白漆,一头是红的。到傍晚凭筹领钱。

稻谷之外,什么都挑。砖瓦、石灰、竹子(挑竹子一头拖在地上,在砖铺的街面上擦得唰唰地响)、桐油(桐油很重,使扁担不行,得用木杠,两人抬一桶)⋯⋯因此,一年三百六十天,天天有活干,饿不着。

十三四岁的孩子就开始挑了。起初挑半担,用两个柳条笆斗。练上一二年,人长高了,力气也够了,就挑整担,像大人一样地挣钱了。

挑夫们的生活很简单:卖力气,吃饭。一天三顿,都是干饭。这些人家都不盘灶,烧的是"锅腔子"——黄泥烧成的矮瓮,一面开口烧火。烧柴是不花钱的。淖边常有草船,乡下人挑芦柴入街去卖,一路总要撒下一些。凡是尚未挑担挣钱的孩子,就一人一把竹笆，到处去搂。因此，这些顽童得到一个稍带侮辱性的称呼，叫作"笆草鬼子"。有时懒得费事，就从乡下人的草担上猛力拽出一把，拔腿就溜。等乡下人撂下担子叫骂时，他们早就没影儿了。

锅腔子无处出烟，烟子就横溢出来，飘到大淖水面上，平铺开来，停留不散。这些人家无隔宿之粮，都是当天买，当天吃。吃的都是脱粟的糙米。一到饭时，就看见这些茅草房子的门口蹲着一些男子汉，捧着一个蓝花大海碗，碗里是骨堆堆的一碗紫红紫红的米饭，一边堆着青菜小鱼、臭豆腐、腌辣椒，大口大口地在吞食。他们吃饭不怎么嚼，只在嘴里打一个滚，咕咚一声就咽下去了。看他们吃得那样香，你会觉得世界上再没有比这个饭更好吃的饭了。

他们也有年，也有节。逢年过节，除了换一件干净衣裳，吃得好一些，就是聚在一起赌钱。赌具，也是钱。打钱，滚钱。打钱：各人拿出一二十铜圆，叠成很高的一摞。参与者远远地用一个钱向这摞铜钱砸去，砸倒多少取多少。滚钱又叫"滚五七寸"。在一片空场上，各人放一摞钱；一块整砖支起一个斜坡，用一个铜圆由砖面落下，向钱注密处滚去，钱停住后，用事前备好的两根草棍量一量，如距钱注五寸，滚钱者即可吃掉这一注；距离七寸，反赔出与此注相同之数。这种古老的博法使挑夫们得到极大的快乐。旁观的闲人也不时大声喝彩，为他们助兴。

这里的姑娘媳妇也都能挑。她们挑得不比男人少，走得不比男人慢。挑鲜货是她们的专业。大概是觉得这种水淋淋的东西对女人更相宜，男人们是不屑于去挑的。这些"女将"都生得颀长俊俏，浓黑的头发上涂了很多梳头油，梳得油光水滑（照当地说法是：苍蝇站上去都会闪了腿）。脑后的发髻都极大。发髻的大红头绳的发根长到二寸，老远就看到通红的一截。她们的发髻的一侧总要插一点什么东西。清明插一个柳球（杨柳的嫩枝，一头拿牙咬着，把柳枝的外皮连同鹅黄的柳叶使劲往下一抹，成一个小小球形），端午插一丛艾叶，有鲜花时插一朵栀子、一朵夹竹桃，无鲜花时插一朵大红剪绒花。因为常年挑担，衣服的肩膀处易破，她们的托肩多半是换过的。旧衣服，新托肩，颜色不一样，这几乎成了大淖妇女的特有的服饰。一二十个姑娘媳妇，挑着一担担紫红的荸荠、碧绿的菱角、雪白的连枝藕，走成一长串，风摆柳似的嚓嚓地走过，好看得很！

　　她们像男人一样地挣钱，走相、坐相也像男人。走起来一阵风，坐下来两条腿叉得很开。她们像男人一样赤脚穿草鞋（脚指甲却用凤仙花染红）。她们嘴里不忌生冷，男人怎么说话她们怎么说话，她们也用男人骂人的话骂人。打起号子来也是"好大娘个歪歪子咧！"——"歪歪子咧……"

　　没出门子的姑娘还文雅一点，一做了媳妇就简直是"姜太公在此百无禁忌"，要多野有多野。有一个老光棍黄海龙，年轻时也是挑夫，后来腿脚有了点毛病，就在码头上看看稻船，收收筹子。这老头儿老没正经，一把胡子了，还喜欢在媳妇们的胸前屁股上摸一把，拧一下。按辈分，他应当被这些媳妇称呼一声叔公，可是谁都管他叫"老骚胡子"。有一天,他又动手动脚的,几个媳妇一咬耳朵,一二三,一齐上手,眨眼之间叔公的裤子就挂在大树顶上了。有一回,叔公听见卖饺面的挑着担子,敲着竹梆走来,他又来劲了:"你们敢不敢到淖里洗个澡?——敢,我一个人输你们两碗饺面!"——"真的?"——"真的!"——"好!"几个媳妇脱了衣服跳到淖里扑通扑通洗了一会,爬上岸就大声喊叫:

"下面!"

这里人家的婚嫁极少明媒正娶,花轿吹鼓手是挣不着他们的钱的。媳妇,多是自己跑来的;姑娘,一般是自己找人。他们在男女关系上是比较随便的。姑娘在家生私孩子;一个媳妇,在丈夫之外,再"靠"一个,不是稀奇事。这里的女人和男人好,还是恼,只有一个标准:情愿。有的姑娘、媳妇相与了一个男人,自然也跟他要钱买花戴,但是有的不但不要他们的钱,反而把钱给他花,叫作"倒贴"。

因此,街里的人说这里"风气不好"。

到底是哪里的风气更好一些呢?难说。

四

大淖东头有一户人家。这一家只有两口人,父亲和女儿。父亲名叫黄海蛟,是黄海龙的堂弟(挑夫里姓黄的多),原来是挑夫里的一把好手。他专能上高跳。这地方大粮行的"窝积"

（长条芦席围成的粮囤），高到三四丈，只支一只单跳，很陡。上高跳要提着气一口气蹿上去，中途不能停留。遇到上了一点岁数的或者"女将"，抬头看看高跳，有点含糊，他就走过去接过一百五十斤的担子，一支箭似的上到跳顶，两手一提，把两箩稻子倒在"窝积"里，随即三五步就下到平地。因为为人忠诚老实，二十五岁了，还没有成亲。那年在车逻挑粮食，遇到一个姑娘向他问路。这姑娘留着长长的刘海，梳了一个"苏州俏"的发髻，还抹了一点胭脂，眼色张皇，神情焦急，她问路，可是连一个准地名都说不清，一看就知道是大户人家逃出来的使女。黄海蛟和她攀谈了一会，这姑娘就表示愿意跟着他过。她叫莲子。——这地方丫头、使女多叫莲子。莲子和黄海蛟过了一年，给他生了个女儿。七月生的，生下的时候满天都是五色云彩，就取名叫作巧云。

莲子的手很巧，也勤快，只是爱穿件华丝葛的裤子，爱吃点瓜子儿零食，还爱唱"打牙牌"之类的小调："凉月子一出照楼梢，打个呵欠伸懒腰，瞌睡子又上来了。哎哟，哎哟，瞌睡子又上来了……"这和大淖的乡风不大一样。

巧云三岁那年，她的妈莲子，终于和一个过路戏班子的一个唱小生的跑了。那天，黄海蛟正在马棚湾。莲子把黄海蛟的衣裳都浆洗了一遍，巧云的小衣裳也收拾在一起，焖了一锅饭，还给老黄打了半斤酒，把孩子托给邻居，说是她出门有点事，锁了门，从此就不知去向了。

巧云的妈跑了，黄海蛟倒没有怎么伤心难过。这种事情在大淖这个地方也值不得大惊小怪。养熟的鸟还有飞走的时候呢，何况是一个人！只是她留下的这块肉，黄海蛟实在是疼得不行。他不愿巧云在后娘的眼皮底下委委屈屈地生活，因此发誓不再续娶。他就又当爹又当妈，和女儿巧云在一起过了十几年。他不愿巧云去挑扁担，巧云从十四岁就学会结渔网和打芦席。

巧云十五岁，长成了一朵花。身材、脸盘都像妈。瓜子脸，一边有个很深的酒窝。眉毛黑如鸦翅，长入鬓角。眼角有点吊，是一双凤眼。睫毛很长，因此显得眼睛经常是眯缝着；忽然回头，睁得大大的，带点吃惊而专注的神情，好像听到远处有人叫她似的。她在门外的两棵树杈之间结网，在淖边平地上织席，就有一些少年人装着有事的样子来来去去。她上街买东西，甭管是买肉、买菜，打油、打酒，撕布、量头绳，买梳头油、雪花膏，买石碱、浆块，同样的钱，她买回来，分量都比别人多，东西都比别人的好。这个奥秘早被大娘、大婶们发现，她们都托她买东西。只要巧云一上街，都挎了好几个竹篮，回来时压得两个胳臂酸疼酸疼。泰山庙唱戏，人家都自己扛了板凳去。巧云散着手就去了。一去了，总有人给她找一个得看的好座。台上的戏唱得正热闹，但是没有多少人叫好，因为好些人不是在看戏，是看她。

巧云十六了，该张罗着自己的事了。谁家会把这朵花迎走呢？炕房的老大？浆坊的老二？鲜货行的老三？他们都有这意思。这点意思黄海蛟知道了，巧云也知道。不然他们老到淖东头来回晃悠是干什么呢？但是巧云没怎么往心里去。

巧云十七岁，命运发生了一个急转直下的变化。她的父亲黄海蛟在一次挑重担上高跳时，一脚踏空，从三丈高的跳板上摔下来，摔断了腰。起初以为不要紧，养养就好了。不想喝了好多药酒，贴了好多膏药，还不见效。她爹半瘫了，他的腰再也直不起来了。他有时下床，扶着一个剃头担子上用的高板凳，咯噔咯噔地走一截，平常就只好半躺下靠在一摞被窝上。他不能用自己的肩膀为女儿挣几件新衣裳，买两枝花，却只能由女儿用一双手养活自己了。还不到五十岁的男子汉，只能做一点老太婆做的事：绩了一捆又一捆的供女儿结网用的麻线。事情很清楚：巧云不会撇下她这个老实可怜的残废爹。谁要愿意，只能上这家来当一个倒插门的养老女婿。谁愿意呢？这家的全部家产只有三间草屋（巧云和爹各住一间，当中是一个小小的堂屋）。老大、老二、老三时不时走来走去，拿眼睛瞟着隔着一层渔网或者坐在雪白的芦席上的一个苗条的身子。他们的眼睛依然不缺乏爱慕，但是减少了几分急切。

老锡匠告诫十一子不要老往淖东头跑，但是小锡匠还短不了要来。大娘、大婶、姑娘、媳妇有旧壶翻新，总喜欢叫小锡匠来；从大淖过深巷上大街也要经过这里，巧云家门前的柳荫是一个等待雇主的好地方。巧云织席，十一子化锡，正好做伴。有时巧云停下活计，帮小锡匠拉风箱。有时巧云要回家看看她的残废爹，问他想不想吃烟喝水，小锡匠就压住炉里的火，帮她织一气席。巧云的手指划破了（织席很容易划破手，压扁的芦苇薄片，刀一样的锋快），十一子就帮她吮吸指头肚子上的血。巧云从十一子口里知道他家里的事：他是个独子，没有兄弟姐妹。他有一个老娘，守寡多年了。他娘在家给人家做针线，眼睛越来越不好，他很担心她有一天会瞎……

好心的大人路过时会想：这倒真是两只鸳鸯，可是配不成对。一家要招一个养老女婿，一家要接一个当家媳妇，弄不到一起。他们俩呢，只是很愿意在一处谈谈坐坐。都到岁数了，心里不是没有。只是像一片薄薄的云，飘过来，飘过去，下不成雨。

有一天晚上，好月亮，巧云到淖边一只空船上去洗衣裳（这里的船泊定后，把桨拖到岸上，寄放在熟人家，船就拴在那里，无人看管，谁都可以上去）。她正在船头把身子往前倾着，用力涮着一件大衣裳，一个不知轻重的顽皮野孩子轻轻走到她身后，伸出两手胳肢她的腰。她冷不防，一头栽进了水里。她本会一点水，但是一下子蒙了。这几天水又大，流很急。她挣扎了两下，喊救人，接连喝了几口水。她被水冲走了！正赶上十一子在炕房门外土坪上打拳，看见一个人冲了过来，头发在水上漂着。他褪下鞋子，一猛子扎到水底，从水里把她托了起来。

十一子把她肚子里的水控了出来，巧云还是昏迷不醒。十一子只好把她横抱着，像抱一个婴儿似的，把她送回去。她浑身是湿的，软绵绵，热乎乎的。十一子觉得巧云紧紧挨着他，越挨越紧。十一子的心怦怦地跳。

到了家，巧云醒来了。（她早就醒来了！）十一子把她放在床上。巧云换了湿衣裳（月光照出她的美丽的少女的身体）。十一子抓一把草，给她熬了半铫子姜糖水，让她喝下去，就走了。

巧云起来关了门，躺下。她好像看见自己躺在床上的样子。月亮真好。

巧云在心里说："你是个呆子！"

她说出声来了。

不大一会，她也就睡死了。

就在这一天夜里，另外一个人，拨开了巧云家的门。

五

由轮船公司对面的巷子转东大街，往西不远，有一个道士观，叫作炼阳观。现在没有道士了，里面住了不到一营人数的水上保安队。这水上保安队是地方武装。他们名义上归县政府管辖，饷银却由县商会开销，水上保安队的任务是下乡剿土匪。这一带土匪很多，他们抢了人，绑了票，大都藏匿在芦荡湖泊中的船上（这地方到处是水），如遇追捕，便于脱逃。因此，地方绅商觉得很需要成立一个特殊的武装力量来对付这些成帮结伙的土匪。水上保安队装备是很好的。他们乘的船是"铁板划子"——船的三面都有半人高、三四分厚的铁板，子弹是打不透的。铁板划子就停在大淖岸边，样子很高傲。一有任务，就看见大兵们扛着两挺水机关，用箩筐抬着多半筐子弹（子弹不用箱装，却使箩抬，颇奇怪），上了船，开走了。

或七八天，或十天半月，他们得胜回来了（他们有铁板划子，又有水机关，对土匪有压倒优势，很少有伤亡）。铁板划子靠了岸，上岸列队，由深巷，上大街，直奔县政府。这队伍是四列纵队，前面是号队。这不到一营的人，却有十二支号。一上大街，就"嗒嘀嗒嘀嗒"，齐齐整整地吹起来。后面是全队弟兄，一律荷枪实弹。号队之后，人队之前的正中，是捉来的土匪。有时三个五个，有时只有一个，都是五花大绑。这队伍是很神气的。最妙的是被绑着的土匪也一律都和着号音，步伐整齐，雄赳赳气昂昂地走着。甚至值日官喊"一、二、三、四"，他们也随着大声地喊。大队上街之前，要由地保事先通知沿街店铺，凡有鸟笼的（有的店铺是养八哥、画眉的），都要收起来，因为土匪大哥看见不高兴，这是他们忌讳的（他们到了县政府，都下在大狱里，看见笼中鸟，就无出狱希望了）。看看这样的铜号放光，刺刀雪亮，还夹着几个带有传奇色彩的土匪英雄的威武雄壮的队伍，是这条街上的民众的一件快乐事情。其快乐程度不下于看狮子、龙灯、高跷、抬阁和僧道齐全、六十四杠的大出丧。

除了下乡办差，保安队的弟兄们没有什么事。他们除了把两挺水机关扛到大淖边突突地打两梭（把淖岸上的泥土打得簌簌地往下掉），平常是难得出操、打野外的。使人们感觉到这营把人的存在的，是这十二个号兵早晚练号。早晨八九点钟，下午四五点钟，他们就到大淖边来了。先是拔长音，然后各自吹几段，最后是合吹进行曲、三环号（他们吹二环号只是吹着玩，因为从来没有接受检阅的时候）。吹完号，就解散，想干什么干什么。有的，就轻手轻脚，走进一家的门外，咳嗽一声，随着走了进去，门就关起来了。

这些号兵大都衣着整齐，干净爱俏。他们除了吹吹号，整天无事干，有的是闲空。他们的钱来得容易——饷钱倒不多，但每次下乡，总有犒赏；有时与土匪遭遇，双方谈条件，也常从对方手中得到一笔钱，手面很大方，花钱不在乎。他们是保护地方绅商的军人，身后有靠山，即或出一点什么事，谁也无奈他何。因此，这些大爷就觉得不风流风流，实在对不起自己，也辜负了别人。

十二个号兵，有一个号长，姓刘，大家都叫他刘号长。这刘号长前后跟大淖几家的媳妇都很熟。

拨开巧云家的门的，就是这个号长！

号长走的时候留下十块钱。

这种事在大淖不是第一次发生。巧云的残废爹当时就知道了。他拿着这十块钱，只是长长地叹了一口气。邻居们知道了，姑娘、媳妇并未多议论，只骂了一句："这个该死的！"

巧云破了身子，她没有淌眼泪，更没有想到跳到淖里淹死。人生在世，总有这么一遭！只是为什么是这个人？真不该是这个人！怎么办？拿把菜刀杀了他？放火烧了炼阳观？不行！她还有个残废爹。她怔怔地坐在床上，心里乱糟糟的。她想起该起来烧早饭了。她还得结网、织席，还得上街。她想起小时候上人家家看新娘子，新娘子穿了一双粉红的缎子花鞋。她想起她的远在天边的妈。她记不得妈的样子,只记得妈用一个筷子头蘸了胭脂给她点了一点眉心红。她拿起镜子照照,她好像第一次看清楚自己的模样。她想起十一子给她吮手指上的血,这血一定是咸的。她觉得对不起十一子,好像自己做错了什么事。她非常后悔,没有把自己给了十一子!

她的这个念头越来越强烈。这个号长来一次,她的念头就更强烈一分。

水上保安队又下乡了。

一天,巧云找到十一子,说:"晚上你到大淖东边来,我有话跟你说。"

十一子到了淖边。巧云踏在一只"鸭撒子"(放鸭子用的小船,极小,仅容一人。这是一只公船,平常就拴在淖边。大淖人谁都可以撑着它到沙洲上挑蒌蒿,割茅草,拣野鸭蛋)上,把篙子一点,撑向淖中央的沙洲,对十一子说:"你来!"

过了一会,十一子泅水到了沙洲上。

他们在沙洲的茅草丛里一直待到月到中天。

月亮真好啊!

六

十一子和巧云的事,师兄们都知道,只瞒着老锡匠一个人。他们偷偷地给他留着门,在门窝子里倒了水(这样推门进来没有声音)。十一子常常到天快亮的时候才回来。有一天,又是这时

候才推开门。刚刚要钻被窝,听见老锡匠说:

"你不要命啦!"

这种事情怎么瞒得住人呢?终于,传到刘号长的耳朵里。其实没有人跟他嚼舌头,刘号长自己还不知道?巧云看见他都讨厌,她的全身都是冷淡的。刘号长咽不下这口气。本来,他跟巧云又没有拜过堂、完过花烛,闲花野草,断了就断了。可是一个小锡匠,夺走了他的人,这丢了当兵的脸。太岁头上动土,这还行!这种事从来没有发生过。连保安队的弟兄也都觉得面上无光,在人前矬了一截。他们只许自己在别人头上拉屎撒尿,不许别人在他脸上溅一星唾沫的。若是闭着眼过去,往后,保安队的人还混不混了?

有一天,天还没亮,刘号长带了几个弟兄,踢开巧云家的门,从被窝里拉起了小锡匠,把他捆了起来。把黄海蛟、巧云的手脚也都捆了,怕他们去叫人。

他们把小锡匠弄到泰山庙后面的坟地里,一人一根棍子,搂头盖脸地打他。

他们要小锡匠卷铺盖走人,回他的兴化,不许再留在大淖。

小锡匠不说话。

他们要小锡匠答应不再走进黄家的门,不挨巧云的身子。

小锡匠还是不说话。

他们要小锡匠告一声饶,认一个错。

小锡匠的牙咬得紧紧的。

小锡匠的硬挣把这些向来是横着膀子走路的家伙惹怒了:"你

这样硬！打不死你！"——"打"，七八根棍子风一样、雨一样打在小锡匠的身子上。

小锡匠被他们打死了。

锡匠们听说十一子被保安队的人绑走了，他们四处找，找到了泰山庙。

老锡匠用手一探，十一子还有一丝悠悠气。老锡匠叫人赶紧去找陈年的尿桶。他经验过这种事，打死的人，只有喝了从桶里刮出来的尿碱，才有救。

十一子的牙关咬得很紧，灌不进去。

巧云捧了一碗尿碱汤，在十一子的耳边说："十一子，十一子，你喝了！"

十一子微微听见一点声音，他睁了睁眼。巧云把一碗尿碱汤灌进了十一子的喉咙。

不知道为什么，她自己也尝了一口。

锡匠们摘了一块门板，把十一子放在门板上，往家里抬。

他们抬着十一子，到了大淖东头，还要往西走。巧云拦住了：

"不要。抬到我家里。"

老锡匠点点头。

巧云把屋里存着的渔网和芦席都拿到街上卖了，买了七厘散，医治十一子身子里的瘀血。

东头的几家大娘、大婶杀了下蛋的老母鸡，给巧云送来了。

锡匠们凑了钱，买了人参，熬了参汤。

挑夫、锡匠、姑娘、媳妇，川流不息地来看望十一子。他们把平时在辛苦而单调的生活中不常表现的热情和好心都拿出来了。他们觉得十一子和巧云做的事都很应该，很对。大淖出了这样一对年轻人，使他们觉得骄傲。大家的心喜洋洋、热乎乎的，好像在过年。

刘号长打了人，不敢再露面。他那几个弟兄也都躲在保安队的队部里不出来。保安队的门口加了双岗。这些好汉原来都是一窝"草鸡"！

锡匠们开了会。他们向县政府递了呈子，要求保安队把姓刘的交出来。

县政府没有答复。

锡匠们上街游行。这个游行队伍是很多人从未见过的。没有旗子，没有标语，就是二十来个锡匠挑着二十来副锡匠担子，在全城的大街上慢慢地走。这是个沉默的队伍，但是非常严肃。他们表现出不可侵犯的威严和不可动摇的决心。这个带有中世纪行帮色彩的游行队伍十分动人。

游行继续了三天。

第三天，他们举行了"顶香请愿"。二十来个锡匠，在县政府照壁前坐着，每人头上用木盘顶着一炉炽旺的香。这是一个古老的风俗：民有沉冤，官不受理，被逼急了的百姓可以用香火把县大堂烧了，据说这不算犯法。

这条规矩不载于《六法全书》，现在不是大清国，县政府可以不理会这种"陋习"。但是这些锡匠是横了心的，他们当真干起来，后果是严重的。县长邀请县里的绅商商议，一致认为这件事不能再不管。于是由商会会长出面，约请了有关的人：一个承审——作为县长代表，保安队的副官，老锡匠和另外两个年长的锡匠，还有代表挑夫的黄海龙，四邻见证——卖眼镜的宝应人、卖天竺筷的杭州人，在一家大茶馆里举行会谈，来"了"这件事。

会谈的结果是：小锡匠养伤的药钱由保安队负担（实际是商会拿钱），将刘号长驱逐出境。由刘号长画押具结。老锡匠觉得这样就给锡匠和挑夫都挣了面子，可以见好就收了。只是要求在刘某人的具结上写上一条：如果他再踏进县城一步，任凭老锡匠一个人把他收拾了！

过了两天，刘号长就由两个弟兄持枪护送，悄悄地走了。他被调到三垛去当了税警。

十一子能进一点饮食，能说话了。巧云问他：

"他们打你，你只要说不再进我家的门，就不打你了，你就不会吃这样大的苦了。你为什么不说？"

"你要我说么？"

"不要。"

"我知道你不要。"

"你值么？"

"我值。"

"十一子，你真好！我喜欢你！你快点好。"

"你亲我一下,我就好得快。"

"好,亲你!"

巧云一家有了三张嘴。两个男的不能挣钱,但要吃饭。大淖东头的人家就没有积蓄,也没有什么东西可以变卖典押。结渔网,打芦席,都不能当时见钱。十一子的伤一时半会不会好,日子长了,怎么过呢?巧云没有经过太多考虑,把爹用过的箩筐找出来,磕磕尘土,就去挑担挣"活钱"去了。姑娘媳妇都很佩服她。起初她们怕她挑不惯,后来看她脚下很快、很匀,也就放心了。从此,巧云就和邻居的姑娘媳妇在一起,挑着紫红的荸荠、碧绿的菱角、雪白的连枝藕,风摆柳似的穿街过市,发髻的一侧插着大红花。她的眼睛还是那么亮,长睫毛忽闪忽闪的。但是眼神显得更深沉,更坚定了。她从一个姑娘变成了一个很能干的小媳妇。

十一子的伤会好么?

会。

当然会!

受戒

/// 汪曾祺

明海出家已经四年了。

他是十三岁来的。

这个地方的地名有点怪,叫庵赵庄。赵,是因为庄上大都姓赵。叫作庄,可是人家住得很分散,这里两三家,那里两三家。一出门,远远可以看到,走起来得走一会,因为没有大路,都是弯弯曲曲的田埂。庵,是因为有一个庵。庵叫菩提庵,可是大家叫讹了,叫成荸荠庵。连庵里的和尚也这样叫。"宝刹何处?"——"荸荠庵。"庵本来是住尼姑的。"和尚庙""尼姑庵"嘛。可是荸荠庵住的是和尚。也许因为荸荠庵不大,大者为庙,小者为庵。

明海在家叫小明子。他是从小就确定要出家的。他的家乡不叫"出家",叫"当和尚"。他的家乡出和尚。就像有的地方出劁猪的,有的地方出织席子的,有的地方出箍桶的,有的地方出弹棉花的，有的地方出画匠，有的地方出婊子，他的家乡出和尚。人家弟兄多，就派一个出去当和尚。当和尚也要通过关系，也有帮。这地方的和尚有的走得很远。有到杭州灵隐寺的、上海静安寺的、镇江金山寺的、扬州天宁寺的。一般的就在本县的寺庙。明海家田少，老大、老二、老三，就足够种的了。他是老四。他七岁那年，他当和尚的舅舅回家，他爹、他娘就和舅舅商议，决定叫他当和尚。他当时在旁边，觉得这实在是在情在理，没有理由反对。当和尚有很多好处。一是可以吃现成饭。哪个庙里都是管饭的。二是可以攒钱。只要学会了放瑜伽焰口，拜梁皇忏，可以按例分到辛苦钱。积攒起来，将来还俗娶亲也可以；不想还俗，买几亩田也可以。当和尚也不容易，一要面如朗月，二要声如钟磬，三要聪明记性好。他舅舅给他相了相面，叫他前走几步，后走几步，又叫他喊了一声赶牛打场的号子："格当嘚——"，说是"明子准能当个好和尚，我包了！"要当和尚，得下点本——念几年书。哪有不认字的和尚呢！于是明子就开蒙入学，读了《三字经》《百家姓》《四言杂字》《幼学琼林》《上论》《下论》《上孟》《下孟》，每天还写一张仿。村里都夸他字写得好，很黑。

舅舅按照约定的日期又回了家，带了一件他自己穿的和尚领的短衫，叫明子娘改小一点，给明子穿上。明子穿了这件和尚短衫，下身还是在家穿的紫花裤子，赤脚穿了一双新布鞋，跟他爹、他娘磕了一个头，就随舅舅走了。

他上学时起了个学名，叫明海。舅舅说，不用改了。于是"明海"就从学名变成了法名。

过了一个湖。好大一个湖！穿过一个县城。县城真热闹：官盐店，税务局，肉铺里挂着成扇的猪，一个驴子在磨芝麻，满街都是小磨香油的香味，布店，卖茉莉粉、梳头油的什么斋，卖绒花的，卖丝线的，打把式卖膏药的，吹糖人的，耍蛇的……他什么都想看看。舅舅一劲地推他："快走！快走！"

到了一个河边，有一只船在等着他们。船上有一个五十来岁的瘦长瘦长的大伯，船头蹲着一个跟明子差不多大的女孩子，在剥一个莲蓬吃。明子和舅舅坐到舱里，船就开了。明子听见有人跟他说话，是那个女孩子。

"是你要到荸荠庵当和尚吗？"

明子点点头。

"当和尚要烧戒疤哦！你不怕？"

明子不知道怎么回答，就含含糊糊地摇了摇头。

"你叫什么？"

"明海。"

"在家的时候？"

"叫明子。"

"明子！我叫小英子！我们是邻居。我家挨着荸荠庵——给你！"

小英子把吃剩的半个莲蓬扔给明海，小明子就剥开莲蓬壳，一颗一颗吃起来。

大伯一桨一桨地划着,只听见船桨拨水的声音:"哗——许!哗——许!"

……

荸荠庵的地势很好,在一片高地上。这一带就数这片地势高,当初建庵的人很会选地方。门前是一条河。门外是一片很大的打谷场。三面都是高大的柳树。山门里是一个穿堂。迎门供着弥勒佛。不知是哪一位名士撰写了一副对联:

大肚能容容天下难容之事
开颜一笑笑世间可笑之人

弥勒佛背后,是韦驮。过穿堂,是一个不小的天井,种着两棵白果树。天井两边各有三间厢房。走过天井,便是大殿,供着三世佛。佛像连龛才四尺来高。大殿东边是方丈,西边是库房。大殿东侧,有一个小小的六角门,白门绿字,刻着一副对联:

一花一世界
三藐三菩提

进门有一个狭长的天井,几块假山石,几盆花,有三间小房。

小和尚的日子清闲得很。一早起来,开山门,扫地。庵里的地铺的都是箩底方砖,好扫得很,给弥勒佛、韦驮烧一炷香,正殿的三世佛面前也烧一炷香、磕三个头、念三声"南无阿弥陀佛"，敲三声磬。这庵里的和尚不兴做什么早课、晚课，明子这三声磬就全都代替了。然后，挑水，喂猪。然后，等当家和尚即明子的舅舅起来，教他念经。

教念经也跟教书一样，师父面前一本经，徒弟面前一本经，师父唱一句，徒弟跟着唱一句。是唱哎。舅舅一边唱，一边还用手在桌上拍板。一板一眼，拍得很响，就跟教唱戏一样。是跟教唱戏一样，完全一样哎。连用的名词都一样。舅舅说，念经：一要板眼准，二要合工尺。说：当一个好和尚，得有条好嗓子。说：民国二十年（一九三一年）闹大水，运河倒了堤，最后在清水潭合龙，因为大水淹死的人很多，放了一台大焰口，十三大师——十三个正座和尚，各大庙的方丈都来了，下面的和尚上百。谁当这个首座？推来推去，还是石桥——善因寺的方丈！他往上一坐，就跟地藏王菩萨一样，这就不用说了；那一声"开香赞"，围看的上千人立时鸦雀无声。说：嗓子要练，夏练三伏，冬练三九，要练丹田气！说：要吃得苦中苦，方为人上人！说：和尚里也有状元、榜眼、探花！要用心，不要贪玩！舅舅这番大法说得明海和尚实在是五体投地，于是就一板一眼地跟着舅舅唱起来：

"炉香乍爇——"

"炉香乍爇——"

"法界蒙薰——"

"法界蒙薰——"

"诸佛现金身……"

"诸佛现金身……"

……

等明海学完了早经——他晚上临睡前还要学一段,叫作晚经——荸荠庵的师父们就都陆续起床了。

这庵里人口简单,一共六个人。连明海在内,五个和尚。

有一个老和尚,六十几了,是舅舅的师叔,法名普照,但是知道的人很少,因为很少人叫他法名,都称之为老和尚或老师父,明海叫他师爷爷。这是个很枯寂的人,一天关在房里,就是那"一花一世界"里。也看不见他念佛,只是那么一声不响地坐着。他是吃斋的,过年时除外。

下面就是师兄弟三个,仁字排行:仁山、仁海、仁渡。庵里庵外,有的称他们为大师父、二师父,有的称之为山师父、海师父。只有仁渡,没有叫他渡师父的,因为听起来不像话,大都直呼之为仁渡。他也只配如此,因为他还年轻,才二十多岁。

仁山,即明子的舅舅,是当家的。不叫"方丈",也不叫"住持",却叫"当家的",是很有道理的,因为他确确实实干的是当家的职务。他屋里摆的是一张账桌,桌子上放的是账簿和算盘。账簿共有三本。一本是经账,一本是租账,一本是债账。和尚要做法事,做法事要收钱——要不,当和尚干什么?常做的法事是放焰口。正规的焰口是十个人。一个正座,一个敲鼓的,两边一边四个。人少了,八个,一边三个,也凑合了。荸荠庵只有四个和尚,要放整焰口就得和别的庙里合伙。这样的时候也有过，通常只是放半台焰口。一个正座，一个敲鼓，另外一边一个。一来找别的庙里合伙费事，二来这一带放得起整焰口的人家也不多。有的时候，谁家死了人，就只请两个，甚至一个和尚咕噜咕噜念一通经，敲打几声法器就算完事。很多人家的经钱不是当时就给，往往要等秋后才还。这就得记账。另外，和尚放焰口的辛苦钱不是一样的。就像唱戏一样，有份子。正座第一份。因为他要领唱，而且还要独唱。当中有一大段"叹骷髅"，别的和尚都放下法器休息，只有首座一个人有板有眼地曼声吟唱。第二份是敲鼓的。你以为这容易呀？哼，单是一开头的"发擂"，手上没功夫就敲不出迟疾顿挫！其余的，就一样了。这也得记上：某月某日，谁家焰口半台，谁正座，谁敲鼓……省得到年底结账时赌咒骂娘。……这庵里有几十亩庙产，租给人种，到时候要收租。庵里还放债。租、债一向倒很少亏欠，因为租佃借钱的人怕菩萨不高兴。这二本账就够仁山忙的了。另外香烛、灯火、油盐"福食"，这也得随时记记账呀。除了账簿之外，山师父的方丈的墙上还挂着一块水牌，上漆四个红字："勒笔免思"。

仁山所说当一个好和尚的三个条件，他自己其实一条也不具备。他的相貌只要用两个字就说清楚了：黄，胖。声音也不像钟磬，倒像母猪。聪明么？难说，打牌老输。他在庵里从不穿袈裟，连海青直裰也免了。经常是披着件短僧衣，袒露着一个黄色的肚子。下面是光脚趿拉着一对僧鞋——新鞋他也是趿拉着。他一天就是这样不衫不履地这里走走，那里走走，发出母猪一样的声音："呣——呣——"。

二师父仁海。他是有老婆的。他老婆每年夏秋之间来住几个月，因为庵里凉快。庵里有六个人，其中之一，就是这位和尚的家眷。仁山、仁渡叫她嫂子，明海叫她师娘。这两口子都很爱干净，整天地洗涮。傍晚的时候，坐在天井里乘凉。白天，闷在屋里不出来。

三师父是个很聪明精干的人。有时一笔账大师兄扒了半天算盘也算不清，他眼珠子转两转，早算得一清二楚。他打牌赢的时候多，二三十张牌落地，上下家手里有些什么牌，他就差不多都知道了。他打牌时，总有人爱在他后面看歪头胡。谁家约他打牌，就说"想送两个钱给你"。他不但经忏俱通（小庙的和尚能够拜忏的不多），而且身怀绝技，会飞铙。七月间有些地方做盂兰会，在旷地上放大焰口，几十个和尚，穿绣花袈裟，飞铙。飞铙就是把十多斤重的大铙钹飞起来。到了一定的时候，全部法器皆停，只几十副大铙紧张急促地敲起来。忽然起手，大铙向半空中飞去，一面飞，一面旋转。然后，又落下来，接住。接住不是平平常常地接住，有各种架势，"犀牛望月""苏秦背剑"……这哪是念经，这是耍杂技。也许是地藏王菩萨爱看这个，但真正因此快乐起来的是人，尤其是妇女和孩子。这是年轻漂亮的和尚出风头的机会。一场大焰口过后，也像一个好戏班子过后一样，会有一个两个大姑娘、小媳妇失踪——跟和尚跑了。他还会放"花焰口"。

有的人家，亲戚中多风流子弟，在不是很哀伤的佛事——如做冥寿时，就会提出放花焰口。所谓花焰口就是在正焰口之后，叫和尚唱小调，拉丝弦，吹管笛，敲鼓板，而且可以点唱。仁渡一个人可以唱一夜不重头。仁渡前几年一直在外面，近二年才常住在庵里。据说他有相好的，而且不止一个。他平常可是很规矩，看到姑娘媳妇总是老老实实的，连一句玩笑话都不说，一句小调山歌都不唱。有一回，在打谷场上乘凉的时候，一伙人把他围起来，非叫他唱两个不可。他却情不过，说："好，唱一个。不唱家乡的。家乡的你们都熟，唱个安徽的。"

姐和小郎打大麦，
一转子讲得听不得。
听不得就听不得，
打完了大麦打小麦。

唱完了，大家还嫌不够，他就又唱了一个：

姐儿生得漂漂的，
两个奶子翘翘的。
有心上去摸一把，
心里有点跳跳的。
……

这个庵里无所谓清规，连这两个字也没人提起。

仁山吃水烟，连出门做法事也带着他的水烟袋。

他们经常打牌。这是个打牌的好地方。把大殿上吃饭的方桌往门口一搭，斜放着，就是牌桌。桌子一放好，仁山就从他的方丈里把筹码拿出来，哗啦一声倒在桌上。斗纸牌的时候多，搓麻将的时候少。牌客除了师兄弟三人，常来的是一个收鸭毛的，一个打兔子兼偷鸡的，都是正经人。收鸭毛的担一副竹筐，串乡串镇，拉长了沙哑的声音喊叫：

"鸭毛卖钱——！"

偷鸡的有一件家什——铜蜻蜓。看准了一只老母鸡，把铜蜻蜓一丢，鸡婆子上去就是一口。这一啄，铜蜻蜓的硬簧绷开，鸡嘴撑住了，叫不出来了。正在这鸡十分纳闷的时候，上去一把薅住。

明子曾经跟这位正经人要过铜蜻蜓看看。他拿到小英子家门前试了一试，果然！小英的娘知道了，骂明子：

"要死了！儿子！你怎么到我家来玩铜蜻蜓了！"

小英子跑过来：

"给我！给我！"

她也试了试，真灵，一个黑母鸡一下子就把嘴撑住，傻了眼了！

下雨阴天，这二位就光临荸荠庵，消磨一天。

有时没有外客，就把老师叔也拉出来，打牌的结局，大都是当家和尚气得鼓鼓的："×妈妈的！又输了！下回不来了！"

他们吃肉不瞒人。年下也杀猪。杀猪就在大殿上。一切都和在家里一样,开水、水桶、尖刀。捆猪的时候,猪也是没命地叫。跟在家里不同的是多一道仪式,要给即将升天的猪念一道"往生咒",并且总是老师叔念,神情很庄重:

"……一切胎生、卵生、息生,来从虚空来,还归虚空去。往生再世,皆当欢喜。南无阿弥陀佛!"

三师父仁渡一刀子下去,鲜红的猪血就带着很多沫子喷出来。
……

明子老往小英子家里跑。

小英子的家像一个小岛,三面都是河,四面有一条小路通到荸荠庵。独门独户,岛上只有这一家。岛上有六棵大桑树,夏天都结大桑葚,三棵结白的,三棵结紫的;一个菜园子,瓜豆蔬菜,四时不缺。院墙下半截是砖砌的,上半截是泥夯的。大门是桐油油过的,贴着一副万年红的春联:

向阳门第春常在
积善人家庆有余

门里是一个很宽的院子。院子里一边是牛屋、碓棚,一边是猪圈、鸡窠,还有个关鸭子的栅栏。露天地放着一具石磨。正北面是住房,也是砖基土筑,上面盖的一半是瓦,一半是草。房子翻修了才三年,木料还露着白茬。正中是堂屋,家神菩萨的画像上贴的金还没有发黑。两边是卧房。隔扇窗上各嵌了一块一尺见方的玻璃,明亮亮的——这在乡下是不多见的。房檐下一边种着一棵石榴树,一边种着一棵栀子花,都齐房檐高了。夏天开了花,一红一白,好看得很。栀子花香得冲鼻子。顺风的时候,在荸荠庵都闻得见。

这家人口不多,他家当然是姓赵。一共四口人:赵大伯、赵大妈,两个女儿——大英子、小英子。老两口没得儿子。因为这些年人不得病,牛不生灾,也没有大旱大水闹蝗虫,日子过得很兴旺。他们家自己有田,本来够吃的了,又租种了庵上的十亩田。自己的田里,一亩种了荸荠——这一半是小英子的主意,她爱吃荸荠,一亩种了慈姑。家里喂了一大群鸡鸭,单是鸡蛋鸭毛就够一年的油盐了。赵大伯是个能干人。他是一个"全把式",不但田里场上样样精通,还会罩鱼、洗磨、凿砻、修水车、修船、砌墙、烧砖、箍桶、劈篾、绞麻绳。他不咳嗽,不腰疼,结结实实,像一棵榆树。人很和气,一天不声不响。赵大伯是一棵摇钱树,赵大娘就是个聚宝盆。大娘精神得出奇。五十岁了,两个眼睛还是清亮亮的。不论什么时候,头都是梳得滑溜溜的,身上衣服都是格挣挣的。像老头子一样,她一天不闲着。煮猪食,喂猪,腌咸菜——她腌的咸萝卜干非常好吃,舂粉子,磨小豆腐,编蓑衣,织芦篚。她还会剪花样子。这里嫁闺女、陪嫁妆、瓷坛子、锡罐子,都要用梅红纸剪出吉祥花样,贴在上面,讨个吉利,也才好看:"丹凤朝阳"呀,"白头到老"呀,"子孙万代"呀,"福寿绵长"呀。二三十里的人家都来请她:"大娘,好日子是十六,你哪天去呀？"——"十五，我一大清早就来！"

"一定呀！"——"一定！一定！"

两个女儿，长得跟她娘像一个模子里托出来的。眼睛长得尤其像，白眼珠鸭蛋青，黑眼珠棋子黑，定神时如清水，闪动时像星星。浑身上下，头是头，脚是脚。头发滑溜溜的，衣服格挣挣的。——这里的风俗，十五六岁的姑娘就都梳上头了。这两个丫头，这一头的好头发！通红的发根，雪白的簪子！娘三个去赶集，一集的人都朝她们望。

姐妹俩长得很像，性格不同。大姑娘很文静，话很少，像父亲。小英子比她娘还会说，一天叽叽呱呱地不停。大姐说：

"你一天到晚叽叽呱呱——"

"像个喜鹊！"

"你自己说的！——吵得人心乱！"

"心乱？"

"心乱！"

"你心乱怪我呀！"

二姑娘话里有话。大英子已经有了人家。小人她偷偷地看过，人很敦厚，也不难看，家道也殷实，她满意。已经下过小定，日子还没有定下来。她这二年，很少出房门，整天赶她的嫁妆。大裁大剪，她都会。挑花绣花，不如娘，可她又嫌娘出的样子太老了。她到城里看过新娘子，说人家现在绣的都是活花活草。这可把娘难住了。最后是喜鹊忽然一拍屁股："我给你保举一个人！"

这人是谁？是明子。明子念《上孟》《下孟》的时候，不知怎么得了半套《芥子园》，他喜欢得很。到了荸荠庵，他还常翻出来看，有时还把旧账簿子翻过来，照着描。小英子说：

"他会画！画得跟活的一样！"

小英子把明海请到家里来，给他磨墨铺纸，小和尚画了几张，大英子喜欢得了不得：

"就是这样！就是这样！这就可以乱孱！"——所谓乱孱是绣花的一种针法：绣了第一层，第二层的针脚插进第一层的针缝，这样颜色就可由深到淡，不露痕迹，不像娘那一代绣的花是平针，深浅之间，界限分明，一道一道的。小英子就像个书童，又像个参谋：

"画一朵石榴花！"

"画一朵栀子花！"

她把花掐来，明海就照着画。

到后来，凤仙花、石竹子、水蓼、淡竹叶、天竺果子、蜡梅花，他都能画。

大娘看着也喜欢，搂住明海的和尚头：

"你真聪明！你给我当一个干儿子吧！"

小英子捺住他的肩膀，说：

"快叫！快叫！"

小明子跪在地下磕了一个头，从此就叫小英子的娘作干娘。

大英子绣的三双鞋，三十里方圆都传遍了。很多姑娘都走路坐船来看。看完了,就说:"啧啧啧,真好看!这哪是绣的,这是一朵鲜花!"她们就拿了纸来央大娘求了小和尚来画。有求画帐檐的,有求画门帘飘带的,有求画鞋头花的。每回明子来画花,小英子就给他做点好吃的,煮两个鸡蛋,蒸一碗芋头,煎几个藕团子。

因为照顾姐姐赶嫁妆,田里的零碎生活小英子就全包了。她的帮手,是明子。

这地方的忙活是栽秧、车高田水、薅头遍草,再就是割稻子、打场了。这几茬重活,自己一家是忙不过来的。这地方兴换工。排好了日期,几家顾一家,轮流转。不收工钱,但是吃好的。一天吃六顿,两头见肉,顿顿有酒。干活时,敲着锣鼓,唱着歌,热闹得很。其余的时候,各顾各,不显得紧张。

薅三遍草的时候,秧已经很高了,低下头看不见人。一听见非常脆亮的嗓子在一片浓绿里唱:

> 栀子哎开花哎六瓣头哎……
> 姐家哎门前哎一道桥哎……

明海就知道小英子在哪里,三步两步就赶到,赶到就低头薅起草来,傍晚牵牛"打汪",是明子的事——水牛怕蚊子。这里的习惯,牛卸了轭,饮了水,就牵到一口和好泥水的"汪"里,由它自己打滚扑腾,弄得全身都是泥浆,这样蚊子就咬不通了。

低田上水，只要一挂十四轧的水车，两个人车半天就够了。明子和小英子就伏在车杠上，不紧不慢地踩着车轴上的拐子，轻轻地唱着明海向三师父学来的各处山歌。打场的时候，明子能替赵大伯一会，让他回家吃饭。——赵家自己没有场，每年都在荸荠庵外面的场上打谷子。他一扬鞭子，喊起了打场号子：

"格当嘚——"

这打场号子有音无字，可是九转十三弯，比什么山歌号子都好听。赵大娘在家，听见明子的号子，就侧起耳朵：

"这孩子这条嗓子！"

连大英子也停下针线：

"真好听！"

小英子非常骄傲地说：

"一十三省数第一！"

晚上，他们一起看场——荸荠庵收来的租稻也晒在场上。他们并肩坐在一个石磙子上，听青蛙打鼓，听寒蛇唱歌——这个地方以为蝼蛄叫是蚯蚓叫，而且叫蚯蚓叫寒蛇，听纺纱婆子不停地纺纱，"唦——"，看萤火虫飞来飞去，看天上的流星。

"呀！我忘了在裤带上打一个结！"小英子说。

这里的人相信，在流星掉下来的时候在裤带上打一个结，心里想什么好事，就能如愿。

……

"捏"荸荠，这是小英最爱干的生活。秋天过去了，地净场光，荸荠的叶子枯了——荸荠的笔直的小葱一样的圆叶子里是一格一格的,用手一捋,哗哗地响,小英子最爱捋着玩——荸荠藏在烂泥里。赤了脚,在凉浸浸滑溜溜的泥里踩着——哎,一个硬疙瘩!伸手下去,一个红紫红紫的荸荠。她自己爱干这生活,还拉了明子一起去。她老是故意用自己的光脚去踩明子的脚。

她挎着一篮子荸荠回去了,在柔软的田埂上留了一串脚印。明海看着她的脚印,傻了。五个小小的趾头,脚掌平平的,脚跟细细的,脚弓部分缺了一块。明海身上有一种从来没有过的感觉,他觉得心里痒痒的。这一串美丽的脚印把小和尚的心搞乱了。

……

明子常搭赵家的船进城,给庵里买香烛,买油盐。闲时是赵大伯划船;忙时是小英子去,划船的是明子。

从庵赵庄到县城,当中要经过一片很大的芦花荡子。芦苇长得密密的,当中一条水路,四边不见人。划到这里,明子总是无端端地觉得心里很紧张,他就使劲地划桨。

小英子喊起来:

"明子!明了!你怎么啦?你发疯啦?为什么划得这么快?"

……

明海到善因寺去受戒。

"你真的要去烧戒疤呀?"

"真的。"

"好好的头皮上烧十二个洞,那不疼死啦?"

"咬咬牙。舅舅说这是当和尚的一大关,总要过的。"

"不受戒不行吗?"

"不受戒的是野和尚。"

"受了戒有啥好处?"

"受了戒就可以到处云游,逢寺挂褡。"

"什么叫挂褡?"

"就是在庙里住。有斋就吃。"

"不把钱?"

"不把钱。有法事,还得先尽外来的师父。"

"怪不得都说'远来的和尚会念经'。就凭头上这几个戒疤?"

"还要有一份戒牒。"

"闹半天,受戒就是领一张和尚的合格文凭呀!"

"就是!"

"我划船送你去。"

"好。"

小英子早早就把船划到荸荠庵门前。不知是什么道理,她兴奋得很。她充满了好奇心,想去看看善因寺这座大庙,看看受戒是个啥样子。

善因寺是全县第一大庙,在东门外,面临一条水很深的护城河,三面都是大树,寺在树林子里,远处只能隐隐约约看到一点金碧辉煌的屋顶,不知道有多大。树上到处挂着"谨防恶犬"的牌子。这寺里的狗出名地厉害。平常不大有人进去。放戒期间,任游人看，恶狗都锁起来了。

好大一座庙！庙门的门槛比小英子的膝盖都高。迎门矗着两块大牌，一边一块，一块写着斗大两个大字"放戒"，一块是"禁止喧哗"。这庙里果然是气象庄严，到了这里谁也不敢大声咳嗽。明海自去报名办事，小英子就到处看看。好家伙，这哼哈二将、四大天王，有三丈多高，都是簇新的，才装修了不久。天井有二亩地大，铺着青石，种着苍松翠柏。"大雄宝殿"，这才真是个"大殿"！一进去，凉飕飕的。到处都是金光耀眼。释迦牟尼佛坐在一个莲花座上，单是莲座，就比小英子还高。抬起头来也看不全他的脸，只看到一个微微闭着的嘴唇和胖墩墩的下巴。两边的两根大红蜡烛，一搂多粗。佛像前的大供桌上供着鲜花、绒花、绢花，还有珊瑚树、玉如意、整根的大象牙。香炉里烧着檀香。小英子出了庙，闻着自己的衣服都是香的。挂了好些幡。这些幡不知是什么缎子的，那么厚重，绣的花真细。这么大一口磬，里头能装五担水！这么大一个木鱼，有一头牛大，漆得通红的。她又去转了转罗汉堂，爬到千佛楼上看了看。真有一千个小佛！她还跟着一些人去看了看藏经楼。藏经楼没有什么看头，都是经书！妈吔！逛了这么一圈，腿都酸了。小英子想起还要给家里打油，替姐姐配丝线，给娘买鞋面布，给自己买两个坠围裙飘带的银蝴蝶，给爹买旱烟，就出庙了。

等把事情办齐，晌午了。她又到庙里看了看，和尚正在吃粥。好大一个"膳堂"，坐得下八百个和尚。吃粥也有这样多讲究：

正面法座上摆着两个锡胆瓶,里面插着红绒花,后面盘膝坐着一个穿了大红满金绣袈裟的和尚,手里拿了戒尺。这戒尺是要打人的。哪个和尚吃粥吃出了声音,他下来就是一戒尺。不过他并不真的打人,只是做个样子。真稀奇,那么多的和尚吃粥,竟然不出一点声音!他看见明子也坐在里面,想跟他打个招呼又不好打。想了想,管他禁止不禁止喧哗,就大声喊了一句:"我走啦!"她看见明子目不斜视地微微点了点头,就不管很多人都朝自己看,大摇大摆地走了。

第四天一大清早小英子就去看明子。她知道明子受戒是第三天半夜——烧戒疤是不许人看的。她知道要请老剃头师傅剃头,要剃得横摸顺摸都摸不出头发茬子,要不然一烧,就会"走"了戒,烧成了一片。她知道是用枣泥子先点在头皮上,然后用香头子点着。她知道烧了戒疤就喝一碗蘑菇汤,让它"发",还不能躺下,要不停地走动,叫作散戒。这些都是明子告诉她的。明子是听舅舅说的。

她一看,和尚真在那里散戒,在城墙根底下的荒地里。一个一个,穿了新海青,光光的头皮上都有十二个黑点子。——这黑疤掉了,才会露出白白的、圆圆的戒疤。和尚都笑嘻嘻的,好像很高兴。她一眼就看见了明子。隔着一条护城河,就喊他:

"明子!"

"小英子!"

"你受了戒啦?"

"受了。"

"疼吗?"

"疼。"

"现在还疼吗?"

"现在疼过去了。"

"你哪天回去?"

"后天。"

"上午?下午?"

"下午。"

"我来接你!"

"好!"

……

小英子把明海接上船。

小英子这天穿了一件细白夏布上衣,下边是黑洋纱的裤子,赤脚穿了一双龙须草的细草鞋,头上一边插着一朵栀子花,一边插着一朵石榴花。她看见明子穿了新海青,里面露出短褂子的白领子,就说:"把你那外面的 件脱了,你不热呀!"

他们一人一把桨。小英子在中舱,明子扳艄,在船尾。

她一路问了明子很多话,好像一年没有看见了。

她问:"烧戒疤的时候,有人哭吗?喊吗?"

明子说,没有人哭,只是不住地念拂。有个山东和尚骂人:"俺日你奶奶!俺不烧了!"

她问:"善因寺的方丈石桥是相貌和声音都很出众吗?"

"是的。"

"说他的方丈比小姐的绣房还讲究?"

"讲究。什么东西都是绣花的。"

"他屋里很香?"

"很香。他烧的是伽南香,贵得很。"

"听说他会作诗,会画画,会写字?"

"会。庙里走廊两头的砖额上,都刻着他写的大字。"

"他是有个小老婆吗?"

"有一个。"

"才十九岁?"

"听说。"

"好看吗?"

"都说好看。"

"你没看见?"

"我怎么会看见?我关在庙里。"

明子告诉她,善因寺一个老和尚告诉他,寺里有意选他当沙弥尾,不过还没有定,要等主事的和尚商议。

"什么叫沙弥尾?"

"放一堂戒,要选出一个沙弥头,一个沙弥尾。沙弥头要老成,要会念很多经。沙弥尾要年轻,聪明,相貌好。"

"当了沙弥尾跟别的和尚有什么不同?"

"沙弥头，沙弥尾，将来都能当方丈。现在的方丈退居了，就当。石桥原来就是沙弥尾。"

"你当沙弥尾吗？"

"还不一定哪。"

"你当方丈，管善因寺？管这么大一个庙？！"

"还早哪！"

划了一气，小英子说："你不要当方丈！"

"好，不当。"

"你也不要当沙弥尾！"

"好，不当。"

又划了一气，看见那一片芦花荡子了。

小英子忽然把桨放下，走到船尾，趴在明子的耳朵旁边，小声地说：

"我给你当老婆，你要不要？"

明子眼睛鼓得大大的。

"你说话呀！"

明子说："嗯。"

"什么叫嗯呀！要不要？要不要？"

明子大声地说："要！"

"你喊什么！"

明子小小声说："要——！"

"快点划！"

英子跳到中舱，两只桨飞快地划起来，划进了芦花荡。

芦花才吐新穗。紫灰色的芦穗，发着银光，软软的，滑溜溜的，像一串丝线。有的地方结了蒲棒，通红的，像一枝一枝小蜡烛。青浮萍，紫浮萍。长脚蚊子，水蜘蛛。野菱角开着四瓣的小白花。惊起一只青桩①，擦着芦穗，扑鲁鲁鲁飞远了。

……

一九八〇年八月十二日，写四十三年前的一个梦

---

① 青桩：一种水鸟。

卖驴

/// 赵本夫

大千世界，无奇不有，一件意想不到的事，促使孙三老汉最终下了决心："卖驴！"

那天，他给收购站往县城送货，交完货，又给人代买了东西，便赶着大青驴急忙往回返，离家还有六十里，一会儿也松不得。

毕竟是上了岁数的人，四更起床，五更上路，加上刚才买东西爬了几个楼，没出城，就觉有些困顿。他迷迷糊糊往前赶，出了城，路上行人锐减。他想，离下路还有好远，反正是轻车熟路，索性睡上一阵，于是跳上车，怀抱鞭子，和衣躺下，任凭大青驴嗒嗒地踩着路面往前走。

说来巧，前头不远，有人赶一头草灰驴，拉一辆躺着死人的平板车，奔郊区火葬场。车两旁，几个护葬的男女正哽哽咽咽。

大青驴看见异性同族，顿生痴情，也不管去得去不得，加快步子一路尾随,直奔火葬场去。

此时,孙三老汉大梦沉沉,睡意正浓。火葬场院子里,已有几个死者,分别躺在软床、担架、平板车之类的物件上,排队等候。死者家属们面色阴郁,三三两两,或蹲或站,冷冰冰地看着这一簇新来的人马。

大青驴拉着孙三老汉,紧挨灰草驴那辆车,也规规矩矩地挨上了号。

大约是两辆车同时来到,使人误解一家死了两个人。于是,一些人同情而又好奇地围上来,先是用探询的目光看着,而后终于有人发话:"一家的?"

前车有人摇摇头,冲大青驴这边一努嘴巴:"半道跟来的。"

大伙更觉稀奇:后一辆车既无赶车的,又无护丧的?有几个人壮起胆子,悄悄围上了孙三老汉,探头细看:此人面色红润,神态安详,哪里像个死人?再一听,鼻孔呼呼有声……霎时,人们像大白日见鬼,毛骨悚然!咂着舌纷纷退后,真不知眼前出了什么事。

大青驴不知是被惊吓,还是责怪人们轻薄了自己的主人,于是不平则鸣,一耸鼻子,"啊哈啊哈"地大叫起来,引得另外几头毛驴一齐共鸣。一时驴声大作,静穆的火葬场仿佛成了驴市。

孙三老汉猝然惊坐起来,不知出了什么事。他揉眼一看,这是哪里?一群人围着自己:惊、窘、奇、怕,一人一态,有人手拿架势,好像随时准备逃跑。他定定神再看,这才发现是到了火葬场。孙三老汉激灵打个寒战：我的爹！可拉到好地方来了。一圈人这么看，是当我"诈尸还魂"哩！

孙三勃然大怒，跳下车就要打驴，又想：不妥！还是先离开这块晦地。他圈过牲口，头也没抬，打一鞭冲出门去！

这种事要放在别人身上，不过是个笑谈，但孙三老汉却把它看重了。他认定，这件事正好应验了自己多少天来的一桩心事，是个极不吉利的征兆！

要说孙三有心事，一般人不会相信。大伙都知道，这两年他给收购站当脚力，挣了一笔钱，加上队里实行责任制，老伴做家务，儿子闺女顶趟干活，分配好转，两下一凑合，光景大变。但问题也就出在这里。因为他至今不敢断定，家里富了是福还是祸！尽管一家人挣的全是血汗钱。

单说孙三老汉当脚力吃的苦，就绝非常人可比。

孙三的家在老黄河沿上。这一带是三省交界的穷乡僻壤，上级管顾不周全，庄稼没种好，倒是一种叫"沙打旺"的茅草特别茂盛，黄河故道里里外外全是，一望无边。庄稼人也像这耐贫瘠的茅草一样，具有在困境中求生的能力，家家都养了许多羊。人们除了种地，就是放牧。每逢夏秋季节，蓝天之下，风吹草低见牛羊，颇有塞外风光。养羊所得，成了农家生活的重要来源。

上级在这里设了收购站。收购的羊皮、羊毛等农副产品，积攒多了让汽车拉走。可是收购的活羊却不能存留。每日五至七头，上派汽车不值得，很需要雇个脚力，随收随往县城送。这叫公家运输的一种补充。

按说，脚力挣钱较多，应当好找，其实却不然。一来往县城一趟往返百多里，起五更睡半夜，天天如是，一般人吃不了这个苦；二来庄户日子琐碎，极少有人能脱开家务常年外出；还有条更头疼，这里偏僻，买东西不方便。有人进城，东家要扯几尺布，西家要捎几斤糖，生产队买水泵、化肥等物资，有时也让代捎。一二百户人家的村子，这类事天天都有。干脆，不挣这份钱，也不劳这个神。尤其前几年"大批促大干"的时候，收购站的老脚力孙三老汉，被定为"自发分子"后，更没人敢接这个活了。有力气哪儿不能使！

老脚力孙三被折腾了半年多，那因常年奔波而隐积的风寒症，一下子迸发啦。大病一场后，左腿成了残疾，走起路来尽打颤；原本好说好笑的一个老汉，也变得痴痴呆呆。谁见了谁想掉泪。

庄稼地里多了这么个半瘫半痴的老汉，生产并没有上去，收购站和村子里少了这么个脚力和"代办"，却显得处处不方便。收购的活羊不能及时外运，瘦、病、死都来啦，收购站由盈利变成亏损。村里人要买什么东西，以往本可以让孙三老汉在县城代办的，现在却不得不亲自跑一趟，反倒无形中浪费了许多劳力。日子久了，都希望再有一个人干，却又没谁出头。于是又有人把目光投向孙三老汉。意思很明白，不过谁也没出口，怕的是戳痛老人家尚未平复的创伤。

但孙三老汉生就一副热心肠。他从那些期待的目光里，感受到了乡亲们对自己的信任，一颗僵冷的心重新激荡起来。前年春天，政策刚一放宽，他立刻借钱买来大青驴，二次当了脚力。这一下，大伙全乐了。

说真的，孙三老汉重操鞭子，并不是没有顾虑。前几年吃尽苦头，大难不死，现在政策放宽，谁又敢担保这不是一股风呢？但他思之再三，这件事对国家、对大伙、对自己都有益处，不亏心！这才壮着胆子干了两年。两年间，他一个六十多岁的老汉，拖着一条半瘫的腿，伏天能热个昏，数九能冻个僵，付出比常人多数倍的血汗，终于使日子有了转机。三十岁的儿子说上了媳妇，原准备给儿子换亲的闺女也有了中意的婆家，还筹备扒旧屋盖新房。

正当他踌躇满志、重整家业的时候，最近忽然听传，政策要"收"。天天晚上，都有一些人围在孙三家里闲唠，议题都是：庄稼人啥时候才能清清静静地过日子呢？结果谁也回答不了。当然，这些都是小道消息。至于上级要"收"要"管"的是哪些事，拉脚是否犯禁，孙三老汉并不清楚，也无从判断。因为多年来政策好变，昨天是允许的事，今天也可能会禁止。因此，只这一个"变"字，已使他先有三分惊慌。

那天，又听队长报信，公社将要调来的新书记，正是当年抓他"自发"的县委韩副部长。这一惊更是非同小可。事隔数年，如今这位姓韩的领导是否还会干那种"大批促大干"的蠢事，孙三老汉更是无从打听。那次挨批时，有人发言说孙三忘本。老汉不服，韩副部长当场表态："你走的是资本主义道路，顽固坚持，只有死路一条！"这话通过大喇叭轰的一声传出来，把老汉吓坏了。此后，他像中了魔法一样，曾把"死路一条"几个字念叨了半年。如今回想起来，仍然头皮发紧。现在，他又要回来了，孙三老汉越想越害怕。至此，心里已有七分恐惧。

这几天，孙三老汉一直惊魂不定，疑神疑鬼。正在这当口，凭空出了这么个晦气事：让大青驴拉进火葬场，差点给"活化"了，可不正应在"死路一条"上！迷信，在人们不能掌握自己的命运时，最容易复活。此时，孙三老汉犹如"伤弓之鸟，落于虚发"，经不得一点风吹草动了！

孙三老汉把大青驴赶出火葬场，重新拐到正路上。他越想越恼，把车停在路旁，照准大青驴，举鞭就打。孙三老汉一肚子窝囊气全都倾泻到驴身上了。大青驴暴跳不止，一会便乱了缰套。孙三一身臭汗，松开手喘息了一阵，便转到驴腚后头，倒过鞭杆，敲了敲驴蹄子，说声："提起来！"那意思本想整好缰套赶路，大青驴却以为又要打它，尥起一蹄子，正踢在孙三左额上。他惨叫一声，忙用手捂住，血却顺指缝直流出来。孙三恼上加恼，照头一鞭，大青驴一下子惊了，拉起平车就跑，平车横冲直撞，不上百十步，便轰隆一声栽到路沟里去了。等别人帮着拉上来，大青驴也摔脱了右胯。

回到家里，孙三老汉躺倒三天，长吁短叹。他思前想后，连头发梢那么细的事也没落下，一种被命运捉弄的悲哀苦苦地缠绕着他。最后，终于得出一个老掉牙的结论：死生由命，穷富在天，不由你不信！想到此处，他忽然觉得大青驴是个"恩物"，多亏它提前报个凶信，现在收摊子，还算有惊无失！

孙三老汉卖驴铁了心，可是这么卖得折大钱，怎么行？他头上的伤口刚好，便牵着脱了胯的大青驴，上了公社兽医站。

兽医站的刘站长人倒热情，可惜医术不高。十年前，老站长王老尚，因为在军阀张作霖的军队里当过马医，被清除回家。那是这一方有名的神医。要是他还在，多好啊！

刘站长围着大青驴转了一圈，叫孙三把大青驴拴绑到桩架上。刘站长抱着脱胯的右腿，一下又一下地往上顶，吭哧了半天，也没对上，末了甩一把汗珠子说："没治，宰了吧！"说着，就要批条子。

"宰？"孙三舍不得。他记着大青驴的许多好处，人和驴共局，也不能不讲良心！还是到柳镇庙会上碰碰运气吧，说不定有个能人买去，调理好，也算救它一命哇！至于折钱不折钱，孙三老汉就不去管它了。

孙三老汉四更起床，喂饱牲口，自己稍吃了点饭，便牵着大青驴，一颠一颠地上了路。等他十多里路赶到时，赶会的人已从镇里溢出镇外。

孙三无心也无法进入镇里，便牵着大青驴，直奔镇北的牲口市。

牲口市设在一片乌压压的柳林里，里面拴着近千头牲畜，牛、马、驴、骡，一应俱全。相比之下，这里却安静得多。除牲畜不时发出的一声声鸣叫，大多数人都在默默地转悠、相看和等待，完全没有街里市场上那种令人头晕的喧嚣。须知，在牲口市上，无论卖主还是买主，都是些沉稳而有心计的庄稼人。多年形成的习惯，在这里搞交易，主要靠眼神和五个指头捏码子。

孙三选择了一棵弯柳树，把大青驴拴上，便拧了一袋烟点着，蹲在一旁静候起来。

庄稼人对牲畜像对土地一样，具有特殊的感情。自从准许私人养牲畜，柳镇庙会上的牲口市，就成了最引人的地方。如果调查一下，私人买牲口真正拉脚、跑运输的极少，一般都是家用。庄稼人手头有钱，宁愿买牲畜，不愿买自行车。因为自行车作用狭窄，而且越骑越折钱。如果买头毛驴，作用就大啦，出门可以骑上，在这处处有黄沙的土路上，速度并不比自行车慢。当然，主要还是干活用。这一带村庄稀少，有的大田离家十里八里，运粪拉庄稼，套上毛驴，犹如水乡轻舟，便当极了。此外，牲畜还能屙粪；毛驴、小牛犊喂二年长大了，价钱能成倍地翻。这些好处都是自行车无法比拟的。老实说，就是真正的经济学家，也未必能盘算得这样精细！

孙三老汉往周围打量了一下，今天卖主多，买主更多。心想，行情倒好。

不大一会，一个精瘦的老头子直朝大青驴走来，到跟前看看驴问孙三："喂！老伙计，这牲口是卖的吗？"

其实孙三早看见他了，却佯装不知，只管抽烟。听到问话，才朝他乜了一眼，微微点点头。他准备拉点硬弓。他懂得，买和卖是心计和意志的较量，热乎了倒不好。这在兵书上叫欲擒故纵。若认真考据起来，孙三是孙武子的后裔，也未可知！

对方并不外行，掰开驴嘴："哟！四岁口。"听话音，显然相中了大青驴，正捋着山羊胡子端详骨架，忽然发现了那条吊着的后腿："哎——瘸啦？"

"掉胯。小毛病。一整就好。"孙三老汉三句话只用了几个字。他要让对方相信：这根本不算一回事！可是睁眼一看，瘦老头已走了。他呼地站起来，冲那人脊背大声嚷道："嘿！算你瞎了眼。不敢吹，我这驴干活气死马！"瘦老头并不为其所动，头也没扭。

后来，又陆续来了几个人，叫一看是头瘸驴，全都走开了。庄户人买头牲口，图的是当儿子用，谁愿意买个老爷伺候！

天已近午，牲口市上已进入成交阶段。多数买主不再转悠，只拣相中的牲口，和卖主讨价还价。经纪人忙着从中撮合，这边打个码子，那边勾勾指头，三五个来回，就能成交一桩买卖。经纪人自己的腰包也渐渐鼓胀起来。已经有许多人牵着牲口，心满意足地离开了市场。

孙三老汉烦躁不安，一开始那种漫不经心的样子没了，只盼有个买主来，便立刻黏住他。

又等了一阵，仍不见有人来。孙三让邻近相识的照看着牲口，自己倒背着手在柳林里转了一圈。他看看听听，心里估摸，今天上市的牲口不下七百头，成交的不会少于四百头。买牛、驴的居多，也有一些买大骡马的，这有点出乎孙三的意料。看起来，庄稼人自信得很，社会上关于政策变化的传言，并没有引起多大骚动。也许，他们压根就不信政策会往孬处变！孙三老汉被这庙会上庄稼人的阵势和气魄振奋了！他开始怀疑这些天自己的神经是否正常。

孙三正在发愣，猛听一片喝彩声。他循声左望，十几步开外，一群人围着一匹高大的黑骡子叫好，一个又矮又胖的老汉正拉着往外挤，脸上兴奋得放红光。咦！这不是小孩他大姨父吗？孙三心里一动，怎么？这个胆小鬼也买下大骡子啦！那年孙三挨批判，他只在晚上来看过一次，大约是怕株连。平时，孙三有点瞧不起他，可此时此地，却觉得自己远不如这位襟兄光彩、体面！这么多人围着看，好神气呀！在乡下庙会上，这要算最叫人眼热心动的镜头了。孙三使劲咽了一口唾沫，压住满肚子醋意，转脸就走。他真不愿在这种时候和他打招呼。

孙三怀着迷乱的心情回来时，大青驴已被一群人围住。他心里一热，卖驴的劲头又上来啦，忙挤进去，打量了一遍说道："哪个要买？这驴是我的。"

众人一齐把目光投来。孙三镇定了一下，正埋怨自己沉不住气，对面一个约有七十岁的老者凑了上来。他疏眉朗目，左腮下一颗黑痣，胸前飘着半尺长的白须，右肩上搭一根长竿竹节烟袋。孙三顿生三分敬重，又感到此人面善，却一时记不起来了。

那人显然已对大青驴相看过了，走过来和善地问道："老弟，你要多少钱？"

"你出多少？"

"哎——"那人微微笑了,"讨价还价,哪有不讨价便还价的道理?"

孙三一时语塞:"这个……我是这个价买的。"他先伸出一个指头,又伸出五个指头。

"这么好一头驴,你卖它何故?"老者并没急于问价,稳稳沉沉只打唠。

这话正触在孙三的心病上。他只好将实情隐瞒了,支吾道:"这驴……哎……这驴性太烈了。"说着摸摸左额的伤疤,引得众人都笑起来。孙三立刻又正色道:"当真!这牲口活路没说的。"

"是啰!怪牲口都出好活路。"那位老者很同意地点点头,又转到大青驴身后,很随便地搭讪,"掉胯喽!"

"小毛病,驴先生一整就好。"孙三忙解释。围看的又有人笑起来,老者也抚须笑了笑,然后说:"那可难说哟!别看掉胯,会整治不过一鞭,不会整治吭哧半天,也未必能看好。"

这话说得玄妙!不是内行人决然说不出来的,孙三一个念头猛然间涌出来,忙问道:"敢问老先生是——"

"我叫王老尚。"

"嗨!"孙三证实了自己刚才刹那间的猜想,这正是十年前被清除回家的老神医!怪不得一见面就觉面熟,他想起先前当着人家面说"驴先生",很觉失言,连忙上前抓住王老尚的手,歉意地说:"看我这记性,十年不见,硬是认不得了!王先生,你一向可好哇?"

王老尚连忙作了回答。原来，他回家后不准行医，一直闲居，去年才平了反，因年事已高，便当退休处理，最近身体好转，心性又开动了，就在家开个门诊。他又想，万一外村牲口病重，出诊也是少不了的，便打算买一头走驴。今天赶会，就为此事。另外，在牲口市眶露个面，也算开张。他刚买下一头善相的毛驴，又有几个熟人托他买牲口。王老尚满口答应，带一伙人转着转着，就瞅上了这头大青驴。

寒暄过后，王老尚指指身后三四个五六十岁的老汉，很客气地向孙三说："我是为人代买的，你就出个价吧。"

此时，孙三脑子里摆开了战场。他见今天私人买牲口的这么多，卖驴的决心早已动摇，而且越想越觉这事办得荒唐，它和柳镇庙会上的热闹景象无论如何也合不起拍来。现在听说王老尚也开了私诊，心里越发扑腾得欢了：这才叫人尽其才！搞四化不也和当年打日本一样？我孙三不够大材料，一根鞭子六条腿，总能为国家为大伙办点事！老怕政策变了自己吃亏，这叫私心！头二年政策不变我敢买驴？我能给儿子说上媳妇？眼下别听风就是雨！就是真变，只能更合民意，还能变哪去？

孙三老汉忽然来了劲头：他奶奶的，不卖啦！可是事到此处，已经骑虎难下。有言在先，怎好说不卖？

他沉吟半晌，脑瓜里一转：有了！先前本打算一百块钱就卖的，现在，他转轴了，冲王老尚伸出两个指头说："这个数！"心想，我多要了一半钱，还不把他吓跑？

"二百块！"围观的有人惊叫起来，心想，这老小子漫天要价，不是诚实买卖。

这时，外圈挤进一个人，粗喉大嗓地咋呼道："多少？二百块！就凭这头烂驴？吓！你掂个棍抢人家去吧，不怕牙碜！"这是屠户胡二的愤愤之声。

"咦？不买拉倒！"孙三硬邦邦地顶道，解开缰绳就走。

"好！就依你。"这当口，王老尚突然上前拦住，抓过缰绳，回头冲着托他买牲口的，"你们谁要？"

几个人没一个搭腔的，你推我拥，自己尽往后缩，意思都嫌不值。孙三暗自高兴。

王老尚心里明白，笑笑说："看这副样子，价钱是高。治好腿，价钱可就低了。值这个数。"说着，他直直地伸出三个指头。

"三百？"又有人喊出声来。那几个买驴的老汉仍然犹豫不决。

王老尚收住笑容，突然挽起袖口，向周围看热闹的拱一拱手："请各位退几步，闪个空。"说罢，向正在发蒙的孙三要过鞭子，藏在背后，又让他一手扶正大青驴悬着的右腿，自己慢慢踱到大青驴左前方。围观的人越来越多，谁也不知王老尚要变什么戏法，忙闪开场子，一圈人鸦雀无声。

王老尚静静地站在大青驴左对面，和眉善目地看着它，足有半分钟。等它完全丧失警惕了，突然圆睁二目，暴喝一声："呔！"同时向大青驴左耳朵尖唰地就是一鞭！大青驴猝不及防，猛然惊跳起来，整个身子全压在右后方，只听"呱嗒"一声脆响。等大青驴前腿着地，右后方那条腿也不再吊着，四条腿轮番踩动着地面。这一着远近闻名，叫神鬼鞭。就是在突然的打击下，利用牲畜自身的力气接胯复位，这比抱着驴腿捋高明得多。

王老尚上前交过鞭子，接过缰绳在人圈内走了两遭。大青驴仅有微颠，那是余痛未消，腿骨显然已复了位！周围的人这才想起喝彩，一时间掌声、叫声响成一片。

响声未停，那几个买驴的一窝蜂抢上来："我要！"

"我先托王先生的！"

"我买！"

"……"

几个人正争得不可开交，孙三突然大叫一声："我不卖了！"

只这一声，里里外外的人全都愣住了。大伙一看，卖驴的老汉脸红得像个下蛋的鸡，噌噌噌！一连三步，从王老尚手中夺过缰绳，拉着大青驴扭身就走。

卖主突然变卦，使整个气氛为之一变！人们把目光在卖主和买主之间投来投去，不知事态会怎样发展。

在买主中有一个精瘦的老头子，正是孙三的第一个买主。一愣神，他立刻带头叫起来：

"讲好的价钱不卖，说话算放屁？"

其余几个也一哄而起：

"不卖不行！让大伙评评理。"

"不卖就揍他老小子！"

"先把牲口夺过来！"

一声呐喊，几个人抢过来要夺驴。

王老尚急忙从中调解，向几个买驴的劝说道："莫让人笑话，会上有的是牲口，再买，再买。"说完，和解地笑起来，众人也跟着劝说。

孙三老汉如愿以偿，决定不再纠缠。他装聋作哑，拉着大青驴冲出人群，翻身爬上驴背，吆喝一声："嘚！——驾！"大青驴立刻翻动四蹄，一溜烟跑走了。

1934 年的逃亡

/// 苏 童

我的父亲也许是个哑巴胎。他的沉默寡言使我家笼罩着一层灰蒙蒙的雾障,足有半个世纪。这半个世纪里我出世、成长、蓬勃、衰老。父亲的枫杨树人的精血之气在我身上延续,我也许是个哑巴胎。我也沉默寡言。我属虎,十九岁那年我离家来到都市,回想昔日少年时光,我多么像一只虎崽,伏在父亲的屋檐下,通体幽亮发蓝,窥视家中随日月飘浮越飘越浓的雾障,雾障下生活的是我们家族残存的八位亲人。

去年冬天我站在城市的某盏路灯下研究自己的影子。我意识到这将成为一种习惯在我身上滋生蔓延。城市的灯光往往是雪白宁静的。我发现我的影子很蛮横很古怪地在水泥人行道上泅开来,像一片风中芦苇,我当时被影子追踪着,双臂前扑,扶住了那盏高压氖灯的金属灯柱。回头又研究地上的影子,我看见自己在深夜的城市里画下了一个逃亡者的像。

一种与生俱来的惶乱使我抱头逃窜。我像父亲。我一路奔跑，经过夜色迷离的城市，父亲的影子在后面呼啸着追踪我，那是一种超于物态的静力的追踪。我懂得，我的那次奔跑是一种逃亡。

我特别注重这类奇特的体验总与回忆有关。我回忆起从前有许多个黄昏，父亲站在我的铁床前，一只手抚摸着我的脸，一只手按在他苍老的脑门上，回过头去凝视地上那个变幻的人影，就这样许多年过去我长到二十六岁。

你们是我的好朋友。我告诉你们了，我是我父亲的儿子，我不叫苏童。我有许多父亲遗传的习惯在城市里展开，就像一面白色丧旗插在你们前面。我喜欢研究自己的影子。去年冬天我和你们一起喝了白酒后打翻一瓶红墨水，在墙上画下了我的八位亲人。我还写了一首诗，想夹在少年时代留下的历史书里。那是一首胡言乱语口齿不清的自白诗。诗中幻想了我的家族从前的辉煌岁月，幻想了横亘于这条血脉的黑红灾难线。有许多种开始和结尾交替出现。最后我失声痛哭，我把红墨水拼命地往纸上抹，抹得那首诗无法再辨别字迹。我记得最先的几句写得异常艰难：

> 我的枫杨树老家沉没多年
> 我们逃亡到此
> 便是流浪的黑鱼
> 回归的路途永远迷失

你现在去推开我父亲的家门，只会看见父亲还有我的母亲，我的另外六位亲人不在家。他们还在外面像黑鱼一般涉泥流浪。他们还没有抵达那幢木楼房子。

我父亲喜欢干草。他的身上一年四季散发着醇厚坚实的干草清香。他的皮肤褶皱深处生长那种干草清香。街上人在春秋两季总看见他担着两筐干草从郊外回来，晃晃悠悠逃入我家大门。那些黄褐色松软可爱的干草被码成堆存放在堂屋和我住过的小房间里，父亲经常躺在草堆上面，高声咒骂我的瘦小的母亲。

我无法解释一个人对干草的依恋，正如同无法解释天理人伦。追溯我的血缘，我们家族的故居也许就有过这种干草，我的八位亲人也许都在故居的干草堆上投胎问世，带来这种特殊的记忆。父亲面对干草堆可以把自己变作巫师。他抓起一把干草在夕阳的余晖下凝视着便闻见已故的亲人的气息。祖母蒋氏、祖父陈宝年、老大狗崽、小女人环子从干草的形象中脱颖而出。

但是我无缘见到那些亲人。我说过父亲也许是个哑巴胎。当我想知道我们全是人类生育繁衍大链环上的某个环节时，我内心充满甜蜜的忧伤，我想探究我的血流之源，我曾经纠缠着母亲打听先人的故事。但是我母亲不知道，她不是枫杨树乡村的人。她说："你去问他吧，等他喝酒的时候。"我父亲醉酒后异常安静，他往往在醉酒后跟母亲同床。在那样的夜晚，父亲的微红的目光悠远而神秘，他伸出胳膊箍住我的母亲，充满酒气的嘴唇贴着我的耳朵，慢慢吐出那些亲人的名字：祖母蒋氏、祖父陈宝年、老大狗崽、小女人环子。他还反反复复地说："一九三四年。你知道吗？"后来他又大声告诉我，一九三四年是个灾年。

一九三四年。

你知道吗？

一九三四年是个灾年。

有一段时间，我的历史书上标满了一九三四这个年份。一九三四年迸发出强壮的紫色光芒，圈住我的思绪。那是不复存在的遥远的年代，对于我也是一棵古树的年轮，我可以端坐其上，重温一九三四年的人间沧桑。我端坐其上，首先会看见我的祖母蒋氏浮出历史。

蒋氏干瘦细长的双脚钉在一片清冷浑浊的水稻田里一动不动。那是关于初春和农妇的画面。蒋氏满面泥垢，双颧突出，垂下头去听腹中婴儿的声音。她觉得自己像一座荒山，被男人砍伐后种上一棵又一棵儿女树。她听见婴儿的声音仿佛是风吹动她，吹动一座荒山。

在我的枫杨树老家，春日来得很早，原白色的阳光随丘陵地带曲折流淌，一点点地温暖了水田里的一群长工。祖母蒋氏是财东陈文治家独特的女长工。女长工终日泡在陈文治家绵延十几里的水田中，插下了起码一万株稻秧。她时刻感觉到东北坡地黑砖楼的存在，她的后背有一小片被染黑的阳光起伏跌宕。站立在远处黑砖楼上的人影就是陈文治。他从一架日本望远镜里望见了蒋氏。蒋氏在那年初春就穿着红布圆肚兜，后面露出男人般瘦精精的背脊。背脊上有一种持久的温暖的雾霭散起来，远景模糊，陈文治不停地用衣袖擦拭望远镜镜片。女长工动作奇丽，凭借她的长胳膊长腿把秧子天马行空般插，插得赏心悦目。陈文治惊叹于蒋氏的做田功夫，整整一个上午，他都在黑砖楼上窥视蒋氏的一举一动，苍白的刀条脸上漾满了痴迷的神色。正午过后蒋氏绰出水田，她将布裰胡乱披上肩背，手持两把滴水的秧子，在长工群中甩搭甩搭地走，她的红布兜有力地鼓起，即使是在望远镜里，财东陈文治也看出来蒋氏怀孕了。

我祖上的女人都极善生养。一九三四年祖母蒋氏又一次怀孕了。我父亲正渴望出世，而我伏在历史的另一侧洞口朝他们张望。这就是人类的锁链披挂在我身上的形式。

我对于枫杨树乡村早年生活的想象中，总是矗立着那座黑砖楼。黑砖楼是否存在并无意义，重要的是它已经成为一种沉默的象征，伴随祖母蒋氏出现，或者说黑砖楼只是祖母蒋氏给我的一块布景，诱发我的瑰丽的想象力。

所有见过蒋氏的陈姓遗老都告诉我，她是一个丑女人。她没有那种红布圆肚兜，她没有农妇顶起红布圆肚兜的乳房。

祖父陈宝年十八岁娶了蒋家圩这个长脚女人。他们拜天地结亲是在正月初三。枫杨树人聚集在陈家祠堂喝了三大锅猪油赤豆菜粥。陈宝年也围着铁锅喝，在他焦灼难耐的等待中，一顶红竹轿徐徐而来。陈宝年满脸猩红，摔掉粥碗欢呼："陈宝年的鸡巴有地方住啰！"所以祖母蒋氏是在枫杨树人的一阵大笑声中走出红竹轿的。蒋氏也听见了陈宝年的欢呼。陈宝年牵着蒋氏僵硬汗湿的手朝祠堂里走，他发现那个被红布帕蒙住脸的蒋家圩女人高过自己一头，目光下滑最后落在蒋氏的脚上，那双穿绣鞋的脚硕大结实，呈八字形茫然踩踏陈家宗祠。陈宝年心中长出一棵灰暗的狗尾巴草，他在祖宗像前跪拜天地的时候，不时蜷起尖锐的五指，狠掐女人伸给他的手。陈宝年做这事的时候神色平淡，侧耳细听女人的声音。女人只是在喉咙深处发出含糊的呻吟，同时陈宝年从她身上嗅见了一种牲灵的腥味。

这是六十年前我的家族史中的一幕，至今尤应回味。传说祖父陈宝年是婚后七日离家去城里谋生的。陈宝年的肩上圈着两匝上好的青竹篾，摇摇晃晃走过黎明时分的枫杨树乡村。一路上，他大肆吞咽口袋里那堆煮鸡蛋，直吃到马桥镇上。

镇上一群赶早市的各色手工匠人看见陈宝年急匆匆赶路，青布长裤大门洞开，露出里面印迹斑斑的花布裤头，一副不要脸的样子。有人喊："陈宝年把你的大门关上。"陈宝年说狗捉老鼠多管闲事，大门敞开进出方便。他把鸡蛋壳扔到人家头上，风风火火走过马桥镇。自此，马桥镇人提起陈宝年就会重温他留下的民间创作。

闩起门过的七天是昏天黑地的。第七天门打开，婚后的蒋家圩女人站在门口朝枫杨树村子泼了一木盆水。枫杨树女人们随后胡蜂般拥进我家祖屋，围绕蒋氏嗡嗡乱叫。他们看见朝南的窗子被狗日的陈宝年用木板钉死了。我家祖屋阴暗潮湿。蒋氏坐到床沿上，眼睛很亮地睇视众人。她身上的牲灵味道充溢了整座房子。她惧怕谈话，很莽撞地把一件竹器夹在双膝间酝酿干活。女人们看清楚那竹器是陈宝年编的竹老婆，大乳房的竹老婆原来是睡在床角的。蒋氏突然对众人笑了笑，咬住厚嘴唇，从竹老婆头上抽了一根篾条来，越抽越长，竹老婆的脑袋慢慢地颓落掉在地上。蒋氏的十指瘦筋有力，干活麻利，从一开始就给枫杨树人留下了深刻印象。

"你男人是好竹匠。好竹匠肥裤腰，腰里铜板到处掉。"枫杨树的女人都是这样对蒋氏说的。

蒋氏坐在床上回忆陈宝年这个好竹匠。他的手被竹刀磨成竹刀，触摸时她忍着那种割裂的疼痛，她心里想她就是一捆竹篾被陈宝年搬来砍砍弄弄的。枫杨树的狗女人们，你们知不知道陈宝年还是个小仙人会给女人算命？他说枫杨树女人十年后要死光杀绝，他从蒋家圩娶来的女人将是颗灾星照耀枫杨树的历史。

陈宝年没有读过《麻衣神相》。他对女人的相貌有着惊人的尖利的敏感，来源于某种神秘的启示和生活经验。从前他每路遇圆脸肥臀的女人，就眼泛红潮穷追不舍，兴尽方归。陈宝年娶亲后的第一夜，月光如水泻进我家祖屋，他骑在蒋氏身上俯视她的脸，不停地唉声叹气。他的竹刀手砍伐着蒋氏沉睡的面容。她的高耸的双颧被陈宝年的竹刀手磨出了血丝。

蒋氏总是疼醒，陈宝年的手压在脸上像个沉重的符咒沁入她身心深处。她拼命想把他翻下去,但陈宝年端坐不动,有如巫师渐入魔境。她看见这男人的瞳仁很深,深处一片乱云翻卷成海。男人低沉地对她说:

"你是灾星。"

那七个深夜,陈宝年重复着他的预言。

我曾经到过长江下游的旧日竹器城,沿着颓败的老城城墙寻访陈记竹器店的遗址。这个城市如今早已没有竹篾满天满地的清香和丝丝缕缕的乡村气息。我背驮红色帆布包站在城墙的阴影里,目光犹如垂曳而下的野葛藤缠绕着麻石路面和行人。你们白发苍苍的老人,有谁见过我的祖父陈宝年吗?

祖父陈宝年就是在竹器城里听说了蒋氏八次怀孕的消息。去乡下收竹篾的小伙计告诉陈宝年,你老婆又有了,肚子这么大了。陈宝年牙疼似的吸了一口气问,到底多大了?小伙计指着隔壁麻油铺子说,有榨油锅那么大。陈宝年说,八个月吧?小伙计说,到底几个月要问你自己,你回去扫荡一下就弹无虚发,一把百发百中的驳壳枪。陈宝年终于怪笑一声,感叹着咕噜着那狗女人血气真旺啊。

我设想陈宝年在刹那间为女人和生育惶惑过。他的竹器作坊被蒋氏的女性血光照亮了,挂在墙上吊在梁上堆在地上的竹椅竹席竹篮竹匾一齐耸动,传导女人和婴儿浑厚的呼唤撞击他的神经。陈宝年唯一目睹过的老大狗崽的分娩情景是否会重现眼前?我的祖母蒋氏曾经是位原始的毫无经验的母亲。她仰卧在祖屋金黄的干草堆上，苍黄的脸上一片肃穆，双手紧紧抓握一把干草。陈宝年倚在门边，他看着蒋氏手里的干草被捏出了黄色水滴，觉得浑身虚颤不止，精气空空荡荡。而蒋氏的眼睛里跳动着一团火苗，那火苗在整个分娩过程中自始至终地燃烧，直到老大狗崽哇哇坠入干草堆。这景象仿佛江边落日一样庄严生动。陈宝年亲眼见到陈家几代人赡养的家鼠从各个屋角跳出来，围着一堆血腥的干草欢歌起舞，他的女人面带微笑，崇敬地向神秘的家鼠致意。

一九三四年我的祖父陈宝年一直在这座城市里吃喝嫖赌，潜心发迹，没有回过我的枫杨树老家。我在一条破陋的百年小巷里找到陈记竹器店的遗址时夜幕降临了，旧日的昏黄街灯重新照亮一个枫杨树人，我茫然四顾，那座木楼肯定已经沉入历史深处，我是不是还能找到祖父陈宝年在半个世纪前浪荡竹器城的足迹？

在我的已故亲人中，陈家老大狗崽以一个拾粪少年的形象站立在我们家史里引人注目。狗崽的光辉在一九三四年突放异彩。这年他十五岁，四肢却像蒋氏般的修长，他的长相类似聪明伶俐的猿猴。

枫杨树老家人性好养狗。狗群寂寞的时候，成群结队野游，在七歪八斜的村道上排泄乌黑发亮的狗粪。老大狗崽终日挎着竹箕追逐狗群，忙于回收狗粪。狗粪即使躲在数里以外的草丛中，也逃脱不了狗崽锐利的眼睛和灵敏的嗅觉。

这是从一九三四年开始的。祖母蒋氏对狗崽说，你拾满一竹箕狗粪去找有田人家，一竹箕狗粪可以换两个铜板，他们才喜欢用狗粪肥田呢。攒够了铜板娘给你买双胶鞋穿，到了冬天你的小脚板就可以暖暖和和了。狗崽怜惜地凝视了会儿自己的小光脚，抬头对推磨碾糠的娘笑着。娘的视线穿在深深的磨孔里，随碾下的麸糠痛苦地翻滚着。狗崽闻见那些黄黄黑黑的麸糠散发出一种冷淡的香味。那双温暖的胶鞋在他的幻觉中突然放大，他一阵欣喜，把身子吊在娘的石磨上，大喊一声："让我爹买一双胶鞋回家！"蒋氏看着儿子像一只陀螺在磨盘上旋转，推磨的手却着魔似的停不下来。在眩惑中蒋氏拍打儿子的屁股，喃喃地说："你去拾狗粪，拾了狗粪才有胶鞋穿。""等开冬下了雪还去拾吗？"狗崽问。"去。下了雪地上白，狗粪一眼就能看见。"

对一双胶鞋的幻想使狗崽的一九三四年过得忙碌而又充实。他对祖母蒋氏进行了一次反叛。卖狗粪得到的铜板没有交给蒋氏而放进一只木匣子里。狗崽将木匣子掩人耳目地藏进墙洞里，赶走了一群神秘的家鼠。有时候睡到半夜，狗崽从草铺上站起来，跕足越过左右横陈的家人身子去观察那只木匣子。在黑暗中，狗崽的小脸迷离动人，他忍不住搅动那堆铜板，铜板沉静地琅琅作响。情深时狗崽会像老人一样长叹一声，浮想联翩。一匣子的铜板以橙黄色的光芒照亮这个乡村少年。

回顾我家历史，一九三四年的灾难也降临到老大狗崽的头上。那只木匣子在某个早晨突然失踪了。狗崽的指甲在墙洞里抠烂抠破后，变成了一条小疯狗。他把几个年幼的弟妹捆成一团麻花，挥起竹鞭拷打他们，追逼木匣的下落。我家祖屋里一片小儿女的哭喊，惊动了整个村子。祖母蒋氏闻讯从地里赶回来，看到了狗崽拷打弟妹的残酷壮举。狗崽暴戾野性的眼神使蒋氏浑身颤抖。那就是陈宝年塞在她怀里的一个咒符吗？蒋氏顿时联想到人的种气掺满了恶行。有如日月运转衔接自然。她斜倚在门上环视她的儿女，又一次怀疑自己是树，身怀空巢，在八面风雨中飘摇。

木匣子丢失后，我家笼罩着一片伤心阴郁的气氛。狗崽终日坐在屋角的干草堆里监察着他的这个家。他似乎听到那匣铜板在祖屋某个隐秘之处琅琅作响。他怀疑家人藏起了木匣子。有几次蒋氏感觉到儿子的目光扫过来，执拗地停留在她困倦的脸上，仿佛有一把芒刺刺痛了蒋氏。

"你不去拾狗粪了吗？"

"不。"

"你是非要那胶鞋对吗？"蒋氏突然扑过去揪住了狗崽的头发说你过来你摸摸娘肚里七个月的弟弟娘不要他了省下钱给你买胶鞋你把拳头攥紧来朝娘肚子上狠狠地打狠狠地打呀。

狗崽的手触到了蒋氏悬崖般常年隆起的腹部。他看见娘的脸激动得红润发紫朝他俯冲下来，她露出难得的笑容拉住他的手说狗崽打呀打掉弟弟娘给你买胶鞋穿。这种近乎原始的诱惑使狗崽跳起来，他呜呜哭着朝娘坚硬丰盈的腹部连打三拳，蒋氏闭起眼睛，从她的女性腹腔深处发出三声凄怆的共鸣。

被狗崽击打的胎儿就是我的父亲。

我后来听说了狗崽的木匣子的下落，禁不住为这辉煌的奇闻黯然神伤。我听说一九三五年南方的洪水泛滥成灾。我的枫杨树故乡被淹为一片荒墟。祖母蒋氏划着竹筏逃亡时，看见家屋地基里突然浮出那只木匣子，七八只半死不活的老鼠护送那只匣子游向水天深处。蒋氏认得那只匣子那些老鼠。她奇怪陈家的古老家鼠竟然力大无比，曾把狗崽的铜板运送到地基深处。她想那些铜板在水下一定是绿锈斑斑了，即使潜入水底捞起来也闻不到狗崽和狗粪的味道了。那些水中的家鼠要把残存的木匣子送到哪里去呢？

我对父亲说过，我敬仰我家祖屋的神奇的家鼠。我也喜欢十五岁的拾狗粪的伯父狗崽。

父亲这辈子对他在娘腹中遭受的三拳念念不忘。他也许一直仇恨已故的兄长狗崽。从一九三四年一月到十月，我父亲和土地下的竹笋一样负重成长，跃跃欲试跳出母腹。时值四季的轮回和飞跃，枫杨树四百亩早稻田由绿转黄。到秋天，枫杨树乡村的背景一片金黄，旋卷着一九三四年的植物熏风，气味复杂，耐人咀嚼。

枫杨树老家这个秋季充满倒错的伦理至今是个谜。那是乡村的收获季节。鸡在凌晨啼叫，猪在深夜拱圈。从前的枫杨树人十月里全村无房事但这个秋季却是个谜。可能就是那种风吹动了枫杨树网状的情欲。割稻的男女为什么频频弃镰而去都飘进稻浪里无影无踪啊？你说到底是从哪里吹来的这种风？

祖母蒋氏拖着沉重的身子在这阵风中发呆。她听见稻浪深处传来的男女之声充满了快乐的生命力，在她和胎儿周围大肆喧嚣。她的一只手轻柔地抚摸着腹中胎儿，另一只手攥成拳头顶住了嘴唇，干涩的哭声倏地从她指缝间蹿出去，像芝麻开花节节高，令听者毛骨悚然。他们说我祖母蒋氏哭起来胜过坟地上的女鬼，饱含着神秘悲伤的寓意。

背景还是枫杨树东北部黄褐色的土坡和土坡上的黑砖楼。祖母蒋氏和父亲就这样站在五十多年前的历史画面上。

收割季节里，陈文治精神亢奋，每天吞食大量白面，胜似一只仙鹤神游他的六百亩水稻田。陈文治在他的黑砖楼上远眺秋景，那只日本望远镜始终追逐着祖母蒋氏。在十月的熏风丽日下，他窥见了蒋氏分娩父亲的整个过程。映在玻璃镜片里的蒋氏像一头老母鹿行踪诡秘。她被大片大片的稻浪前推后拥，浑身金黄耀眼，朝田埂上的陈年干草垛寻去。后来她就悄无声息地仰卧在那垛干草上，将披挂下来的蓬乱头发噙在嘴里，眸子痛楚得烧成两盏小太阳。那是熏风丽日的十月。陈文治第一次目睹了女人的分娩。蒋氏干瘦发黑的胴体在诞生生命的前后变得丰硕美丽，像一株被日光放大的野菊花尽情燃烧。

父亲坠入干草的刹那间血光冲天，弥漫了枫杨树乡村的秋天。他的强劲奔放的啼哭声震落了陈文治手中的望远镜，黑砖楼上随之出现一阵骚动。望远镜的玻璃镜片碎裂后，陈文治渐渐软瘫在楼顶，他的神情衰弱而绝望，下人赶来扶拥他时，发现那白锦缎裤子亮晶晶地湿了一片。

我意识到陈文治这人物是一个古怪的人精，不断地攀在我的家族史的茎茎叶叶上。枫杨树半村姓陈，陈家族谱记载了我家和陈文治的微薄的血缘关系。陈文治和陈宝年的父亲是五代上的叔伯兄弟还是六代上的叔侄关系并非重要，重要的是陈文治家十九世纪便以富庶闻名方圆多里，而我家世代居于茅屋下面饥寒交迫。祖父陈宝年曾经把他妹妹凤子跟陈文治换了十亩水田。我想枫杨树本土的人伦就是这样经世代沧桑侵蚀几经沉浮的。那个凤子仿佛一片美丽绝伦的叶子掉下我们家枝繁叶茂的老树，化成淤泥。据说那是我祖上最漂亮的女人，她给陈义治家当了两年小妾，生下三名男婴，先后被陈文治家埋在竹园里。有人见过那三名被活埋的男婴，他们长相又可爱又畸形，头颅异常柔软，毛发金黄浓密，却都不会哭。消息走漏后，整个枫杨树乡村震惊了多日。他们听见凤子在陈家竹园里时断时续地哀哭，后来她便开始发疯地摇撼每一棵竹子，借深夜的月光破坏苍茫一片的陈家竹园。那时候陈宝年十七岁还没娶亲，他站在竹园外的石磨上冻得瑟瑟发抖，他一直拼命跺着脚朝他妹妹叫喊凤子你别毁竹子你千万别毁陈家的竹子。他不敢跑到凤子跟前去拦，只是站在石磨上忍着春寒喊凤子亲妹妹别毁竹子啦哥哥是猪是狗良心掉到尿泡里了你不要再毁竹子呀。他们兄妹俩的奇怪对峙以凤子暴死结束。凤子摇着竹子慢慢地就倒在竹园里了，死得蹊跷。记得她遗容是酱紫色的，像一片落叶夹在我家史册中令人惦念。五十多年前，枫杨树乡亲曾经想跟着陈宝年把凤子棺木抬入陈文治家，陈宝年只是把脸埋在白幔里无休止地呜咽，他说："用不着了，我知道她活不过今年，怎么死也是死。我给她卜卦了。不怨陈文治，也不怪我，凤子就是死里无生的命。"五十多年后，我把姑祖母凤子作为家史中一点紫色光斑来捕捉，凤子就是一只美丽的萤火虫匆匆飞过我面前，我又怎能捕捉到她的紫色光亮呢？凤子的特殊生育区别于祖母蒋氏，我想起那三个葬身在竹园下面的畸形男婴，想起我学过的遗传和生育理论，有一种设想和猜疑使我目光呆滞，无法深入探究我的家史。

我需要陈文治的再次浮出。

枫杨树老家的陈氏大家族中唯有陈文治家是财主，也只有陈文治家祖孙数代性格怪异，各有奇癖，他们的寿数几乎雷同，只活得到四十坎上。枫杨树人认为，陈文治和他的先辈夭夭是耽于酒色的报应。他们几乎垄断了近两百年枫杨树乡村的美女。那些女人进入陈家黑幽幽的五层深院，仿佛美丽的野虻子悲伤而绝情地叮在陈文治们的身上。她们吸吮了其阴郁而霉烂的精血后也失却了往日的芳颜，后来她们挤在后院的柴房里劈绊子或者烧饭，脸上永久地贴上陈文治家小妾的标志：一颗黑红色的梅花痣。

间或有一个刺梅花痣的女人被赶出陈家，在马桥镇一带流浪，她会发出那种苍凉的笑容勾引镇上的手工艺人。而镇上人见到刺梅花痣的女人便会朝她围过来，问及陈家人近来的生死，问及一只神秘的白玉瓷罐。

我需要给你们描述陈文治家的白玉瓷罐。

我没有也不可能见到那只白玉瓷罐。但我现在看见一九三四年的陈文治家了，看见客厅长案上放着那只白玉瓷罐。瓷罐里装着枫杨树人所关心的绝药。老家的地方野史《沧海志史》对绝药做了如下记载：

> 家宝不示。疑山东巫师炼少子少女精血而制。壮阳健肾抑或延年益寿不详。

即使是脸上刺梅花痣的女人也无法解释陈家绝药，她们只是猜想瓷罐里的绝药快要见底了。这一年夏末秋初，陈文治像热锅上的蚂蚁在村里仓皇乱窜，他甩开了下人独自在人家房前屋后张望，还从晾衣架上偷走了好多花花绿绿的裤衩塞进怀里，回家关起门专心致志地研究。那堆裤衩中有一条是我家老大狗崽的，狗崽找不见裤衩以为是风吹走的。他就把家里的一块蓝印花包袱布围在腰际，离家去拾狗粪。

狗崽挎着竹箕一路寻找狗粪，来到了陈文治的黑砖楼下。他不知道黑砖楼上有人在注意他。猛然听见陈文治的管家在楼上喊："狗崽狗崽，到这儿来干点活，你要什么给什么。"狗崽抬起头看着那黑漆漆的楼想了想："是去推磨吗？""就是推磨。来吧。"管家笑着说。"真的要什么给什么吗？"狗崽说完就把狗粪筐扔了，跑进陈文治家。

这事情是在陈家后院谷仓里发生的。那座谷仓硕大无比，在午后的阳光下蒸发着香味。狗崽被管家拽进去，一下子就晕眩起来，他从来没见过这么多的生谷粒。他隐约见到村里还有几个男孩女孩焦渴地坐在谷堆上,咯嘣咯嘣嚼咽着大把生谷粒。

"磨呢?磨在哪里?"

管家拍拍狗崽的头顶,怪模怪样地歪了歪嘴,说:"在那儿呢,你不推磨磨推你。"

狗崽被推进谷仓深处。哪儿有石磨?只有陈文治正襟危坐在红木太师椅上,他的浑身上下斑斑点点撒着金黄的谷屑,双膝间夹着一只白玉瓷罐。陈文治极其慈爱地朝狗崽微笑,他看见狗崽的小脸巧夺天工地融合了陈宝年和蒋氏的性格棱角显得愚朴而可爱。陈文治问狗崽:"你娘这几天怎么不下地呢?"

"我娘又要生孩子了。"

"你娘……"陈文治弓着身子突然挨过来解狗崽遮羞的包袱布。狗崽尖叫着跳起来,这时他看清了那只滚在地上的白玉瓷罐,瓷罐里有什么浑浊的气味古怪的液体流了出来。狗崽闻到那气味禁不住想吐,他蹲下身子,两只手护住蓝花包袱布,感觉到陈文治的瘦骨嶙峋的手正在抽动他的腰际。狗崽面对枫杨树最大人物的怪诞举动六神无主,欲哭无泪。

"你要干什么?你要干什么?"

狗崽身上凝结的狗粪味这一刻像雾一般弥漫。他闻到了自己身上的浓烈的狗粪味。狗崽双目圆睁,在陈文治的手下野草般颤动。当他萌芽时期的精液以泉涌速度冲到陈文治手心里又被滴进白玉瓷罐后,狗崽哇哇大哭起来,一边哭一边语无伦次地叫喊:

"我不是狗!我要胶鞋!给我胶鞋给我胶鞋。"

我家老大狗崽后来果真抱着双新胶鞋出了陈文治家门。他回到土坡上,看见傍晚时分的紫色阳光照耀着他的狗粪筐,村子一片炊烟,出没于西北坡地的野狗群撕咬成一堆,吠叫不止。狗崽抱着那双新胶鞋在坡上跌跌撞撞地跑,他闻见自己身上的狗粪味越来越浓,他开始惧怕狗粪味了。

这天夜里,祖母蒋氏一路呼唤狗崽来到荒凉的坟地上,她看见儿子仰卧在一块辣蓼草丛中,怀抱一双枫杨树鲜见的黑色胶鞋。狗崽睡着了,眼皮受惊似的颤动不已,小脸上的表情在梦中瞬息万变。狗崽的身上除了狗粪味又增添了新鲜精液的气味。蒋氏惶惑地抱起狗崽,俯视儿子,发现他已经很苍老。那双黑胶鞋被儿子紧紧抱在胸前,仿佛一颗灾星陨落在祖母蒋氏的家庭里。

一九三四年,枫杨树乡村向四面八方的城市输送二万株毛竹的消息曾登在上海的《申报》上。也就是这一年,竹匠营生在我老家像三月笋尖般地疯长一气。起码有一半男人舍了田里的活计,抓起大头竹刀赚大钱。刺啦刺啦劈篾条的声音在枫杨树各家各户回荡,而陈文治的三百亩水田长上了稗草。我的枫杨树老家湮没在一片焦躁异常的气氛中。

这场骚动的起因始于我祖父陈宝年在城里的发迹。去城里运竹子的人回来说,陈宝年发横财了,陈宝年做的竹榻竹席竹筐甚至小竹篮小竹凳现在都卖好价钱,城里人都认陈记竹器铺的牌子。陈宝年盖了栋木楼。陈宝年左手右手都戴上金戒指,到堂子里去吸白面、睡女人,临走就他妈的摘下金戒指朝床上扔呢。

祖母蒋氏听说这消息倒比别人晚。她曾经嘴唇白白地到处找人打听,她说,你们知道陈宝年到底赚了多少钱?够买三百亩地吗?人们都怀着阴暗心理乜斜这个又脏又瘦的女人,一言不发。蒋氏发了会儿呆,又问,够买二百亩地吗?有人突然对着蒋氏窃笑,猛不丁回答,陈宝年说啦他有多少钱花多少钱一个铜板也不给你。

"那一百亩地总是能买的。"祖母蒋氏自言自语地说。她嘘了口气,双手沿着干瘪的胸部向下滑,停留在高高凸起的腹部。她的手指触摸到我父亲的脑袋后便绞合在一起,极其温柔地托着那腹中婴儿。"陈宝年那狗日的。"蒋氏的嘴唇哆嗦着,她低首回想,陶醉在云一样流动变幻的思绪中。人们发现蒋氏枯槁的神情这时候又美丽又愚蠢。

其实我设想到了蒋氏这时候是一个半疯半痴的女人。蒋氏到处追踪进城见过陈宝年的男人,目光炽烈地扫射他们的口袋裤腰。"陈宝年的钱呢?"她嘴角嚅动着,双手摊开,幽灵般在那些男人四周晃来荡去,男人们挥手驱赶蒋氏时胸中也燃烧起某种忧伤的火焰。

直到父亲落生,蒋氏也没有收到城里捎来的钱。竹匠们渐渐踩着陈宝年的脚后跟拥到城里去了。一九三四年是枫杨树竹匠们逃亡的年代,据说到这年年底,枫杨树人创始的竹器作坊已经遍及长江下游的各个城市了。

我想枫杨树的那条黄泥大路可能由此诞生。祖母蒋氏目睹了这条路由细变宽、从荒凉到繁忙的过程。她在这年秋天手持圆镰守望在路边,漫无目地研究那些离家远行者。这一年有一百三十九个新老竹匠挑着行李从黄泥大道上经过,离开了他们的枫杨树老家。这一年蒋氏记忆力超群出众,她几乎记住了他们每一个人的音容笑貌。从此黄泥大路像一条巨蟒盘缠在祖母蒋氏对老家的回忆中。

黄泥大路也从此伸入我的家史中。我的家族中人和枫杨树乡亲密集蚁行,无数双赤脚踩踏着先祖之地,向陌生的城市方向匆匆流离。几十年后,我隐约听到那阵叛逆性的脚步声穿透了历史,我茫然失神。老家的女人们,你们为什么无法留住男人同生同死呢?女人不该像我祖母蒋氏一样沉浮在苦海深处,枫杨树不该成为女性的村庄啊。

第一百三十九个竹匠是陈玉金。祖母蒋氏记得陈玉金是最后一个。她当时正在路边。陈玉金和他女人一前一后沿着黄泥大路疯跑。陈玉金的脖子上套了一圈竹篾。腰间插着竹刀逃,玉金的女人披头散发光着脚追。玉金的女人发出了一阵古怪的秋风般的呼啸声极善奔跑。她擒住了男人。然后蒋氏看见了陈玉金夫妻在路上争夺那把竹刀的大搏斗。蒋氏听到陈玉金女人沙哑的雷雨般的倾诉声。她说你这糊涂虫到城里谁给你做饭谁给你洗衣谁给你操你不要我还要呢你放手我砍了你手指让你到城里做竹器。那对夫妻争夺一把竹刀的早晨漫长得令人窒息。男的满脸晦气,女的忧愤满腔。祖母蒋氏崇敬地观望着黄泥大道上的这幕情景,心中潮湿得难耐，她挎起草篮准备回家时，听见陈玉金一声困兽咆哮，蒋氏回过头目击了陈玉金挥起竹刀砍杀女人的细节。寒光四溅中，有猩红的血火焰般蹿起来，斑驳迷离。陈玉金女人年轻壮美的身体迸发出巨响，仆倒在黄泥大路上。

那天早晨黄泥大路上的血是如何泅成一朵莲花形状的呢？陈玉金女人崩裂的血气弥漫在初秋的雾霭中，微微发甜。

我祖母蒋氏跳上大路，举起圆镰跨过一片血泊，追逐杀妻逃去的陈玉金。一条黄泥大道在蒋氏脚下倾覆着下陷着，她怒目圆睁，踉踉跄跄跑着。她追杀陈玉金的喊声其实是属于我们家的，田里人听到的是陈宝年的名字：

"陈宝年……杀人精……抓住陈宝年……"

我知道一百三十九个枫杨树竹匠都顺流越过大江进入南方那些繁荣的城镇。就是这一百三十九个竹匠点燃了竹器业的火捻子，在南方城市里开辟了崭新的手工业。枫杨树人的竹器作坊水漫沙滩，渐渐掀起了浪头。一九三四年，我祖父陈宝年的陈记竹器店在城里蜚声一时。

我听说陈记竹器店荟萃了三教九流地痞流氓无赖中的佼佼者，具有同任何天灾人祸抗争的实力。那黑色竹匠聚集到陈宝年麾下，个个思维敏捷身手矫健，一如入海蛟龙。陈宝年爱他们爱得要命，他依稀觉得自己拾起一堆肮脏的杂木劈柴，点点火，那火焰就蹿起来使他无畏寒冷和寂寞。陈宝年在城里混到一九三四年，已经成为一名手艺精巧、处世圆通的业主。

他的铺子做了许多又热烈又邪门的生意，他的竹器经十八名徒子之手，全都沾上了辉煌的邪气，在竹器市场上锐不可当。

我研究陈记竹器铺的发迹史时，被那十八名徒子的黑影深深诱惑了。我曾经在陈记竹器铺的遗址附近遍访一名绰号小瞎子的老人。他早在三年前死于火中。街坊们说小瞎子死时老态龙钟，他的小屋里堆满了多年的竹器，有天深夜那一屋子竹器突然就烧起来了，小瞎子被半米高的竹骸竹灰埋住，像一具古老的木乃伊。他是陈记竹器铺最后的光荣。

关于我祖父和小瞎子的交往留下了许多逸闻供我参考。

据说小瞎子出身奇苦，是城南妓院的弃婴。他怎么长大的连自己也搞不清。他用独眼盯着人时，你会发现他左眼球里刻着一朵暗淡的血花。小瞎子常常带着光荣和梦想回忆那朵血花的由来。五岁那年，他和一条狗争抢人家楼檐上掉下来的腊肉。他先把腊肉咬在了嘴里，但狗仇恨的爪刺伸入了他的眼睛深处。后来他坐在自己的破黄包车上结识了陈宝年。他又谈起了狗和血花的往事，陈宝年听得怅然若失。对狗的相通的回忆把他们拧在一起，陈宝年每每从城南堂子出来就上了小瞎子的黄包车，他们在小红灯的闪烁中回忆了许多狗和人生的故事。后来小瞎子卖掉他的破黄包车，扛着一箱烧酒投奔陈记竹器铺拜师学艺。他很快就成为陈宝年第一心腹徒子，他在我们家族史的边缘，像一棵野酸梅孤独地开放。

一九三四年八月，陈记竹器铺抢劫三条运粮船的壮举就是小瞎子和陈宝年策划的。这年逢粮荒，饥馑遍蔽城市乡村。但是谁也不知道生意兴隆财源丰盛的陈记竹器为什么要抢三船糙米。我考察陈宝年和小瞎子的生平，估计这源于他们食不果腹的童年时代的粮食梦。对粮食有与生俱来的哄抢欲望，你就可能在一九三四年跟随陈记竹器铺跳到粮船上去。你们会像一百多名来自农村的竹匠一样夹着粮袋潜伏在码头上，等待三更月落时分。你们看见抢粮的领导者小瞎子第一个跳上粮船，口衔一把锥形竹刀，独眼血花鲜亮夺目，他将一只巨大的粮袋疯狂挥舞，你们也会呜啦跳起来拥上粮船。在一刻钟内掏光所有的糙米，把船民推进河中让他号啕大哭。这事情发生在半个世纪前的茫茫世事中，显得真实可信。我相信那不过是某种社会变故的信号，散发出或亮或暗的光晕。据说在抢粮事件后城里自然形成了竹匠帮。他们众星捧月环绕陈宝年的竹器铺，其标志就是小巧而尖利的锥形竹刀。

值得纪念的就是这种锥形竹刀，在抢劫粮船的前夜，小瞎子借月光创造了它。状如匕首，可穿孔悬系于腰上，可随手塞进裤裉口袋。小瞎子挑选了我们老家的干竹削制了这种暗器，他把刀亮给陈宝年看："这玩意好不好，我给伙计们每人削一把。在这世上混到头就是一把刀吧。"我祖父陈宝年一下子就爱上了锥形竹刀。从此他的后半辈就一直拥抱着尖利精巧的锥形竹刀。陈宝年，陈宝年，你腰佩锥形竹刀混迹在城市里都想到了世界的尽头吗？

乡下的狗崽有一天被一个外乡人喊到村口竹林里。那人是到枫杨树收竹子的。他对狗崽说陈宝年给他捎来了东西。在竹林里外乡人庄严地把一把锥形竹刀交给狗崽。

"你爹捎给你的。"那人说。

"给我？我娘呢？"狗崽问。

"捎给你的，你爹让你挂着它。"那人说。

狗崽接过刀的时候触摸了刀上古怪而富有刺激的城市气息。他似乎从竹刀纤薄的锋刃上看见了陈宝年的面容，模模糊糊但刀度感很强。竹刀很轻，通体发着淡绿的光泽，狗崽在太阳地里端详着这神秘之物，把刀子往自己手心里刺了两下，他听见了血液被压迫的噼啪轻响，一种刺伤感使狗崽呜哇地喊了一声，随后他便对着竹林笑了。他怕别人看见，把刀藏在狗粪筐里掩人耳目地带回家。

这个夜晚，狗崽在月光下凝望着他父亲的锥形竹刀，久久不眠。农村少年狗崽愚拙的想象被竹刀充分唤起，沿着老屋的泥地汹涌澎湃。他想着那竹匠集居的城市，想象那里的房子大姑娘洋车杂货和父亲的店铺，嘴里不时吐出兴奋的呻吟。祖母蒋氏终于惊醒。她爬上狗崽的草铺，将充满柴烟味的手摸索着狗崽的额头。她感觉到儿子像一只发烧的小狗软绵绵地往她的双乳下拱。儿子的眼睛亮晶晶地睁大着，有两点古怪的锥形光亮闪烁。

"娘，我要去城里跟爹当竹匠。"

"好狗崽，你额头真烫。"

"娘，我要去城里当竹匠。"

"好狗崽你别说胡话吓着亲娘你才十五岁手拿不起大头篾刀你还没娶老婆生孩子怎么能城里去城里那鬼地方好人去了黑心窝坏人去了脚底流脓头顶生疮你让陈宝年在城里烂了那把狗不吃猫不舔的臭骨头狗崽可不想往城里去。"蒋氏克制着浓郁的睡意絮絮叨叨，她抬手从墙上摘下一把晒干的薄荷叶，蘸上唾液贴在狗崽额上，重新将狗崽塞入棉絮里，又熟睡过去。

其实这是我家历史的一个灾变之夜。我家祖屋的无数家鼠在这夜警惕地睁大了红色眼睛，吱吱乱叫，几乎应和了狗崽的每一声呻吟。黑暗中的茅草屋被一种深沉的节奏所摇撼。狗崽光裸的身子不断冒出灼热的雾气。探出被窝，他听见了鼠叫，他专注地寻觅着家鼠们却不见其影，但悸动不息的心已经和家鼠们进行了交流。在家鼠突然间平静的一瞬，狗崽像梦游者一样从草铺上站起来，熟稔地拎起屋角的狗粪筐打开柴门。

一条夜奔之路洒满秋天醇厚的月光。

一条夜奔之路向一九三四年的纵深处化入。

狗崽光着脚耸起肩膀在枫杨树的黄泥大道上匆匆奔走，四处萤火流曳，枯草与树叶在夜风里低空飞行，黑黝黝无限伸展的稻田回旋着神秘潜流，浮起狗崽轻盈的身子像浮起一条逃亡的小鱼。月光和水一起漂流。狗崽回首遥望他的枫杨树村子正白惨惨地浸泡在九月之夜里。没有狗叫，狗也许听惯了狗崽的脚步。村庄阒寂一片，凝固忧郁，唯有许多茅草在各家房顶上迎风飘拂，像娘的头发一样飘拂着,他依稀想见娘和一群弟妹正挤在家中大铺上,无梦地酣睡,充满灰菜味的鼻息在家里流通交融,狗崽突然放慢脚步像狼一样哭号几声,又戛然而止。这一夜他在黄泥大道上发现了多得神奇的狗粪堆。狗粪堆星罗棋布地掠过他的泪眼。狗崽就一边赶路一边拾狗粪,包在他脱下的小布褂里,走到马桥镇时,小布褂已经快被撑破了。狗崽的手一松,布包掉落在马桥桥头上,他没有再回头朝狗粪张望。

第二天早晨,我祖母蒋氏一推门就看见了石阶上狗崽留下的黑胶鞋。秋霜初降,黑胶鞋蒙上了盐末似的晶体,鞋下一摊水渍。从我家门前到黄泥大路留下了狗崽的脚印,逶迤起伏,心事重重,十根脚趾印很像十颗悲伤的蚕豆。蒋氏披头散发地沿脚印呼唤狗崽,一直到马桥镇。有人指给她看桥头上的那包狗粪,蒋氏抓起冰冷的狗粪号啕大哭。她把狗粪扔到了围观者的身上,独自往回走。一路上她看见无数堆狗粪向她投来美丽的黑光。她越哭狗粪的黑光越美丽,后来她开始躲闪,闻到那气味就呕吐不止。

我会背诵一名陌生的南方诗人的诗。那首诗如歌如泣地感动我。去年父亲病重之际,我曾经背对着他的病床给他讲了父亲和儿子的故事,在病房的药水味里诗歌最有魅力。

父亲和我

我们并肩走着

秋雨稍歇

和前一阵雨

像隔了多年时光

我们走在雨和雨的间歇里

肩头清晰地靠在一起

却没有一句要说的话

我们刚从屋子里出来

所以没有一句要说的话

这是长久生活在一起造成的

滴水的声音像折下一枝细枝条

父亲和我都怀着难言的恩情安详地走着

我父亲听明白了。他耳朵一直很灵敏。看着我的背影他突然朗朗一笑，我回过头从父亲苍老的脸上发现了陈姓子孙生命初期的特有表情：透明度很高的欢乐和雨积云一样的忧患。在医院雪白的病房里我见到了婴儿时的父亲，我清晰地听见诗中所写的历史雨滴折下细枝条的声音。这一天父亲大声对我说话，逃离了哑巴状态。我凝视他就像凝视婴儿一样，就是这样的，我祈祷父亲的复活。

父亲的降生是否生不逢时呢？抑或是伯父狗崽的拳头把父亲早早赶出了母腹。父亲带着六块紫青色胎记出世，一头钻入一九三四年的灾难之中。

一九三四年枫杨树周围方圆七百里的乡村霍乱流行，乡景暗淡。父亲在祖传的颜色发黑的竹编摇篮里感觉到了空气中的灾菌。他的双臂总是朝半空抓捏不止，啼哭声惊心动魄。祖传的摇篮盛载了父亲后便像古老的二胡凄惶地叫唤，一家人在那种声音中都变得焦躁易怒，儿女围绕那只摇篮爆发了无数战争。祖母蒋氏的产后生活昏天黑地。她在水塘里洗干净所有染上脏血的衣服，端着大木盆俯视她的小儿子，她发现了婴儿的脸上跳动着不规则的神秘阴影。

出世第八天父亲开始拒绝蒋氏的哺乳。祖母蒋氏惶惶不可终日，她的沉重的乳房被抓划得伤痕累累，她怀疑自己的奶汁染上横行乡里的瘟疫变成哑奶了。蒋氏灵机一动将奶汁挤在一只大海碗里喂给草狗吃，然后她捧着碗跟着那条草狗一直来到村外。渐渐地，她发现狗的脑袋耷拉下来了，狗倒在河塘边。那是财东陈文治家的护羊狗，毛色金黄茸软。陈家的狗竭力地用嘴接触河塘水却怎么也够不着。蒋氏听见狗绝望而狂乱的低吠声深受刺激。她砸碎大海碗，慌慌张张扣上一直敞开的衣襟，一路飞奔逃离那条垂死的狗。她隐约觉到自己哺育过八个儿女的双乳已经修炼成精，结满仇恨和破坏因子，如今重如金石势不可当了。她忽而又怀疑是自己的双乳向枫杨树乡村播洒了这场瘟疫。

祖母蒋氏夜里梦见自己裂变成传说中的灾女，浑身喷射毒瘴，一路哀歌，飘飘欲仙，浪游整个枫杨树乡村。那个梦持续了很长时间，蒋氏在梦中又哭又笑死去活来。孩子们都被惊醒，在黑暗中端坐在草铺上分析他们的母亲。蒋氏喜欢做梦。蒋氏不愿醒来。

孩子们知道不知道？

父亲的摇篮有一夜变得安静了，其时婴儿小脸赤红，脉息细若游丝，他的最后一声啼哭唤来了祖母蒋氏。蒋氏的双眼恍惚而又清亮，仍然在梦中。她托起婴儿灼热的身体，像一阵轻风卷出我们家屋。梦中母子在晚稻田里轻盈疾奔。这一夜枫杨树老家的上空星月皎洁，空气中挤满胶状下滴的夜露。夜露清凉甜润，滴进焦渴饥饿的婴儿口中。我父亲贪婪地吸吮不停。他的岌岌可危的生命也被那几千滴夜露洗涤一新，重新暴出青枝绿叶。

我父亲一直认为，半个多世纪前，祖母蒋氏发明了用夜露哺育婴儿的奇迹。这永远是奇迹，即使是在我家族的苍茫神奇的历史长卷中也称得上奇迹。这奇迹使父亲得以啜饮乡村的自然精髓度过灾年。

后代们沿着父亲的生命线可以看见一九三四年的乌黑的年晕。我的众多枫杨树乡亲未能逃脱瘟疫，一如稗草伏地。暴死的幽灵潜入枫杨树的土地深处呦呦狂鸣。天地间阴惨惨黑沉沉，生灵鬼魅浑然一体，仿佛巨大的浮萍群在死水里挣扎漂流，随风而去。祖母蒋氏的五个小儿女在三天时间里加入了亡灵的队伍。

那是我祖上亲人的第一批死亡。

他们"一"字排在大草铺上，五张小脸经霍乱病菌烧灼后变得漆黑如炭。他们的眼睛都如同昨日一样淡漠地睁着凝视母亲。蒋氏在我家祖屋里焚香一夜，袅袅升腾的香烟把五个死孩子熏出了古朴的清香。蒋氏抱膝坐在地上，为她的儿女守灵。她听见有一口大钟在冥冥中敲了整整一夜召唤她的儿女。

等到第二天太阳出来,香烟从屋里散去后蒋氏开始了殡葬。她把五个死孩子一个一个抱到一辆牛车上,男孩前仆女孩仰卧,脸上覆盖着碧绿的香粽叶。蒋氏把父亲缠绑在背上就拉着牛车出发了。

我家的送葬牛车迟滞地在黄泥大道上前行。黄泥大道上从头至尾散开了几十支送葬队伍。丧号昏天黑地响起来,震动一九三四年。女人们高亢的丧歌四起,其中有我祖母蒋氏独特的一支。她的丧歌里多处出现了送郎调的节拍,显得古怪而富有底蕴。蒋氏拉着牛车找了很长很长时间,一直找不到合适的坟地。她惊奇地发现黄泥大道两侧几乎成了坟茔的山脉,没有空地了,无数新坟就像狗粪堆一样在枫杨树乡村诞生。

后来牛车停在某个大水塘边。蒋氏倚靠在牛背上茫然四顾。她不知道是怎么走出浩荡的送葬人流的,大水塘墨绿地沉默,塘边野草萋萋没有人迹。她听见远远传来的丧号声若有若无地在各个方向萦绕,乡村沉浸在这种声音里显得无边无际。晨风吹乱我祖母蒋氏的思绪,她的眼睛里渐渐浮满虚无的暗火。她抓住牛缰慢慢地拽拉朝水塘走去。赤脚踩在水塘的淤泥里,有一种冰凉的刺激使蒋氏嗷嗷叫了一声。她开始把她的死孩子一个一个地往水里抱,五个孩子沉入水底后,水面上出现了连绵不绝的彩色水泡。蒋氏凝视着那水泡,双脚渐渐滑向水塘深处。这时缠在蒋氏背上的父亲突然哭了,那哭声仿佛来自天堂打动了祖母蒋氏。半身入水的蒋氏回过头问父亲:"你怎么啦,怎么啦?"婴儿父亲眼望苍天粗犷豪放地啼哭不止。蒋氏忽地瘫坐在水里,她猛烈地揪着自己的头发朝南方呼号:陈宝年陈宝年你快回来吧。

陈宝年在远离枫杨树八百里的城市中,怀抱猫一样的小女人环子凝望竹器铺外面的街道。外面是三四年的城市。

我的祖父陈宝年回味着他的梦。他梦见五只竹篮从房梁上掉下来,蹦蹦跳跳扑向他,在他怀里燃烧。他被烧醒了。

他不想回家。他远离瘟疫,远离一九三四年的灾难。

我听说瘟疫流行期间老家出现了一名黑衣巫师。他在马桥镇上摆下摊子驱邪镇魔。从四面八方前来请仙的人群络绎不绝。祖母蒋氏背着父亲去镇上目睹了黑衣巫师的风采。她看见一个身穿黑袍的北方汉子站在鬼头大刀和黄表纸间,觉得眼前一亮,浑身振奋。她在人群里拼命往前挤,挤掉了脚上的一只草鞋。她放开嗓子朝黑衣巫师喊:

"灾星,灾星在哪里?"

蒋氏的沙哑的声音淹没在嘈杂的人声中。那天数千枫杨树人向黑衣巫师磕拜求神,希望他指点流行乡里的瘟疫之源。

巫师边唱边跳,舞动古铜色的鬼头大刀,刀起刀落。最后飞落在地上。蒋氏看见那刀尖渗出了血,指着黄泥大道的西南方向。你们看啊。人群一起踮足而立,遥望西南方向。只见远处的一片土坡蒸腾着乳白的氤氲。景物模糊,唯有一栋黑砖楼如同巨兽蹲伏着,窥伺马桥镇上的这一群人。

黑衣巫师的话倾倒了马桥镇：

　　西南有邪泉
　　藏在玉罐里
　　玉罐若不空
　　灾病不见底

我的枫杨树乡亲骚动了。他们忧伤而悲愤地凝视西南方的黑砖楼，这一刻神奇的巫术使他们恍然觉悟，男女老少的眼睛都看见了从黑砖楼上腾起的瘟疫细菌，紫色的细菌虫正向枫杨树四周强劲地扑袭。他们知道邪泉四溢是瘟疫之源。

　　　陈文治
　　陈文治　　陈文治
　　陈文治　陈文治

祖母蒋氏在虚空中见到了被巫术放大的白玉瓷罐。她似乎听见了邪泉在玉罐里沸腾的响声。所有枫杨树人对陈文治的玉罐都只闻其声未见其物，是神秘的黑衣巫师让他们领略了玉罐的奇光异彩。这天祖母蒋氏和大彻大悟的乡亲们一起嚼烂了财东陈文治的名字。

枫杨树两千灾民火烧陈文治家谷场的序幕就是这样拉开的。

事发后黑衣巫师悄然失踪，没人知道他去往何处了。在他摆摊的地方，一件汗迹斑斑的黑袍挂在老槐树上随风飘荡。

此后多年，祖母蒋氏喜欢对人回味那场百年难遇的大火。

她记得谷场上堆着九垛谷穗子。火烧起来的时候谷场上金光灿烂，喷发出浓郁的香味。那谷香熏得人眼流泪不止。死光了妻儿老小的陈立春在火光中发疯，他在九垛火山里穿梭蛇行，一边抹着满颊泪水一边模仿仙姑跳大神。众人一齐为陈立春欢呼跺脚。陈文治的黑砖楼惶恐万分。陈家人挤在楼上呼天抢地痛不欲生。陈文治干瘦如柴的身子在两名丫环的扶持下如同暴风雨中的苍鹭，纹丝不动。那只日本望远镜已经碎裂了，他觑起眼睛仍然看不清谷场上的人脸。"我怎么看不清那是谁那是谁？"纵火者在陈文治眼里江水般地波动，他们把谷场搅成一片刺目的红色。后来陈文治在纵火者中看到了一个背驮孩子的女人。那女人浑身赤亮形似火神，她挤过男人们的缝隙爬到谷子垛上，用一根松油绳点燃了最后一垛谷子。

"我也点了一垛谷子。我也放火的。"祖母蒋氏日后对人说。她怀念那个匆匆离去的黑衣巫师。她认定是一场大火烧掉了一九三四年的瘟疫。

当我十八岁那年在家中阁楼苦读毛泽东经典著作时，我把《湖南农民运动考察报告》与枫杨树乡亲火烧陈家谷场联系起来了。我遥望一九三四年化为火神的祖母蒋氏，我认为祖母蒋氏革了财东陈文治的命，以后将成为我家历史上的光辉一页。我也同祖母蒋氏一样，怀念那个神秘的伟大的黑衣巫师。他是谁？他现在在哪里呢？

枫杨树老家闻名一时的死人塘在瘟疫流行后诞生了。

死人塘在离我家祖屋三里远的地方。那儿原先是个芦蒿塘，狗崽八岁时养的一群白鹅曾经在塘中生活嬉戏。考证死人塘的由来时我很心酸。枫杨树老人都说最先投入塘中的是祖母蒋氏的五个死孩子。他们还记得蒋氏和牛车留在塘边的辙印是那么深，那么持久不消。后来的送葬人就是踩着那辙印去的。

埋进塘中的有十八个流浪在枫杨树一带的手工匠人。那是死不瞑目的亡灵，他们裸身合仆于水面上下，一片青色斑斓触目惊心使酸甜的死亡之气冲天而起。据说死人塘边的马齿苋因而长得异常茂盛，成为枫杨树乡亲挖野菜的好地方。

每天早晨马齿苋摇动露珠，枫杨树的女人们手挎竹篮朝塘边飞奔而来。她们沿着塘岸开始了争夺野菜的战斗。瘟疫和粮荒使女人们变得凶恶暴虐。她们几乎每天在死人塘边争吵殴斗。我的祖母蒋氏曾经挥舞一把圆镰砍伤了好几个乡亲，她的额角也留下了一条锯齿般的伤疤。这条伤疤以后在她的生命长河里一直放射独特的感受之光，创造祖母蒋氏的世界观。我设想一九三四年枫杨树女人们都蜕变成母兽，但多年以后她们会不会集结在村头晒太阳，温和而苍老，遥想一九三四年？她们脸上的伤疤将像纪念章一样感人肺腑，使枫杨树的后代们对老祖母肃然起敬。

我似乎看见祖母蒋氏背驮年幼的父亲奔走在一九三四年的苦

风瘴雨中,额角上的锯齿形伤疤熠熠发亮。我的眼前经常闪现关于祖母和死人塘和马齿苋的画面,但我无法想见死人塘边祖母经历的诡谲痛苦。

我的祖母,你怎么来到死人塘边凝望死尸沉思默想的呢?乌黑的死水掩埋了你的小儿女和十八个流浪匠人。塘边的野菜已被人与狗吞食一空。你闻到塘里甜腥的死亡气息打着幸福的寒噤。那天是深秋的日子,你听见天边滚动着隐隐的闷雷。你的破竹篮放在地上惊悸地颤动着预见灾难降临。祖母蒋氏其实是在等雨。等雨下来,死人塘边的马齿苋棵棵重新蹿出来。那顶奇怪的红轿子就是这时候出现在田埂上的。红轿子飞鸟般地朝死人塘俯冲过来。四个抬轿人脸相陌生面带笑意。他们放下轿子走到祖母蒋氏身边,轻捷熟练地托起她:"上轿吧,你这个丑女人。"蒋氏惊叫着在四个男人的手掌上挣扎,她喊:"你们是人还是鬼?"四个男人笑起来把蒋氏拎着像拎起一捆干柴塞入红轿子。

轿子里黑红黑红的。她觉得自己撞到了一个僵硬潮湿的身体上。轿子里飞舞着霉烂的灰尘和男人衰弱的鼻息声,蒋氏仰起脸看见了陈文治。陈文治蜡黄的脸上有一丝红晕疯狂舞蹈。陈文治小心翼翼地扶住蒋氏木板似的双肩说:"陈宝年不会回来了,你给我吧。"蒋氏尖叫着用手托住陈文治双颊,不让那颗沉重的头颅向她乳房上垂落。她听见陈文治的心在绵软干瘪的胸膛中摇摆着,有气无力,一如风中树叶。她的沾满泥浆的十指指尖深深扎进陈文治的皮肉里激起一阵野猫似的鸣叫。陈文治的黑血汩汩流到蒋氏手上,他喃喃地说:"你跟我去吧!我在你脸上也刺朵梅花痣。"一顶红轿子拼命地摇呀晃呀,虚弱的祖母蒋氏渐渐沉入黑雾红浪中昏厥过去。轿外的四个汉子听见一种苍凉的声音:

"我要等下雨,我要挖野菜啦。"

她恍惚知道自己被投入了水中,但睁不开眼睛。被蹂躏过的身子像一根鹅毛漂浮起来。她又听见了天边的闷雷声,雨怎么还不下呢?临近黄昏时她睁开眼睛。她发现自己睡在死人塘里。四周散发的死者腐臭浓烈地粘在她半裸的身体上。那些熟悉或陌生的死者以古怪多变的姿态纠集在脚边,他们酱紫色的胴体迎着深秋夕阳熠熠闪光。有一群老鼠在死人塘里穿梭来往,仓皇地跳过她的胸前。蒋氏木然地爬起来,越过一具又一具行将糜烂的死尸。她想,雨怎么还不下呢?雨大概不会下了,因为太阳在黄昏时出现了。稀薄而锐利的夕光泻入野地,刺痛了她的眼睛。蒋氏举起泥手捂住了脸。她一点也不怕死人塘里的死者,她想她自己已变成一个女鬼了。

爬上塘岸,蒋氏看见她的破竹篮里装了一袋什么东西。打开一看,她便向天呜呜哭喊了一声。那是一袋雪白雪白的粳米。她手伸进米袋抓起一把塞进嘴里,性急地嚼咽起来。她对自己说这是老天给我的,一路走一路笑,抱着破竹篮飞奔回家。

我发现了死人塘与祖母蒋氏结下的不解之缘,也就相信了横亘于我们家族命运的死亡阴影。死亡是一大片墨蓝的弧形屋顶,从枫杨树老家到南方小城覆盖祖母蒋氏的亲人。

有一颗巨大的灾星追逐我的家族，使我扼腕伤神。

陈家老大狗崽于一九三四年农历十月初九抵达城里。他光着脚走了九百里路，满面污垢，长发垂肩，站在祖父陈宝年的竹器铺前。

竹匠们看见一个乞丐模样的少年把头伸进大门颤颤巍巍的，汗臭和狗粪味涌进竹器铺。他把一只手伸向竹匠们，他们以为是讨钱，但少年紧握的拳头摊开了，那手心里躺着一把锥形竹刀。

"我找我爹。"狗崽说，说完他扶住门框降了下去。他的嘴角疲惫地开裂，无法猜度是要笑还是要哭。他扶住门框撒出一泡尿，尿水呈红色冲进陈记竹器店，在竹匠们脚下汩汩流淌。

日后狗崽记得这天是小瞎子先冲上来抱起了他。小瞎子闻着他身上的气味不停地怪叫着。狗崽松弛地偎在小瞎子的怀抱里，透过泪眼凝视小瞎子，小瞎子的独眼神采飞扬，以一朵神秘悠远的血花诱惑了狗崽。狗崽张开双臂勾住小瞎子的脖子，长嘘一声，然后就沉沉睡去。

他们说狗崽初到竹器店，睡了整整两天两夜。第三天，陈宝年抱起他在棉被上摔了三回才醒来。狗崽醒过来第一句话问得古怪："我的狗粪筐呢？"他在小阁楼上摸索一番，又问陈宝年："我娘呢，我娘在哪里？"陈宝年愣了愣，然后他掴了狗崽一记耳光，说："怎么还没醒？"狗崽捂住脸打量他的父亲。他来到了城市。他的城市生活这样开始了。

陈宝年没让狗崽学竹匠。他拉着狗崽让他见识了城里的米缸，又从米缸里拿出一只竹篓交给狗崽：狗崽你每天淘十篓米做大锅饭，煮得要干，城里吃饭随便吃的。你不准再偷我的竹刀，等你混到十八岁爹把十一件竹器绝活全传你。你要是偷这偷那的，爹会天天揍你揍到十八岁。

狗崽坐在竹器店后门，守着一口熬饭的大铁锅。他的手里总是抓着一根发黄的竹篾，胡思乱想，目光呆滞，身上挂着陈宝年的油布围腰。一九三四年秋天的城市蒙着白茫茫的雾气，人和房屋和烟囱离狗崽咫尺之遥却又缥缈。狗崽手中的竹篾被折成一段一段的，掉在竹器店后门。他看见一个女的站在对面麻油店的台阶上朝这儿张望。她穿着亮闪闪的蓝旗袍，两条手臂光裸着叉腰站着。你分不清她是女人还是女孩，她很小又很丰满，她的表情很风骚但又很稚气。这是小女人环子在我家史中的初次出现。她必然出现在狗崽面前，两人之间隔着城市湿漉漉的街道和一口巨大的生铁锅。我想这就是一种具体的历史含义，小女人环子注定将成为我们家族的特殊来客，与我们发生永恒的联系。

"你是陈宝年的狗崽子吗？"

"你娘又怀上了吗？"

小女人环子突然穿越了街道绕过大铁锅，蓝旗袍下旋起熏风花香在我的画面里开始活动。她的白鞋子正踩踏在地上那片竹篾上，吱吱吱轻柔地响着。狗崽凝神望着地上的白鞋子和碎竹篾，他的血液以枫杨树乡村的形式在腹部以下左冲右突，他捂住粗布裤头，另一只手去搬动环子的白鞋。

"你别把竹篾踩碎了别把竹篮踩碎了。"

"你娘,她又怀上了吗?"环子挪动了她的白鞋,把手放在狗崽刺猬般的头顶上。狗崽的十五岁的身体在环子的手掌下草一样地颤动。狗崽在那只手掌下分辨了世界上的女人。他闭起眼睛在环子的诱发下想起乡下的母亲。狗崽说:"我娘又怀上了快生了。"他的眼前隆起了我祖母蒋氏的腹部,那个被他拳头打过的腹部将要诞生又一个毛茸茸的婴儿。狗崽颤索着目光,探究环子蓝布覆盖的腹部,他觉得那里柔软可亲深藏了一朵美丽的花。环子有没有怀孕呢?

狗崽进入城市生活正当我祖父陈宝年的竹器业飞黄腾达之时。每天有无数竹器堆积如山,被大板车运往河码头和火车站。狗崽从后门的大锅前溜过作坊,双手紧抓窗棂,观赏那些竹器车。他看见陈宝年像鱼一样在门前竹器山周围游动,脸上掠过竹子淡绿的颜色。透过窗棂,陈宝年呈现了被切割状态。狗崽发现他粗短的腿脚和发达的上肢是熟悉的枫杨树人,而陈宝年的黑脸膛已经被城市变了形,显得英气勃发略带一点男人的倦怠。狗崽发现他爹是一只烟囱在城里升起来了,娘一点也看不见烟囱啊。

我所见到的老竹匠们至今还为狗崽偷竹刀的事情所感动。他们说那小狗崽一见竹刀眼睛就发光,他对陈宝年祖传的大头竹刀喜欢得疯迷了。他偷了无数次竹刀都让陈宝年夺回去了。老竹匠们老是想起陈家父子为那把竹刀四处追逐的场面。那时候陈宝年变得出乎寻常的暴怒凶残,他把夺回的大头竹刀背过来,用木柄敲着狗崽的脸部。敲击的时候，陈宝年眼里闪出我们家族男性特有的暴虐火光，侧耳倾听狗崽皮肉骨骼的碎裂声。他们说奇怪的是狗崽，他怎么会不怕竹刀柄，他靠着墙壁僵硬地站着迎接陈宝年，脸打青了连捂都不捂一下。没见过这样的父子……

你说狗崽为什么老要偷那把？你再说说陈宝年为什么怕大头竹刀丢失呢？

我从来没见过那把祖传的大头竹刀。我不知道。我只是想到了枫杨树人血液中竹的因子。我的祖父陈宝年和伯父狗崽假如都是一杆竹子，他们的情感假如都是一杆竹子，一切都超越了我们的思想。我无须进入前辈留下的空白地带也可以谱写我的家史。我也将化为一杆竹子。

我只是喜欢那个竹子一样的伯父狗崽。我幻想在旧日竹器城里看到陈记竹器铺的小阁楼。那里曾经住着狗崽和他的朋友小瞎子。阁楼的窗子在黑夜中会发出微弱的红光，红光来自他们的眼睛。你仰望阁楼时心有所动，你看见在人的头顶上还有人，他们在不复存在的阁楼上窥伺我们，他们悬在一九三四年的虚空中。

这座阁楼，透过小窗狗崽对陈宝年的作坊一目了然。他的脸终日肿胀溃烂着，在阁楼的幽暗里像一朵不安的红罂粟。

他凭窗守望入夜的竹器作坊。他等待着麻油店的小女人环子的到来。环子到来，她总是把白鞋子拎在手里，赤脚走过阁楼下面的竹器堆，她像一只怀春的母猫轻捷地跳过满地的竹器，推开我祖父陈宝年的房门。环子一推门，我家历史就涌入一道斑驳的光。我的伯父狗崽被那道光灼伤,他把受伤的脸贴在冰冷的竹片墙上摩擦。疼痛。"娘呢,娘在哪里?"狗崽凝望着陈宝年的房门,他听见了环子的猫叫声湿润地流出房门浮起竹器作坊。这声音不是祖母蒋氏的她和陈宝年裸身盘缠在老屋草铺上时,狗崽知道她像枯树一样沉默。这声音渐渐上涨,浮起了狗崽的阁楼。狗崽飘浮起来。他的双手滚水一样在粗布裤裆里沸腾。"娘啊,娘在哪里?"狗崽的身子蛇一样躁动缩成一团,他的结满伤疤的脸扭曲着,最后吐出童贞之气。

我现在知道了这座阁楼。阁楼上还住着狗崽的朋友小瞎子。我另外构想过狗崽狂暴手淫的成因。也许我的构想才是真实的。我的面前浮现出小瞎子独眼里的暗红色血花。我家祖辈世代难逃奇怪的性的诱惑。我想狗崽是在那朵血花的照耀下模仿了他的朋友小瞎子。反正老竹匠们回忆一九三四年的竹器店阁楼上,到处留下了黄的白的精液痕迹。

我必须一再地把小瞎子推入我的构想中。他是一个模糊的黑点缀在我们家族伸入城市的枝干上,使我好奇而又迷惘。我的祖父陈宝年和伯父狗崽一度都被他吸引甚至延续到我,我在旧日竹器城寻访小瞎子时,几乎走遍了每一个老竹匠的家门。我听说他焚火而死的消息时失魂落魄。我对那些老竹匠们说,我真想看看那只独眼啊。

继续构想。狗崽那年偷看陈宝年和小女人环子交媾的罪恶是否小瞎子怂恿的悲剧呢。狗崽爬到他爹的房门上朝里窥望,他看见了竹片床上的父亲和小女人环子的两条白皙的小腿,他们的头顶上挂着那把祖传的大头竹刀。小瞎子说你就看个稀奇千万别喊。但是狗崽趴在门板上突然尖厉地喊起来:

"环子,环子,环子啊!"狗崽喊着从门上跌下来。他被陈宝年揪进了房里。他面对赤身裸体脸色苍白的陈宝年一点不怕,但看见站在竹床上穿蓝旗袍的环子时眼睛里滴下灼热的泪来。环子扣上蓝旗袍时说:"狗崽你这个狗崽呀!"后来狗崽被陈宝年吊在房梁上吊了一夜,他面无痛苦之色,他只是看了看阁楼的窗子。小瞎子就在阁楼上关怀着被缚的狗崽。

小瞎子训练了狗崽十五岁的情欲。他对狗崽的影响已经到了出神入化的地步。我尝试着概括那种独特的影响和教育,发现那就是一条黑色的人生曲线。

```
           赚钱
   女人         女人
 出生             死亡
```

这条黑曲线缠在狗崽身上尤其强劲,他过早地悬在"女人"这个轨迹点上腾空了。传说狗崽就是这样得了伤寒。一九三四年的冬天,狗崽病卧在小阁楼上,数着从头上脱落的一根根黑发。头发上仍然残存着枫杨树狗粪的味道。他把那些头发理成一绺,穿进小瞎子发明的锥形竹刀的孔眼里，于是那把带头发缨子的锥形竹刀在小阁楼上喷发了伤寒的气息。我祖父陈宝年登上小阁楼总闻得见这种古怪的气息。他把手伸进狗崽肮脏而温暖的被窝测量儿子的生命力，不由得思绪茫茫浮想联翩。在狗崽身上重现了从前的陈宝年。陈宝年抚摸着狗崽日渐光秃的前额说："狗崽你病得不轻，你还想要爹的大头竹刀吗？"狗崽在被窝里沉默不语。陈宝年又说："你想要什么？"狗崽突然哽咽起来，他的身子在棉被下痛苦地耸动："我快死了……我要女人……我要环子！"

陈宝年扬起巴掌又放下了。他看见儿子的脸上已经开始跳动死亡火焰。他垂着头逃离小阁楼时还听见狗崽沙哑的喊声"我要环子环子环子"。

这年冬天竹匠们经常看见小瞎子背驮重病的狗崽去屋外晒太阳。他俩穿过一座竹器坊，撞开后门，坐在一起晒太阳。正午时分麻油店的小女人环子经常在街上晾晒衣裳。一根竹竿上飘动着美丽可爱的环子的各种衣裳。城市也化作蓝旗袍淅淅沥沥洒下环子的水滴。小女人环子圆月般的脸露出蓝旗袍之外顾盼生风，她咯咯笑着，朝他们抖动湿漉漉的蓝旗袍。环子知道竹器店后门坐着两个有病的男人（我听说小瞎子从十八岁到四十岁一直患有淋病）。她就把她的雨滴风骚地甩给他们。

我对于一九三四年冬天是多么陌生。我对这年冬天活动在家史中的那些先辈毫无描绘的把握。听说祖父陈宝年也背着狗崽去晒过太阳。那么他就和狗崽一起凝望小女人环子晒衣裳了。这三个人隔着蓝旗袍互相凝望该是什么样的情景，一九三四年冬天的太阳照耀这三个人该是什么样的情景，我知道吗？

而结局却是我知道的。我知道陈宝年最后对儿子说："狗崽我给你环子，你别死。我要把环子送到乡下去了。你只要活下去，环子就是你的媳妇了。"陈宝年就是在竹器店后门对狗崽说的。这天下午狗崽已经奄奄一息。陈宝年坐在门口，烧了一锅温水，然后把狗崽抱住，用锅里的温水洗他的头。陈宝年一遍遍地给狗崽擦美丽牌香皂，使狗崽头上的狗粪味消失殆尽，发出城市的香味。我还知道，这天下午小女人环子站在她的晾衣竿后面，绞扭湿漉漉的蓝旗袍，街上留下一摊淡蓝色的积水。

这么多年来，我父亲白天黑夜敞开着我家的木板门，他总是认为我们的亲人正在流浪途中，他敞开着门似乎就是为了迎接亲人的抵达。家中的干草后来分成了六垛。他说那最小的一垛是给早夭的哥哥狗崽的，因为他从来没见过哥哥狗崽，但狗崽的幽魂躺到我家来会不会长得硕大无比呢？父亲说人死后比活着要大得多。父亲去年进医院之前就在家里分草垛，他对我们说最大的草垛是属于祖母蒋氏和祖父陈宝年的。

我在边上看着父亲给已故的亲人分草垛，分到第六垛时他很犹豫，他捧着那垛干草不知道往哪里放。

"这是给谁的？"我说。

"换换。"父亲说，"环子的干草放在哪儿呢？"

"放在祖父的旁边吧。"我说。

"不。"父亲望着环子的干草。后来他走进他的房间去了。我看见父亲把环子的干草塞到了他的床底下。

环子这个小女人如今在哪里？我家的干草一样在等待她的到达。她是一个城里女人。她为什么进入了我的枫杨树人的家史？我和父亲都无法诠释。我忘不了的是这垛复杂的干草的意义。你能说得清这垛干草为什么会藏到我父亲的床底下吗？

枫杨树的老人们告诉我环子是在一个下雪的傍晚出现在马桥镇的。她的娇小的身子被城里流行的蓝衣裳包得厚厚实实，快乐地踩踏着泥地上的积雪。有一个男人和环子在一起。那男人戴着狗皮帽和女人的围巾深藏起脸部，只露出一双散淡的眼睛。有人从男人走路的步态上认出他是陈宝年。

这是枫杨树竹匠中最为隐秘的回乡。明明有好多人看见陈宝年和环子坐在一辆独轮车上往家赶，后来却发现回乡的陈宝年在黄昏中消失了。

我祖母蒋氏站在门口，看着小女人踩着雪走向陈家祖屋。环子的蓝旗袍在雪地上泛出强烈的蓝光，刺疼了蒋氏的眼睛。两个女人在五十年前初次谈话的声音现在清晰地传入我耳中。

"你是谁？"

"我是陈宝年的女人。"

"我是陈宝年的女人，你到底是谁？"

"你这么说我不知道自己是谁了。我怀孕了，是陈宝年的孩子。他把我赶到这里来生。我不想来，他就把我骗来了。"

"你有三个月了我一眼就看出来了。"

"你今年生过了吗我带来好多小孩衣裳给你一点吧。"

"我不要你的小孩衣裳你把陈宝年的钱带来了吗?"

"带来了好多钱这些钱上都盖着陈宝年的红印呢你看看。"

"我知道他的钱都盖红印的他今年没给过我钱秋天死了五个孩子了。"

"你让我进屋吧我都快冻死了陈宝年他不想回来。"

"进屋不进屋其实都一样冷是他让你来乡下生孩子的吗?"

(我同时听到了陈宝年在祖屋后面踏雪的脚步声。陈宝年也在听吗?)

环子踏进我家首先看见六股野艾草绳从墙上垂下来缓缓燃烧着,家里缭绕着清苦的草灰味。环子指着草绳说:"那是什么?"

"招魂绳。人死了活着的要给死人招魂你不懂吗?"

"死了六个儿女吗?"

"陈宝年也死了。"蒋氏凝视着草绳半晌走到屋角的摇篮边抱起她的婴儿,她微笑着对环子说,"只活了一个,其他人都死了。"

活着的婴儿就是我父亲。当小女人环子朝他俯下脸来时,城市的气味随之抚摸了他的小脸蛋。婴儿翕动着嘴唇欲哭未哭,一刹那间又绽开了最初的笑容。父亲就是在环子带来的城市气味中学会笑的。他的小手渐渐举起来触摸环子的脸,环子的母性被充分唤醒,她尖叫着颤抖着张开嘴咬住了婴儿的小手,含糊不清地说:"我多爱孩子我做梦梦见生了个男孩就像你小宝宝啊。"

追忆祖母蒋氏和小女人环子在同一屋顶下的生活是我谱写家史的一个难题。我的五代先祖之后从没有一夫多妻的现象，但是枫杨树乡亲告诉我那两个女人确实在一起度过了一九三四年的冬天。环子的蓝衣裳常洗常晒，在我家祖屋上空飘扬。

他们说怀孕的环子抱着婴儿时期的父亲在枫杨树乡村小路上走，她的蓝棉袍下的腹部已经很重了。环子是一个很爱小孩的城里女人，她还爱树里东一只西一条的家狗野狗，经常把嘴里嚼着的口香糖扔给狗吃。你不知道环子抱着孩子怀着孩子想到哪里去，她总是在出太阳的时间里徜徉在村子里，走过男人身边时丢下妖媚的笑。你们看见她渐渐走进幽深的竹园，一边轻拍着婴儿唱歌，一边惶惑地环视冬天的枫杨树乡村。环子出现在竹园里时，路遇她的乡亲都发现环子酷似我死去的姑祖母凤子。她们两个被竹叶掩映的表情神态有惊人的相似之处。

环子和凤子是我家中最美丽的两个女人。可惜她们没有留下一张照片，我无法判断她们是否那么相似。她们都是我祖父陈宝年羽翼下的丹凤鸟。一个是陈宝年的亲妹妹，另一个本不是我的族中亲人，她是我祖父陈宝年的女邻居，是城里麻油店的老板娘，她到底是不是姑祖母凤子的姐妹鸟？我的祖父陈宝年你要的到底是哪只鸟？这一切后代们已无从知晓。

我很想潜入祖母蒋氏乱石密布的心田去研究她给环子做的酸菜汤。环子在我家等待分娩的冬天里，从我祖母蒋氏手里接过了一碗又一碗酸菜汤，一饮而尽。环子咂着嘴唇对蒋氏说："我太爱喝这汤了。我现在只能喝这汤了。"蒋氏端着碗凝视环子渐渐隆起的腹部，目光有点呆滞，她不断地重复着说："冬天了，地里野菜也没了，只有做酸菜汤给你吃。"

酸菜腌在一口大缸里。环子想吃时就把手伸进乌黑的盐水里捞酸菜，抓在手里吃。有一天，环子抓了一把酸菜突然再也咽不下去了，她的眼睛里沁出泪来，猛地把酸菜摔在地上，跺脚哭喊起来："这家里为什么只有酸菜酸菜啊。"

祖母蒋氏走过来捡起那把酸菜放回大缸里，她威严地对环子说："冬天了，只有酸菜给你吃。你要是不爱吃也不能往地上扔。"

"钱呢，陈宝年的钱呢？"环子说，"给我吃点别的吧。"

"陈宝年的钱没了。我给陈宝年买了两亩地。陈家死的人太多，连坟地也没有。人不吃菜能活下去，没有坟地就没有活头了。"

环子在祖母蒋氏古铜般的目光中抱住自己的哭泣的脸。她感觉到脸上的肌肤已经变黄变粗糙了，这是陈宝年的老家给予她的惩罚。哭泣的环子第一次想到她这一生的悲剧走向。她轻轻喊着陈宝年陈宝年你这个坏蛋，重又走向腌酸菜的大缸。她绝望地抓起一把酸菜往嘴里塞，杏眼圆睁，嚼咽那把酸菜，直到腹中一阵强烈的反胃。哇哇巨响。环子从她的生命深处开始呕吐，吐出一条酸苦的黑色小泽，溅上她的美丽的蓝棉袍。

我知道环子到马桥镇上卖戒指换猪肉的事就发生在那回呕吐之后。据说那是祖父送给她的一只金方戒，她毫无怜惜之意地把它扔在肉铺柜台上,抓起猪肉离开马桥镇。那是镇上人第二次看见城里的小女人环子。都说她瘦得像只猫,走起路来仿佛撑不住怀孕三个月的身子。她提着那块猪肉走在横贯枫杨树的黄泥大道上,路遇年轻男人时仍然不忘她城里女人的媚眼。我已经多次描摹过黄泥大道上紧接着长出一块石头,那块石头几乎是怀有杀机地绊了环子一下,环子惊叫着,怀孕的身体像倒木一样飞了出去。那块猪肉也飞出去了。环子的这声惊叫响彻暮日下的黄泥大道,悲凉而悠远。在这一瞬间,她似乎意识到从天而降的灾难指向她的腹中胎儿,她倒在荒凉的稻田里,双手捂紧了腹部,但还是迎来了腹部的巨大的疼痛感。她明确无误地感觉了腹中小生命的流失。她突如其来地变成一个空心女人。环子坐在地上虚弱而尖利地哭叫着,她看着自己的身子底下荡漾开一潭红波。她拼命掏起流散的血水,看见一个长着陈家方脸膛的孩子在她手掌上停留了短暂一瞬,然后轻捷地飞往枫杨树的天空,只是一股青烟。

流产后的小女人环子埋在我家的草铺上呜咽了三天三夜。环子不吃不喝,三天三夜里失却了往日的容颜。我祖母蒋氏照例把酸菜汤端给环子,站在边上观察痛苦的城里女人。环子枯槁的目光投在酸菜汤里,一石激起千层浪。她似乎从乌黑的汤里发现了不寻常的气味,她觉得腹中的胎儿就是在酸菜汤的浇灌下渐渐流产的,猛然如梦初醒:

"大姐,你在酸菜汤里放了什么?"

"盐。怀孩子的要多吃盐。"

"大姐,你在酸菜汤里放了什么把我孩子打掉了?"

"你别说疯话。我知道你到镇上割肉摔掉了孩子。"

环子爬下草铺,死死拽住了祖母蒋氏的手,仰望蒋氏不动声色的脸。环子摇晃着蒋氏喊:"摔一跤摔不掉三个月的孩子,你到底给我吃什么了?你为什么要算计我的孩子啊?"

我祖母蒋氏终于勃然发怒,她把环子推到了草铺上然后又扑上去揪住环子的头发,你这条城里的母狗你这个贱货你凭什么到我家来给陈宝年狗日的生孩子。蒋氏的灰暗的眼睛一半是流泪的,另一半却燃起熊熊的仇恨火焰。她在同环子厮打的过程中断断续续地告诉环子:我不能让你把孩子生下来……我有六个孩子生下来长大了都死了……死在娘胎里比生下来好……我在酸菜汤里放了脏东西,我不告诉你是什么脏东西……你不知道我多么恨你们……

其实这些场面的描写我是应该回避的。我不安地把祖母蒋氏的形象涂抹到这一步,但面对一九三四年的家史我别无选择。我怀念环子的未出生的婴儿,如果他(她)能在我的枫杨树老家出生,我的家族中便多了一个亲人,我和父亲便多了一份思念和等待,千古风流的陈家血脉也将伸出一条支流,那样我的家史是否会更增添丰富的底蕴呢。

环子的消失如同她的出现给我家中留下了一道难愈的伤疤,这伤疤将一直溃烂到发酵,漫漫无期,我们将忍痛舔平这道伤疤。

环子离家时掳走了摇篮里的父亲。她带着陈家的婴儿从枫杨树乡村消失了,她明显地把父亲作为一种补偿带走了。女人也许都这样,失去什么补偿什么。没有人看见那个携走陈家婴儿的城里女人,难道环子凭借她的母爱长出了一双翅膀吗?

我祖母蒋氏追踪环子和父亲追了一个冬天。她的足迹延伸到长江边才停止。那是她第一次见到长江。一九三四年冬天的江水浩浩荡荡,恍若洪荒时期的开世之流。江水经千年沉淀的浊黄色像钢铁般地势大力沉,撞击着一位乡村妇女的心扉。蒋氏拎着她穿破的第八双草鞋沿江岸踯躅,乱发随风飘舞,情感旋入江水仿佛枯叶飘零。她向茫茫大江抛入她的第八双草鞋就回头了。祖母蒋氏心中的世界边缘就是这条大江。她无法逾越这条大江。

我需要你们关注祖母蒋氏的回程以了解她的人生归宿。她走过一九三四年漫漫的冬天,走过五百里的城镇乡村,路上已经脱胎换骨。枫杨树人记得蒋氏回来已经是年末了。马桥镇上人家都挂了纸红灯迎接一九三五年。蒋氏两手空空地走过那些红灯,疲惫的脸上有红影子闪闪烁烁的。她身上脚上穿的都是男人的棉衣和鞋子,腰间束了一根草绳。认识蒋氏的人问:"追到孩子了吗?"蒋氏倚着墙竟然朝他们微笑起来:"没有,他们过江了。""过了江就不追了吗?""他们到城里去了,我追不上了。"

祖母蒋氏在一九三五年的前夕走回去,面带微笑渐渐走出我的漫长家史。她后来站在枫杨树西北坡地上,朝财东陈文治的黑砖楼张望。这时有一群狗从各个角落跑来,围着蒋氏嗅闻她身上的陌生气息。冬天已过,枫杨树的狗已经不认识蒋氏了。蒋氏挥挥手赶走那群狗,然后她站在坡地上开始朝黑砖楼高喊陈文治的名字。

陈文治被蒋氏喊到楼上,他和蒋氏在夜色中遥遥相望,看见那个女人站在坡地上像一棵竹子摇落纷繁的枝叶。陈文治预感到,这棵竹子会在一九三四年底逃亡,植入他的手心。

"我没有了——你还要我吗——你就用那顶红轿子来抬我吧——"

陈文治家的铁门在蒋氏的喊声中嘎嘎地打开,陈文治领着三个强壮的身份不明的女人抬着一顶红轿子出来,缓缓移向月光下的蒋氏。那支抬轿队伍是历史上鲜见的,但是我祖母蒋氏确实是坐着这顶红轿子进入陈文治家的。

就这样,我得把祖母蒋氏从家史中渐渐抹去。我父亲对我说他直到现在还不知道她叫什么名字。他关于母亲的许多记忆也是不确切的,因为一九三四年他还是个婴儿。

但是我们家准备了 垛最大的干草,迎接陈文治家的女人蒋氏再度抵达这里。父亲说她总会到来的。

祖母蒋氏和小女人环子星月辉映养育了我的父亲,她们都是我的家史里浮现的最出色的母亲形象。她们或者就是两块不同的陨石,在一九三四年碰撞,撞出的幽蓝火花就是父亲,就是我,就是我们的儿子孙子。

我们一家现在居住的城市就是当年小女人环子逃亡的终点,这座城市距离我的枫杨树老家有九百里路。我从十七八岁起就喜欢对这座城市的朋友说:"我是外乡人。"

我讲述的其实就是逃亡的故事。逃亡就是这样早早地发生了,逃亡就是这样早早地开始了。你等待这个故事的结束时还可以记住我祖父陈宝年的死因。

　　附:关于陈宝年之死的一条秘闻
　　　一九三四年农历十二月十八夜,陈宝年从城南妓院出来,有人躲在一座木楼顶上向陈宝年倾倒了三盆凉水。陈宝年被袭击后朝他的店铺拼命奔跑,他想跑出一身汗来,但是回到竹器店时浑身结满了冰,就此落下暗病。年底丧命,死前紧握祖传的大头竹刀。陈记竹器店主就此易人。现店主是小瞎子。城南的妓院中漏出消息说,倒那三盆凉水的人就是小瞎子。

我想以祖父陈宝年的死亡给我的家族史献上一只硕大的花篮。我马上将提起这只花篮走出去,从深夜的街道走过,走过你们的窗户。你们如果打开窗户,会看到我的影子投在这座城市里,飘飘荡荡。
　　谁能说出来那是个什么影子?

罂粟之家

/// 苏　童

　　仓房里堆放着犁耙锄头一类的农具，齐齐整整倚在土墙上，就像一排人的形状。那股铁锈味就是从它们身上散出来的。这是我家的仓房，一个幽暗的深不可测的空间。老奶奶的纺车依旧吊在半空中，轱辘与叶片四周结起了细细的蛛网。演义把那架纺车看成一只巨大的蜘蛛，蜘蛛永恒地俯瞰着人的头顶。随着窗户纸上的阳光渐渐淡薄，一切杂物农具都暗淡下去，只剩下模糊的轮廓，你看上去就像一排人的形状。天快黑了。演义的饥饿感再次袭来，他朝门边跑去，拼命把木扉门推推推。他听见两把大锁撞击了一下，门被爹锁得死死的，推不开。

　　"放我出去。我不偷馍馍吃了！"

　　演义尖声大叫。演义蹲下去凑着门缝朝外望。大宅里站着一群长工和女佣。他们似乎有一件好事，高兴得跟狗一样东嗅西窜的。演义想他们高兴什么呢，演义用拳头砸着门，门疯狂地响着。他看见天空里暮色像铁块一样落下来，落下来。演义害怕天黑，天一黑他就饥肠辘辘，那种饥饿感使演义变成暴躁的幼兽，你听见他的喊声震撼着一九三〇年的刘家大宅。演义摇撼着门喊：

"放我出去。我要吃馍。"

有人朝仓房这边看。演义想他们听见了为什么不来开锁。演义从他们的嘴形上判断他们在骂饿鬼。饿鬼饿鬼早晚要把你们杀了。演义用脑袋撞着门。有个女佣腰上挂了一串钥匙走过来了。两把铁锁落下来了，绛紫色的晚光迎面扑来，演义捂着眼睛摇晃了一下，那是因为光的逆差，你看见演义抓起一根杂木树棍顶在女佣的肚子上。这是他对付他们的习惯（这个动作以后将重复出现）。

"我杀了你。"演义说。

"别闹，大少爷。"女佣边退边说，"快去看你娘生孩子。"

"什么？"

"生孩子。往后你更没用了。"女佣摇着钥匙叮叮当当地逃去，回头对演义笑，"那是陈茂的种呀！"

这一年演义八岁。演义把杂木树棍插在泥地上，然后站在上面，他的核桃般的身体随着树棍摇晃。暮色沉沉，压在一顶小葫芦帽上。头顶很疼，饥饿从头顶上缠下来，缠满他的身体。演义的耳朵突然颤了一下，他听见娘的屋里传来一声婴儿的啼哭。演义以为是一只猫在娘的屋里叫。坐在红木方桌前喝酒的两个男人，一个已经老了，一个还很年轻。老的穿白绸子衣裤，脸越喝越红，嘴角挂满腌毛豆的青汁。年轻的坐立不安，腰间挂着的铜唢呐不时撞到桌上。那是长工陈茂，你可以从那把铜唢呐上把他从长工堆里分辨出来。他的一只手抓着酒盅，另一只手始终抚摸在裆部，那是一个极其微妙的动作，内涵丰富却常被人忽略。

"是个男孩，叫沉草。"刘老侠说。

"男孩。恭喜老爷了。"

"你想去看看吗？"

"不知道。"长工陈茂站起身，他朝前走了两步又往后退一步，他突然意识到问题：老地主是笑着的。老地主的笑对他来说吉凶难卜。陈茂转过脸，探询地望着刘老侠。他说："去不去？"你听不出来他是问刘老侠还是问自己。

"狗！"刘老侠果然大喝一声。他手里的酒盅以迅雷不及掩耳之势砸向陈茂。陈茂看见自己的胸口爬上一块圆形酒渍，仿佛一只油虫在爬。他觉得胸口又热又疼。

"滚回来！"刘老侠说。

陈茂回到桌前时被刘老侠捆了一巴掌。陈茂没躲，只是感觉到那只油虫爬到他脸上来了。陈茂站着浑身发黏。他看见刘老侠踢翻了桌子椅子，哐啷啷一阵响。刘老侠扼住了陈茂的喉咙，他说："陈茂，一条狗。你说你是我的一条狗。"陈茂的光脚踩在一碗毛豆上，喉咙被卡住含糊地重复："我说你是我的一条狗。""笨蛋，重说。"喉咙被扼得更紧了。陈茂英俊的脸憋得红里发紫。他拼命挣脱开那双虬枝般苍劲的手，他喘着粗气说：

"我说，陈茂是你的一条狗。"

长工陈茂穿过堂屋往外走，经过翠花花的屋子，他闻见翠花花的屋里散发出一种血的腥香混杂女人下体的气味。那些气味使他头晕。陈茂站在大宅的门槛上朝外面的长工女佣们做了个鬼脸。他用三根手指配合做了一个猥亵动作。那些人在墙角边嘻嘻地笑。陈茂自己也笑，他脱下酒渍斑斑的布衫，放到鼻子下嗅。酒气消失了。他看见自己的铜唢呐在腰上熠熠闪光。他抓起来猛地一吹，他听见自己的铜唢呐发出一种茫然的声音，呜呜呜地响。

陈茂吹着唢呐去下地。那天跟平日一样，陈茂在刘家的罂粟地里锄草，锄完草又睡了一觉。在熹微的晨光中他梦见一个男婴压在头顶上，石头似的撞碎了他的天灵盖。

枫杨树乡村绵延五十里，五十里黑土路上遍布你祖先的足迹。几千年了，土地被人一遍遍垦殖着，从贫瘠走向丰厚。你祖先饿殍仙游的景象到三十年代不再出现，三十年代初枫杨树的一半土地种上了奇怪的植物——罂粟，于是水稻与罂粟在不同的季节里成为乡村的标志。外乡人从各方迁徙而来，枫杨树成了你的乡土。

你总会看见地主刘老侠的黑色大宅。你总会听说黑色大宅里的衰荣历史，那是乡村的灵魂使你无法回避，这么多年了人们还在一遍遍地诉说那段历史。

祖父把农舍盖在河左岸的岸坡上，窗户朝向河水，烟囱耸出屋顶，象征着男人和女人组合的家庭，父亲晨出晚归在水稻与罂粟地里劳作，母亲把鸡鸭猪羊养在屋后的栏厩里，而儿子们吃着稀粥和咸菜，站在河边凝望地主刘老侠的黑色大宅。枫杨树人体格瘦小而灵巧，脸上有一种相似的满足慵懒的神情。一九四九年前大约有一千名枫杨树人给地主刘老侠种植水稻与罂粟，佃农租地缴粮，刘老侠赁地而沽，成为一种生活定式，在我看来那是一个典型的南方乡村。

祖父告诉孙子，枫杨树富庶是因为那里的人有勤俭持家节衣缩食的乡风。你看见米囤在屋里堆得满满的，米就是发霉长蛆了也是粮食，不要随便吃掉它。我们都就着咸菜喝稀粥，每个枫杨树人都这样。地主刘老侠家也这样。祖父强调说，刘老侠家也天天喝稀粥，你看见他的崽子演义了吗？他饿得面黄肌瘦，整天哇哇乱叫，跟你一样。

家谱上记载着演义是刘老侠第五个孩子了。前面四个弃于河中顺水漂去了，他们像鱼似的没有腿与手臂，却有剑形摆尾，他们只能从水上顺流漂去了。演义是荒乱年月中唯一生存下来的孩子。乡间对刘老侠的生殖能力有一种说法，说血气旺极而乱，血乱没有好子孙。这里还含有另一层隐秘的意义。演义是他爹他娘野地媾和的收获，那时候刘家老太爷尚未暴毙，翠花花是他的姨太太，那时候刘老侠的前妻猫眼女人还没有溺死在洗澡的大铁锅里，演义却出世了。

家谱记载演义是个白痴。你看见他像一只刺猬滚来滚去，他用杂木树棍攻击对他永远陌生的人群。他习惯于一边吞食一边说：我饿我杀了你。

你可以发现演义身上因袭着刘家三代前的血液因子。历史上的刘家祖父因为常常处于饥饿状态而练就一副惊人的胃口，一人能吃一头猪。演义的返祖现象让刘家人警醒，他们几乎怀着一种恐惧的心理去夺下演义手里的馍。很长一段时间里演义迷恋着一只黑陶瓮，陶瓮有半人高，放在他娘翠花花的床后，床后还有一只红漆便桶，那两种容器放在一起，强烈地刺激他的食欲。演义看见瓮盖上撒着一层细细的炉灶灰，他揭开瓮盖，把里面的馍藏在胸口跑出去，一直跑到仓房外的木栅子山上。有人站在那里劈栅子。劈栅子的人是演义的叔叔刘老信。你看见刘家叔侄俩坐在木栅子山上狼吞虎咽的模样总是百思不得其解。

演义总是把指印留在瓮盖上。演义看见爹拎着鞋追过来，爹抓住他的头发问："今天偷了几块？"演义使劲咽着馍说："没偷，我饿。"演义听见爹的鞋掌响亮地敲击他的头顶。头顶很疼。"今天偷了几块？""不知道。我饿。""你还给谁吃了？""给叔，他也饿。"演义抱住他的头顶，他看见爹从木栅子山上走下去，木栅子散了倒下去一地。爹拎着鞋说："饿鬼，全是饿鬼。刘家迟早败在你们的嘴上。"

坐在木栅子山上的两个人，一个是白痴演义，另一个是他叔叔刘老信。在刘家大宅中叔侄俩的亲密关系显得奇特而孤独。人们记得刘老信从不与人说话，他只跟木栅子和白痴演义说话，而演义唯有坐在他叔身旁，才表现出正常的智力和语言习惯，那是一种异禀诱发的结果。那时候刘老信已不年轻，脸上长满紫色瘢疤。他坐在木棚子山上显得悲凉而宁静,他对白痴演义叙说着。许多叔侄对话有助你进入刘家历史的多层空间。

"你爹是个强盗。他从小就抢别人的东西。"

"强盗抢人的东西。爹也抢我的馍。"

"你爹害死了我爹,抢了翠花花做你娘。"

"我从娘的胳肢窝里掉下来的。"

"你们一家没个好东西,迟早我要放火,大家都别过。"

"放火能把家烧光吗?"

"能。只要狠,一把火把你们都烧光。"

"把我也烧光吗?"

"对,杂种。我不烧死你,他们也迟早会杀了你。"

"杀了我,我就不饿了。"

在这段历史中刘老信不是主要人物。我只知道他是早年间闻名枫杨树乡村的浪荡子,他到陌生的都市,妄想踩出土地以外的发财之路,结果一事无成只染上满身的梅毒大疮。归乡时刘老信一贫如洗,搭乘的是一只贩盐船。据说左岸的所有土地在十年内像鸽子回窠般地汇入刘老侠的手心,最后刘老侠花十块大洋买下了他弟弟的坟地,那是一块向阳的坡地,刘老侠手持单锹将它夷平,于是所有的地都在河两岸连成一片了。

刘家弟兄间的土地买卖让后人瞠目结舌,后人无法判断功过是非,你要注意的是人间沧桑的歧异之处。刘家兄弟最后一笔买卖是在城里妓院办完的。贩盐船路过枫杨树给刘老侠捎话:"刘老信快烂光了,刘老信还有一亩坟茔地可以典卖。"刘老侠赶到城里妓院的时候他弟弟浑身腐烂,躺在一堆垃圾旁。弟弟说:"把我的坟地给你,送我回家吧。"哥哥接过地契说:"画个押,我们就走。"刘老侠把弟弟溃烂的手指抓过来摁到地契上,没用红泥,用的是脓血。刘老侠背着他弟弟找到那只贩盐船后把他扔上船,一切就结束了,刘家的血系脉络由两支并拢成一支,枫杨树人这样说。他们还说刘老信其实是毁在自己的鸡巴上了,那是刘家人的通病,但是什么东西也毁不了刘老侠,你不知道什么时候就会把檐上的一片瓦、地里的一棵草都卖给刘老侠。

白痴演义记得木栩子山上的叔叔很快就消失了。

第二年刘老信死于火堆中,上下竟无人知晓。火在木栩子山上燃烧的时候只有演义是目击者。演义满脸黑烟,拖着一个麻袋从仓房那里出来,演义把麻袋放在台阶上,对着麻袋呜呜大哭。佃户和女佣们头一次听见演义哭。他们把麻袋上的绳结打开,看见刘老信已经被火烧得焦煳了,僵硬的身体发出木材的清香。他的嘴被半只馍塞住,面目很古怪。演义一边哭一边说:"他饿,我给他吃半只馍,他怎么不咽进去呢?"

他们跑到后院看见木栩子山已经燃烧掉了一半,谁也不知道火是什么时候烧起来的。没有人看见,火就烧起来了。

家谱记载,刘老信死于一九三三年十月初五。

木匠们钉好了一口薄皮棺材,四个长工把刘老信抬到右岸大坟场埋葬。听见风吹动白幡,听见丧号戛然而止,死者入土了。

那是一种简陋的丧葬，也是发生在刘家大宅的旷世奇事。所有枫杨树人都知道刘老信纵火未成反被烧死的故事。祖父对孙子说起刘老信的奇死时最后总是说：

"别去惹刘老侠。你要放火，自己先把自己烧了。"

诞生于故事开首的婴儿一旦长大将成为核心人物，这在家族史中是不言而喻的。

许多年以后，沉草身穿黑呢制服，手提一口麂皮箱子，从县立中学的台阶上向我们走来。阳光呈丝网状在他英俊白皙的脸上跳跃，那是四十年前的春天，刘沉草风华正茂告别他的学生生涯，心中却忧郁如铁。他走过一片绿草坪，穿过两个打网球的女学生中间，看见一辆旧式马车停在草坪尽头。家里来人了。沉草的脚步滞重起来，他的另一只手在口袋里掏着，掏出一只网球。网球是灰色的，它在草地上滚动着，很快在草丛中消失不见了。有一种挥手自兹去的苍茫感情压在沉草瘦削的双肩上，他缩起肩膀朝那辆马车走。他觉得什么东西在这个下午遁走了，就像那只灰色的网球。沉草一步三回头。他听见爹在喊："沉草你看什么？回家啦。"沉草说："那只球不见了。"

爹来接他回家。赶车人是长工陈茂。沉草看见马车上残存着许多干草条子，他知道爹进城时一定捎卖了一车干草。沉草坐在干草上抱住膝盖，他听见爹喊："陈茂，上路了。"县中的红房子咯咚咚咚地往后退。后来沉草回忆起那天的归途充满了命运的暗示。马车赶上了一条岔路，归家的路途变得多么漫长，爹让他饱览了五百亩田地繁忙的春耕景色。一路上猩红的罂粟花盛开着，黑衣佃户们和稻草人一起朝马车呆望。沉草心烦意乱，听见胶木轮子辘辘地滚过黄土大道。长工陈茂的大草帽把椭圆形阴影投射在车板上。我不知道是什么东西贴着胶木轮子发出神秘的回声。

马车赶上岔路必须经过火牛岭。沉草记得他就是这样头一次见到了姜龙的土匪。在火牛岭半山腰的榉树林子里，有一队骑马的人从树影中驰过。沉草听见那些人粗哑的嗓音像父亲一样呼唤他的名字："刘沉草，上山来吧。"

第二天起了雾，丘陵地带被一片白蒙蒙的水汽所湿润，植物庄稼的茎叶散发着温熏的气息。这是枫杨树乡村特有的湿润的早晨，五十里乡土美丽而悲伤。沿河居住的祖孙三代在鸡啼声中同时醒来，他们从村庄出来朝河两岸的罂粟地里走。雾气久久不散，他们凭借耳朵听见地主刘老侠的白绸衣衫在风中飒飒地响，刘老侠和他儿子沉草站在蓑草亭子里。

佃户们说："老爷老了，二少爷回来了。"

沉草面对红色罂粟地和佃户时的表情是迷惘的。沉草缩着肩膀，一只手插在学生装口袋里。那就是我家的罂粟，那就是游离于植物课教程之外的罂粟，它来自父亲的土地，却使你脸色苍白，就仿佛在噩梦中浮游。田野四处翻腾着罂粟强烈的熏香，沉草发现他站在一块孤岛上，他觉得头晕。罂粟之浪哗然作响着把你推到一块孤岛上，一切都远离你了，唯有那种置人死地的熏香钻入肺腑深处，就这样沉草看见自己瘦弱的身体从孤岛上浮起来了。

沉草脸色苍白，抓住他爹的手。沉草说，爹，我浮起来了。

罂粟地里的佃户们目睹了沉草第一次晕厥的场面。后来他们对我描述二少爷的身体是多么单薄，二少爷的行为是多么古怪，而我知道那次晕厥是一个悲剧萌芽，它奠定刘家历史的走向。他们告诉我，刘老侠把儿子驮在背上，经过河边的罂粟地。他的口袋里响着一种仙乐般琅琅动听的声音，传说那是一串白金钥匙，只要有了其中任何一把白金钥匙，你就可以打开一座米仓的门，你一辈子都能把肚子吃得饱饱的。

你没有见过枫杨树的蓑草亭子。

蓑草亭子在白雾中显出它的特殊的造型轮廓。男人们把蓑草亭子看成一种男性象征。祖父对孙子说，那是刘老侠年轻时搭建的，风吹不倒雨淋不倒，看见它就想起世间沧桑事。祖父回忆起刘老侠年轻时的多少次风流，地点几乎都在蓑草亭子里。刘老侠狗日的干坏了多少枫杨树女人！他们在月黑风高的夜晚交媾，从不忌讳你的目光。有人在罂粟地埋伏着谛听声音，事后说，你知道刘老侠为什么留不下一颗好种吗？都是那个蓑草亭子。蓑草亭子是自然的虎口，它把什么都吞咽掉了，你走进去走出来，浑身就空空荡荡了。

好多年以后，枫杨树的老人仍然对蓑草亭子念念不忘，他们告诉我，刘家祖祖辈辈的男人都长了一条骚鸡巴。

"那么沉草呢？"我说。

"沉草不。"他们想了想说。

沉草在刘氏家族中确实与众不同,这也是必然的。

沉草归家后的头几天在昏睡中度过,当风偶尔停息的时候,罂粟的气味突然消失了,沉草觉得清醒了许多。他从前院走到后院,看见一个蓬头垢面破衣烂衫的人坐在仓房门口,啃咬一块发黑的硬馍。

沉草站住看着演义啃馍。沉草从来不相信演义是他的哥哥,但他知道演义是家中另一个孤独的人。沉草害怕看见他,他从那张粗蛮贪婪的脸上发现某种低贱的痛苦,它为整整一代枫杨树人所共有,包括他的祖先亲人。但沉草知道那种痛苦与他格格不入,一脉相承的血气到我们这一代就迸裂了。沉草想,他是哥哥,这太奇怪了。

罂粟花的气味突然消失了,阳光就强烈起来,沉草看见演义从台阶上蹦起来,像一个肮脏的球体。沉草看见演义手持杂木树棍朝他扑过来,他想躲闪却力不从心,那根树棍顶在他的小腹上。

"演义你干什么?"

"你在笑话我。"

"没有。我根本不想惹你。"

"你有馍吗?"

"我没有馍。馍在爹那儿你问他要。"

"我饿。给我馍。"

"你不是饿,你是贱。"

"你骂我,我就杀了你。"

沉草看见演义扔掉了杂木树棍，又从腰间掏出一把柴刀。演义挥舞着柴刀。你从他的怒狮般的目光中可以感受到真正的杀人欲望。沉草一边后退一边凝视着那把柴刀。他不知道演义怎么找到的柴刀。刘家人都知道演义从小就想杀人，爹吩咐大家把刀和利器放在保险的地方，但是你不明白演义手里为什么总有刀或者斧子。刀在演义的手里，使你感受到真正的杀人欲望。沉草一边后退一边猛喝一声："谁给你的柴刀？"他看见演义愣了愣，演义回头朝仓房那里指："他们！"

仓房那里有一群长工在舂米。沉草朝那边望，但阳光刺花了眼睛。沉草不想看清他们的脸，一切都使我厌恶。木杵捣米的声音在大宅里响着，你只要细心倾听就可以分辨出那种仇恨的音色。沉草把手插在衣服口袋里离开后院，他相信种种阴谋正在发生或者将要发生。他们恨这个家里的人，因为你统治了他们。你统治了别人，别人就恨你，要消除这种仇恨就要把你的给他，每个人都一样了，恨才可能消除。沉草从前在县中的朋友庐方就是这样说的。庐方说马克思的共产主义思想就是基于这个观点产生的。沉草想那不可能，你到枫杨树去看看就知道了。沉草缩着肩膀往前院走，他听见长工在无始无终地舂米，听见演义在后院喊"娘，给我吃馍"。所有的思想和主义离枫杨树都很遥远，沉草迷惘的是他自己。他自己是怎么回事？沉草走过爹的堂屋，隔着门帘，看见爹正站在凳子上打开一叠红木箱子，白金钥匙的碰撞声在沉草的耳膜上摩擦。沉草的手指伸进耳孔掏着，他记起来那天是月末了，爹照常在堂屋独自清理钱财。沉草想起日后他也会扮演爹的角色，爹将庄严地把那串白金钥匙交给他，那会怎样？他也会像爹一样统治这个家，统治所有的枫杨树人吗？他能把爹肩上那座山搬起来吗？

沉草归家后，被一种虚弱的感觉攫住。他忘了那是第几天，他开始用麻线和竹爿编网球拍子，拍子做好以后又开始做球，他在女佣的布笸箩里抓了一把布条，让她们缝成球形。女佣问："二少爷，你玩布娃娃？"他说："别多嘴，我让你们缝一个网球。"球缝好了，像梨子一样大。沉草苦笑着接过那只布球，心里宽慰自己只要能弹起来就行。沉草带着自制的球拍和球走到后院。那里有一块谷场，他看见四月的阳光投射在泥地上，他的影子像一只迷途之鸟。后院无人，只有白痴演义坐在仓房门口的台阶上。沉草朝演义走过去，他把一只拍子伸到演义面前。他想他只能把拍子伸到演义面前："演义，我们打球。"

他看见演义扔掉手里的馍，一把抓住了那只拍子，他高兴的是演义对网球感兴趣。演义专注地看着他手中的布球。沉草往后跑了几步，摇动手臂在空中抡了几个圆，他听见布球打在麻线上咚的一声飞出去了。

"演义，看那球。"

演义双目圆睁盯着那只布球。演义扔下拍子，矮胖的身子凌空跳起来去抓那只布球。球弹在仓房的墙上又弹到地上，演义嗷嗷叫着去扑球。沉草不明白他想干什么。

"演义,用拍子打别用手抓。"

"馍,给我馍。"

"那不是馍,不能吃。"

沉草喊着看见演义已经把布球塞到嘴里,演义把他的网球当成馍了。他想,演义怎么把网球当成馍了?演义嚼不动布球,又把它从嘴里掏出来端详着。演义愤怒地骂了一声,一扬手把布球扔出了院墙。沉草看见那只球在半空中划出一条炽热的白弧,倏地消失不见了。

仆枫杨树的家里,你打不成网球,永远打不成。沉草蒙住自己的脸蹲下去,他看见谷场被阳光照成了一块白布,白布上沾着一些干草和罂粟叶子。没有风吹,但他又闻见了田野里铺天盖地的罂粟奇香。沉草的拍子几下就折断了,另一只拍子在演义脚下,他走过去抓那只拍子,看见演义穿胶鞋的脚踩在上面,他拍拍演义的脚说:"挪一挪,让我折了它。"演义不动。沉草听见他叽咕了一声:"我杀了你。"他觉得什么沉重的东西在朝他头顶上落,他看见演义手中的柴刀在朝他头顶上落。"白痴!"沉草第一次这样对演义叫,他拼命抓住演义的手腕,但他觉得自己虚弱无力,他抬起腿朝演义的裆下踹了一脚,他觉得那一脚也虚弱无力,但演义却怪叫一声倒下了。柴刀哐啷落地,演义在地上滚着,口齿不清地叫着"我杀了你我杀了你"。沉草记得那是漫长的一瞬间,他站在白花花的柴刀前发呆,后来他抓起那把柴刀朝演义脸上连砍五刀。他听见自己数数了,连砍五刀。演义的黑血在阳光下喷溅出来时，他砍完了五刀。

时隔好久，沉草还在想那是归家第几天发生的事，但无论如何想不起来。他只记得一群长工和女佣先拥进后院，随后爹娘和姐姐也赶来了。他们看见仓房前躺着演义的尸体。"不是演义杀我，是我杀了演义。"沉草紧握另一支球拍一动不动。他茫然地瞪着演义开花的头颅干呕着。他呕不出来。脚下流满一汪黑红的血。后来，沉草呜咽起来，我想跟他打球我怎么把他杀了？沉草记得爹把他抱住了。爹对他说，沉草别怕，演义要杀你，你才把他杀了，这是命。沉草说，不是我，不知这是怎么回事，我怎么把他杀了？沉草记得他被爹紧紧抱着透不过气来，大宅内外一片混乱，他闻见田野里罂粟的熏香无风而来，他看见那种气味集结着穿透他虚弱的身体。

给演义出殡的那天，沉草躺在屋里，一直躺到天黑。爹把门反锁上了。月亮渐渐升高，他听见窗外起风了。风拍打枫杨树乡村的声音充满忧郁和恐惧。沉草把头蒙在被子里，仍然隔不断那夜的风声。他在等待着什么在风声中出现，他真的看见演义血肉模糊站在仓房台阶上，演义一边啃着馍一边对他喊"我杀了你我杀了你"。

演义睡了棺材。枫杨树老人告诉我，演义的棺材里堆满了雪白雪白的馍，那是一种实实在在的殉葬，他们说白痴演义应该瞑目了，他的馍再也吃不光了。

猫眼女人已经不复存在，有一天她在大铁锅中洗澡的时候溺水而死，怀里抱着女婴刘素子。刘素子不怕水，她从水上复活了——那个猫眼女人的后代,她有着春雪般洁白冰冷的皮肤,惊世骇俗,被乡间广为称颂。

人们记得刘素子十八岁被一顶红轿抬出枫杨树,三天后回门,没有再去她的夫家。我们看见她终年蜗居在二院的厢房里,怀抱一只黄猫在打盹,她是个嗜睡的女人,她是爱猫如命的女人。许多个早晨和傍晚,窥视者可以看见刘素子睡在一张陈年竹榻上,而黄猫伏在她髋部的峰线上守卫。窥视者还会发现刘素子奇异的秉性,她一年四季不睡床铺,只睡竹榻。

刘素子每年只回夫家三天,除夕红轿去,初三红轿回。年复一年,刘素子的年龄成为一个谜,她的眼睛渐渐地像猫一样发蓝,而皮肤上的雪光越来越寒冷,一颦一笑都是她故世的母亲的翻版。有一个传闻无法证实,说刘素子婚后这么多年还恪守贞洁,依然黄花,说县城布店的驼背老板是个假男人。到底怎么样,要去问刘老侠,但刘老侠不会告诉你。

刘素子一直不剪那条棕黑色长辫,刘素子坐在竹榻上,一旦她爹走进来,她就把黄猫在手里抱着,说:"别管我,三百亩地。"只有父女俩互相知道三百亩地的含义。刘老侠把女儿嫁给驼背老板得了三百亩地。刘老侠说闺女你要是不愿出门就住家里,可三百亩地不是耻辱是咱们的光荣,爹没白养你一场。刘素子就笑起来把长辫一圈一圈盘到脖子上,她说,爹,那三百亩地会让水淹没,让雷打散,三百亩地会在你手上沉下去的,你等着吧,那也是命。

几十年后,我偶然在枫杨树乡间看到刘素子的一帧照片。照片的边角是被烧焦的。我看见旧日的枫杨树美人身着黑白格子旗袍怀抱黄猫坐在一张竹榻上,她的眉宇间有一种洞穿人世的散淡之情,其眼神和微笑略含死亡气息。那是一位不知名的乡间摄影师的遗作,朴拙而智慧,它使你直接感受了刘素子的真实形象。

刘素子的黄猫有一天死在竹榻上。刘素子熟睡中听见猫叫得很急,她以为压着它了,她把猫推到一边,猫就安静了。刘素子醒来发现猫死了,猫是被毒死的。

刘素子悲极而泣,她披头散发把死猫抱到她爹屋里,刘素子边哭边在屋里环视着:"翠花花呢?"

"你找她干吗?你们又吵架了?"

"她毒死了我的猫。"

"你怎么知道她毒死了你的猫?"

"我知道。我就是睡死了也知道。"

"别闹,爹再给你抱一只回来。"

"不要你发慈悲,你让她再来吧,别毒猫,毒死我,我知道你们还想毒死我。"

刘素子把死猫抱着坐在院子里等翠花花。翠花花却躲着不敢出来。翠花花坐在床后的便桶上,她也在哭。长工们后来透露,翠花花把罂粟芯子拌在鱼汤里喂猫,他们亲眼看见的。长工们说刘老侠镇翻了多少枫杨树人,就是管不了家里的两个女人。刘素子和翠花花。

那天夜里,刘素子把死猫葬在翠花花的房前。

第二天,死猫却被从土中掘起来,重归刘素子的竹榻。

你一眼能识破两个女人间的仇恨。那种仇恨浅陋单薄但又无法泯灭。大宅上下的人知道她们一见面就互相吐唾沫。刘老侠用皮带抽打翠花花裸背时跺着脚说:"让你再吐唾沫让你再吐!"翠花花尖声大喊:"你让我怎么办,她一见我就骂骚货!"

在刘氏家族中,女人就是女人,女人不是揣在男人口袋里就是挂到男人脖子上。枫杨树人对我说,翠花花是个骚货,又说翠花花实际上更可怜,她像皮球一样被刘家的男人传来递去拍来打去。

翠花花的女性形象使我疑惑。她几乎是这段历史的经脉,而所有的男人像拴蚂蚱一样串联起来,在翠花花的经脉上搭起一座座桥,桥总有一侧落在翠花花那头。

我曾经依据这段历史画了一张人物图表,我惊异于图表与女性生殖器的神似之处。

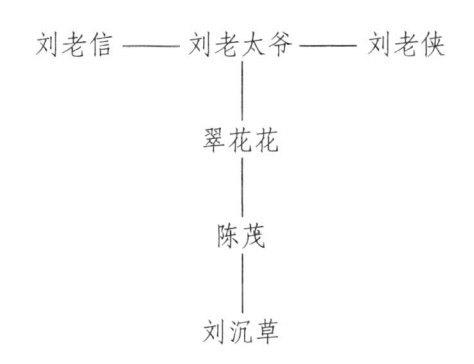

```
刘老信 —— 刘老太爷 —— 刘老侠
              |
            翠花花
              |
             陈茂
              |
            刘沉草
```

枫杨树人告诉我，翠花花早先是城里的小妓女。那一年，刘老信牵着她的手从枫杨树村子经过时，翠花花还是个浓妆粉黛蹦蹦跳跳的女孩儿。那一年，刘老太爷在大宅里大庆六十诞辰，刘老信掏遍口袋凑不够一份礼钱，就把翠花花送给老子做了份厚礼。他们说翠花花其实是在枫杨树成人的，她一成人，刘家的猫眼女人就溺死在洗澡锅里了。

院子里有人拉着驴子转磨。天没亮的时候转磨声就吱嘎嘎响起来了。拉驴子的人突然吼一声："走，操你个懒驴！"沉草已经熟悉了宅院里杂乱的声音，但拉驴子的人非同寻常，他又浑身发痒了。这是一个奇怪的毛病。他听见那人的声音就浑身发痒。沉草起床拉开窗子，看见一个打赤膊的汉子在晨霭里冒热气。那是陈茂，那是我们家地位特殊的长工。爹说陈茂是坏种，可爹总是留他在家里惹是生非，沉草想那是爹的奇怪的毛病。

"陈茂，把驴牵走。"

"不行，这是条懒驴，赶不动它。"

"天天拉磨你在磨什么？"

"粉啊。少爷你不懂。吃你家饭就得给你家干活。"

"别磨粉留着吃米吧。"

"米太多了，你家米仓堆不下了。"

沉草拉下窗子。隔着窗纸他感觉到他还在看自己。有一首民谣唱道：陈二毛，翻窗王，昨夜会了三姑娘，今儿又跳大嫂墙。沉草知道他是个乡间采花盗。他不厌恶翻窗跳墙的勾当，他厌恶陈茂注视自己的浑浊痴迷的目光。沉草想起陈茂的目光已经追逐了他多年。他想起小时候走向后院的时候总是看见陈茂坐在梨树下。小时候，后院长着五棵梨树。爹对儿女们说，嘴别馋，梨子不是我们吃的，秋后让长工挑到集市上能换五包谷米。沉草记得看守梨树的就是陈茂。陈茂和一条狗一起躺在梨树下，他喜欢用双掌托着我的脸上下摩擦，像铁一样摩擦："狼崽子，小杂种。"他的嘴里喷出一股粪臭味。沉草奇痒难忍。陈茂说，你想吃梨子吗？想。你喊我一声，我就上树摘给你吃。喊什么？爹。不，你不是爹，你是我家的长工。沉草看见陈茂的眼睛迸发出褐色的光芒。他的有粪臭味的双手差点把我的脸夹碎了。你不懂什么是爹，我就是爹。陈茂轻捷如猿爬上梨树，朝他头顶上扔下七只梨子。沉草记得他先啃了一口梨子，梨子是生涩的，他把七只梨子抱在胸前朝爹屋里跑。他其实是想吃梨子的，可不知怎么就跑到了爹屋里。他把梨子全部交给了爹就跑了，一边跑步一边说：

"爹，陈茂给我七只梨。"

沉草记得那天夜里的小小风波。到夜里，陈茂跪在爹的腿下。七只梨子已经发黑了，像七个小骷髅横陈在地上。陈茂石板般锋利的脊背在闪闪发亮。那么多汗珠，那是长工们特有的硕大晶莹的汗珠。爹说，沉草你过来骑到狗的背上。沉草说，狗呢狗在哪里？爹指着陈茂，那就是狗，你骑到他背上去。沉草看着地上的梨子发呆。爹说，骑呀儿子！沉草骑到陈茂背上，他胯下的肉体颤动了一下。他喊起来，爹，我浑身发痒。爹说，沉草你让他叫让他爬。

沉草拍拍陈茂说，你叫呀你爬呀。陈茂驮着我往门边爬但是他没有叫。爹大吼，陈二毛你这狗你怎么不叫？陈茂跪在门边不动了，他背上的汗珠烫得沉草浑身发痒。沉草喊，爹啊我浑身发痒。爹喊，陈二毛你不叫不准吃饭，陈茂的光头垂下去重重地磕在地上。我听见他叫了。"汪汪汪。"真的像狗叫。紧接着沉草被掀到地上。陈茂直起腰站在门槛上，他用双掌遮着眼睛。陈茂的嗓子被什么割破了，发出碎裂声。他说："去你娘的，我不干了，不再当你家的狗了。"陈茂仰起脸，沉草看见那张脸在愤怒的时候依然英俊而痴呆。他摇摇晃晃往外走，他看看天空，转过脸对沉草说："天真黑啊，我要走了。"

沉草奇怪的是陈茂既然走了为什么还要回来？他有力气有女人总能混饱肚子，他为什么还要回来？多少次沉草听见陈茂的铜唢呐声消失了复又出现，看见陈茂满面尘土肩横破席倚在大宅门边，他不知廉耻地抓着肚皮，说："东家，我回来了。"

在早晨的转磨声中，沉草忽然被某个奇怪的画面惊醒了，隔着窗纸他看见拉驴的陈茂呈现出一条黑狗的虚影，沉草的手指敲打着窗棂，他想也许就是那狗的虚影使我奇痒难忍。沉草再次拉开窗子重新发现陈茂，太阳升起来了，石磨微微发红，他发现陈茂困顿的表情也仿佛太阳地里的狗。

在枫杨树乡村，没有一个男人的性史会比陈茂更加纷繁复杂，更加让人迷惑。陈茂走在村子里，人们都注意他的两样东西，一是他家祖传的铜唢呐，二是他那隐物。

旧日的枫杨树男人都相信陈茂金枪不倒，女人们则在屋檐下议论一个永恒的话题：夜里陈茂又翻了翠花花的窗子。

夜里陈茂又翻了翠花花的窗子。他的心进入黑夜深处像船一样颠簸。在镜子的反光中，他看见自己真实的形象。他的手臂茫然地伸展，撑在翠花花的床上，它们像两只被拔了羽毛的鸡翅膀一样耷拉着。他觉得自己在沉默中一次次亢奋，又一次次萎缩。陈茂蹲在冰凉的踏板上，嘴里充塞着又甜又腥的气味。翠花花像白蛇一样盘曲着，吐出淡红的蛇舌，翠花花的手指揪住他的两只耳朵，他的耳朵快掉下来了。

"我要上来。"

"狗。"

陈茂推开女人雪白的肚皮，他站起来，他觉得自己快要吐了。他往地上一口一口吐着唾沫，腹中空空什么也吐不出来。翠花花突然咯咯笑起来，翠花花抬脚一下子把他踹下了踏板。她说："滚吧，大公狗。"

地上更凉。陈茂看见翠花花已经裹上了被子，她从枕头下面摸出一只馍吃起来。每次都是这样，陈茂看着翠花花吃馍，他听见自己的肚子里发出响亮的鸣叫。

"给我半只馍。"陈茂说。

"给你。"翠花花掰下半只馍抛给他，"滚吧。"

陈茂嚼着馍，他把裤子挽在腰上跳出窗子，心中充满悲凉和愤怒。他光着脚摸向下房，听见宅院外面有巡夜人经过，竹梆声近了又远了。夜露中,饲料堆发出如泣如诉的气味。陈茂想起他的所有日子叠起来就是饲料堆,一些丢在女人们身上,一些丢在刘家的大田里了,这也是生活,他必须照此活下去。

等到成熟的罂粟连花带叶搬进刘家大院,枫杨树的白面作坊就开始生产。如今你走遍南方也见不到这样独特的乡村作坊,从晾晒到磨粉,我们的身边充满紧张而忙碌的收获气息。枫杨树罂粟将被佃户们晒十八次太阳,被花工焙十八次温火,然后筛成灰白的粉面装上贩盐船,你知道贩盐船将把枫杨树罂粟带到许多遥远陌生的地方。

收罂粟的人快要来了。沉草在日记里写道,贩盐船年年来到这里,而我将头一次看见那只船。谁知道枫杨树种植罂粟的历史是从哪一年开始的?那时候你还没出生。爹说,这条财路说起来还得谢谢你的鬼叔叔。那时候河东的地是他的。爹说,有一天我看见老信的地里长出了猩红夺目的花。我说,老信你不好好种庄稼摆弄什么花草。老信说,那不是花草,那可是最好的庄稼,吃了它不想吃别的庄稼。到底是什么?鸦片。鸦片就是从这花上取出来的。我说,你种鸦片干什么?老信说,自己抽呀,城里人不吃庄稼就吃这个。"沉草你听着,"爹当时眼睛就亮了,"我走到罂粟地里摸摸那些大花骨朵,我听见那些鬼花花对着我唱歌,真的,我听见它们唱歌就迷窍了。"

聪明和呆傻的区别就在罂粟地边,你能否听见罂粟的歌唱?沉草在日记里写道。鬼叔叔只精通嘴巴快活鸡巴快活,所以他早夭黄泉。爹的聪明就在于他能听见罂粟的歌唱。爹天生就知道什么东西是金子什么东西是土地的命脉,要不然祖上的八十亩地不会扩展到整个枫杨树乡村,这是爹半辈子的功绩。

你说不清一个人对某种植物与生俱来的恐惧。在收获罂粟的季节里,沉草把门窗关严,一个人坐着在日记上胡涂乱抹。爹每天都来敲他的窗了:沉草,给我出来!爹敲着窗子说,别躲着罂粟,别以为你怕罂粟。沉草对着爹的影子说,我怕晕。爹更猛烈地敲着窗子,出来你就不晕了,你明白你已经习惯罂粟了。

沉草打开门靠在门框上,他闻见罂粟的熏香弥漫在大宅里,后院传来铡刀切割花茎花叶的声音。沉草摸摸额角微笑了一下。我没晕,真的不晕了。他不知道这种深刻的变化始于哪一瞬间。他想,我不晕了也许是件好事。

爹手掬一把花粉走出罂粟作坊,他把花粉举高迎着阳光辨别成色,其严峻坦荡的面容一如手捧圣火的天父。沉草想,也许爹手里的花粉真的是我们赖以生存的天火。它养育了百年饥饿的枫杨树乡村,养育了我,可我依然迷惘。

收罂粟的人快来了。枫杨树人对另一个枫杨树人说。

地主刘老侠站在四十年前罂粟作坊的门口,背景一片幽暗。四十年前,刘老侠不知道自己成了南方最大的罂粟种植主。作为土地的主人,他热衷于有效耕种和收成,他不知道手里的罂粟在枫杨树以外的世界里疯狂地燃烧,几乎熏黑了半壁江山。这是身外的事情。几十年后,枫杨树的后代们知道故乡原来是声名遐迩的鸦片王国，一切已经不复存在了，无边无际的罂粟地已经梦幻般地消失了，你沿着河两岸的田陌寻找不到任何痕迹。有人说这只是土地的历史，与人没有太大的关系。

祖父告诉孙子，刘老侠三十七岁种了第一亩罂粟，夏天收到十斤花面（那一年白痴演义出生）。刘老侠背一捆粗竹筒上了路。路上的人看见那些粗竹筒都奇怪，刘老侠一路走一路呵斥围观者，他敲着竹筒说："滚开滚开，别让竹筒炸了你们的狗眼！"刘老侠是一个人去城里碰运气的，连伙计也没带上。他背着那些粗竹筒又坐火车又坐船往北面去，人们问他你背着什么怎么那么香？他说是粮食，粮食都很香。后来他真的感觉到肩上背的是粮食了。祖父告诉孙子，刘老侠走进都市的时候鞋已经烂光，他像我们一样光着脚丫子遭人白眼。城里的男人像女人，城里的女人像妖精，女人们皮肤都像翠花花一样白里透红满身药水味从他身边经过，可没人朝狗日的刘老侠多看一眼。刘老侠摸着他的脚想，是我养活了你们这群狗男女，你们却不认识我。他就挤在百货公司的人堆里乱拱，他一出枫杨树就不想吃饭，肠胃饿得岔气，他就在人堆里拼命放屁。祖父拍着孙子的脸哈哈大笑，刘老侠也放屁的！刘老侠后来在人家门厅里睡了一觉，睡得正香，突然觉得头下的竹筒在滚动，他睁眼一看是个老叫花子在抽他的宝贝竹筒，老叫花子说给我几个竹筒装剩饭。刘老侠就跳起来捆他一个巴掌。后来刘老侠就走僻静的巷子，有人告诉他妓院都收购白面。他走到一条曲里拐弯的巷子里，看见一座大房子门口挂着一红一绿两盏灯笼。他就走进去把竹筒放在地板上,前厅灯光昏暗,照着许多七叉八仰的狗男女,刘老侠拍拍手说:"我是送白面的。"他看见狗男女们都挺起来,青青白白的脸一窝蜂凑过来看着他。刘老侠说,我操你们这些懒虫,我给你们送好东西,可你们这样痴痴呆呆地看我干什么?他先劈开一只竹筒,掏出一把花面,让花面从指缝间漏泄下来。他听见一个声音尖叫着"鸦片鸦片",所有的人都扑向地上的竹筒,刘老侠被挤到了一边。他跺着脚喊:"别抢,给我钱。"谁也不理他,城里的狗男女像一群猪抢食似的扒空了竹筒子。刘老侠跺着脚喊:"给我钱,给我钱!"他喊破了嗓子,人却溜光了,一下子不知溜到哪里去了。刘老侠后来说他没再追那些钱。他说他们真的像一群猪,我往食槽里填饲料它们就来了,食槽一空他们就全跑走撒欢去了。

祖父们都对刘老侠三十七岁的城市之行津津乐道,一半出自崇拜心理。而孙子们猜想刘家的罂粟从黑道上来到黑道上去。收罂粟的人一年一度来到枫杨树乡村,贩盐船把收获的罂粟和稻米一起从河上运走,久而久之枫杨树人将两种植物同等看待。祖父指着左岸的稻地和右岸的罂粟对孙子说:"两岸都是粮食,我们就靠这些粮食活下去。"

沉草归家后半年,家中遇到了土匪姜龙的劫难。

半夜里响起马蹄声。马蹄声杂沓地在刘家宅院四周响着。女佣在下房那边惊喊:"姜龙来啦。"

沉草披衣冲到院子里,他看见墙内墙外灯影幢幢一片动乱,唯独爹的屋子黑漆漆没有动静。沉草跑步过去敲窗子:"爹醒醒,姜龙的土匪来啦。"爹在屋里咳嗽了一声,说:"别慌,他进不了门,你让长工扛两袋米从墙上扔出去他们就走了。"沉草就站在门廊上喊陈茂的名字,又喊别的长工,没有人答应。下房那里的人像无头苍蝇一样东奔西窜,什么东西被踩翻了,轰隆隆地响。沉草往前院跑的时候,听见两扇柏木大门吱嘎嘎地打开了。"谁开了门?"沉草喊时已经晚了,马蹄声在前院炸响,九匹马鱼贯而入,马灯的火苗扑闪一下又亮了。沉草头一次看见姜龙的土匪。他们手持长枪骑在马上,头蒙黑布罩,脚蹬红麻鞋。他们英气逼人,使沉草很惊讶。沉草的手插到裤袋里捻着,他对中间骑白马的人说:"你是姜龙吗?"他听见骑白马的人笑了一声,他扯下黑布罩,露出一张瘦削年轻的脸,英气逼人。"姜天洪!"沉草叫起来,姜龙就是私塾同学姜天洪,他无论如何想不到。沉草低下头,面对那匹白马那个骑马的人,他想起从前有很多日子,姜天洪背他去私塾上学,每背一次沉草赏给他半只馍。

爹出来的时候腰带还没缠好。爹好像并不慌张,他一边缠腰带一边说:"你们怎么进来了?把米扔过墙不行吗?"

"有人给我们开门,当然进来看看刘家。"

"你们到底想要多少米?"

"十袋就行。"

"今年粮荒,没收成,八袋行吗?"

"不行。一袋不能少,还要一个人。"

"要人？要谁？"

"你儿子刘沉草。"

"别开玩笑，我给你十袋米了。"

"米要人也要。我想拉一个财主的儿子上山，我想让他去杀人！去抢劫！去放火！"

爹愣住不动，沉草看见爹在马灯的照射下脸色青紫，嘴唇直颤，身体却像树桩一样沉稳地站着。沉草想起归家时路过火牛岭听见的那声呼唤，他觉得这事很奇怪，走到那匹白马跟前，拉拉马缰说："姜天洪，你还记着以前的事吗？"

"记一辈子。要不然不会来你家。"

"可我也给你吃馍了。"

"馍早化成粪了，可是心里的恨化不掉。"姜龙的马鞭在空中抡了一响，"刘沉草，你不明白我的道理。"

"如果我不想跟你上山呢？"

"烧了这大宅，杀你全家。"

沉草听见爹仰天长啸一声，爹扑过来抱住白马的腿。他的膝盖慢慢下沉，终于跪在地上。沉草蒙住眼睛听见爹说："把米仓都给你，要多少给多少。"

"米够吃了。我要你家的人，不给儿子给闺女也行。"

"什么？"

"你闺女，刘素子。我要跟你闺女睡，三天三夜，完了就放她下山。"

沉草记得他想搬地上的石碾，他弯下了腰却抱不动。他的疲软的手臂被爹紧紧抓住了。爹轻轻说："孩子你别动，这是爹的事。"他看见爹已经老泪纵横，他跌跌撞撞朝后院走，走了两步又回头，说："三天三夜，说话算数吗？"

九匹马又撞开了一道门冲向后院，狂躁的马蹄声粉碎了大宅的这个夜晚。九匹马回头时驮着一个酣睡乍醒的女人。沉草记得姐姐散发披垂满目蓝光的样子，她真的像猫被姜龙挟在臂弯里，白色绸袍在挣扎中撕得丝丝缕缕。姐姐绞着她的长辫，脸色苍白如纸。沉草听见她在喊："爹救我。"可是爹枯立着，紧闭眼睛，像睡着了似的。沉草看见姐姐的长辫突然从马上散落，像树枝擦地而过。她把手伸向沉草喊："沉草救我。"沉草去抓姐姐的手时，看见姜龙的枪口冒出一团红火，那只右手像被什么咬了一口，随即无力地垂落下来。断了，沉草想我的右手断了，这一切仿佛半个噩梦。

大概是午夜时分，姜龙的土匪从刘家风卷残云而过。长工女佣们沿墙根站着观望刘家父子。沉草坐在一只箩筐上，玩味着血洇全身的感觉，起初脑子里一片空白，然后倏地跳出了演义血肉模糊的脸。曾几何时，血也是这样洇透演义的全身。沉草感觉到冷，他拨开呆若木鸡的下人去穿衣服，他听见爹在一片黑暗中终于哭出声，爹举起双拳捶打自己的脑袋。

"去买枪，去买一百条枪。"

沉草穿了棉袄也没暖和过来，他咬着牙再次走到院子里，人已散尽,爹一个人在月光下枯立,爹把手掌摊开,好像要接住什么东西。他对沉草说:"灾祸临头了吗?"沉草挽住爹僵直的手,他看见爹的手里只有一片罂粟叶子。沉草摇摇头,沉草说我不知道爹我真的不知道姜天洪会来。

第三天,刘家人守在村口等待刘素子回来。你看见沉草的手中抓着一支驳壳枪。围观的人都说刘老侠用十担米换了那支驳壳枪,枪很贵但你有了枪就不怕土匪了。一匹白马从山上下来,看不见骑手,刘素子像一只昏睡的猫伏在马背上。看不见她的脸,只见那条著名的长辫散成枯柳纷纷飘扬。围观的人发现小姐的白袍换成了一条男人的大裤子。有人说那是姜龙的裤子。

劫后的刘素子回家后泡在大铁锅里洗澡,她一边洗一边哭,洗了三天三夜。两个女佣守着锅下的火,发现小姐在水中与她故世的母亲如出一辙,眼睛绿得让你生出寒意。

沉草你过来,跟我走。

爹牵着沉草的手穿越一段难忘的时光。走出大宅的时候有一只钟在离枫杨树很远的地方敲响。沉草记得这一天爹七十寿辰,他二十岁。他们穿越一段难忘的时光往刘家祠堂走。祖先的白金钥匙在前面衰弱地鸣叫,听起来就像爹的脉息。那真是一种衰弱的声音,它预示结局将要出现。歇响的枫杨树人从路边阴暗的草屋里跳出来,他们像一群鸡一样跳出来观望刘家父子。沉草直视着不去看两边的佃户,他厌恶那些灰黄呆滞的面孔,他想那些人为什么终年像一群扒食的鸡观望你的手?为什么像一群牛蝇麇集在你的周围赶也赶不走？沉草低下头，走过长长的村巷。枫杨树这么狭小，它就像一块黑色疮疤长在世界的表面上，走着走着就到头了。沉草感觉到走了很长的路，阳光突然变灰，祠堂老瓦飞檐的阴影蛰伏在头顶上，刘家祠堂虎踞龙盘，一股潮湿古老的气味蔓延在他身边，沉草看着自己的脚尖驻足了。

沉草，你跟我来。

爹的声音一直在前面呼唤，每一方空气也都这样呼唤，爹幽灵般扑进祠堂大门，白衫的后背闪着荧光。神龛上点着八支红烛，香烟缭绕。他看见爹跪在祖宗的牌位前，身体绷紧像一块石碑。这是我们的祠堂，这就是我们祖先藏身的地方，他们给予土地和生命，在冥冥中统治着我们的思想。沉草抱紧自己的身体跪在爹的身边，听见某种灾难的声音吱吱叫着往他头顶上坠落。在悸冷中，沉草的手摸遍先祖之地，地上冰凉，他又摸到了爹的手，爹的手也冰凉。他看见白金钥匙在神龛上有一圈月晕似的光泽，白金钥匙发出了田野植物的各种气息。它马上要落到你的手里了。

沉草，向祖先起誓。

我起誓。

你接过刘家的土地和财产，你要用这把钥匙打开土地的大门。你要用这把钥匙打开金仓银库，你起誓刘家产业在你这一代更加兴旺发达。

我起誓。

白金钥匙天外陨星般落到沉草手心。他奇怪那把钥匙这么沉重，你简直掂不动它。沉草啊，你的祖先在哪里？到底是谁给了我这把白金钥匙？黑暗中，历史与人混沌一片，沉草依稀看见一些面呈菜色啃咬黑馍的人，看见鬼叔叔在火中噼噗燃烧，而最清晰的是演义血肉模糊的头颅，它好像就放在青花瓷盘里，放在神龛之上。"我冷。"走出祠堂的时候沉草又缩起了肩膀。风快吹来了。他听见爹说："挺起肩来。"但是我冷。爹变得空空荡荡跟在后面走，他离开了白金钥匙才真正地苍老不堪。

沉草记得那个正午漫长而阴暗，枫杨树乡村从寂寥中惊醒了一点，狗猎猎地吠叫，猪羊在沟边乱跑。那些佃户站在地里屋边观望，他不知道他们观望什么，只听见路边一个放羊的女人冲他喊："老爷。"

"老爷。"沉草自言自语，他猛地怒视放羊的女人，"喊谁？"

那个正午，祖父与孙子站在河边，祖父对孙子说："别指望他们重换门庭，人跟庄稼一样，谁种的谁收，种什么收什么。你不知道沉草，别指望好日子从天上掉下来。"祖父说下地去吧，太阳那么高了。就这样，你看见一九四八年像流星一样闪过去了，你看地主家庭的历史起了某种变化。

我发现枫杨树刘家的历史发展到一九四八年起了诸多变化，家国兴亡世事风云有时发生在人生一瞬间。你说刘沉草在这段历史中是斑驳的一点，你还可以说刘沉草是四十年代最后的地主。你听见古老的金钥匙在他的牛皮裤带下响着，渐渐往地上掉，那是一种神秘的难以分辨的声音。金钥匙快要掉下来啦。枫杨树乡村在千年沉寂中蹦跳了一下，死湖般的历史随之有了新的起伏。

那是一九四八年，短暂的刘沉草时代，祖父们对那个特殊的历史时代有着深刻的印象。他们说刘沉草让我们都种上了地。他把长工和女佣赶出家门，把水稻地都租给外来的迁徙户，许多人从北面南面涉河而来，在沉草手上租到了十亩地，他们说河右岸的外乡人就是这样聚居起来的。人们记得刘沉草铁青着脸把他的土地交给别人，他说我不要这么多地，可你们却想要，想要就拿去吧，秋后我只要一半收成，各得其所，听明白吗？有人跪在刘沉草面前说少爷这是真的吗？刘沉草喊起来别跪别给我下跪，他说我恨死你们这些人了，就像恨我自己一样。

枫杨树人始终没有懂得刘沉草时代。祖父们对他的评价往往很模糊，譬如小善人，譬如怪物，譬如黑面白心。而孙子对祖父说："刘沉草给了你什么？给你的不是土地而是魔咒，你被它套住再也无法挣脱，直到血汗耗尽老死在地里。你应该恨他，你为什么直到现在还念念不忘一九四八年？"

这一年收罂粟的人没有来。

贩盐船没有来，而河边的人还在守望。

收割后的罂粟地里枯枝横陈，沟壑涸辙仿佛斑马纹路刻在那里了。原野在风中无比枯寂，风像千人之手从四面出击摇撼我的枫杨树乡村。你走出黑泥房子来到河边，看见两岸秋色依旧，但是风真的像千人之手从四面出击摇撼你，风要把你卷起来抛入河心，你像一片落叶沿着河的方向归去。这一年的秋风多么浩荡，只要走到河边,你将看见这段历史在这阵风中掉下的册页,那更是一堆落叶沿着河的方向归去。

南方解放好久了,枫杨树乡村不知道。

人们记得陈茂头一个从马桥镇带回了解放的消息。

被赶出刘家的长工陈茂挥舞着一只黄色帽子,远远地你就看见帽子上一颗五角星红光闪闪。那是一九四九年历史的一个物证在向你逼近。陈茂向一九四九年历史深处跑来,他的光脚丫子经过村巷逼近刘家大宅,他喊快去马桥镇快去马桥镇,快去马桥镇,共产党来革命啦!

陈茂把嵌五角星的黄帽子戴在头上,然后闯进刘家大宅。他站在院子中央愣了会儿,看见翠花花正吆喝着一群鸡吃食,刘素子抱着一只猫坐在屋檐下晒太阳。两个女人的眼神木然。翠花花骂:"蠢货,你满嘴嚷什么?快回来干活吧。"陈茂摸着头上的帽子咧嘴一笑:"我再也不回来了,我跟共产党了!"陈茂又跑出大宅朝村里跑,他听见翠花花追到门口骂:"蠢货,回来干活吧。"陈茂掉头朝她做了个鬼脸. "骚货色,我再也不给你们干活了。"风吹响连绵的黑土地,陈茂跑着从裤腰带上摘下铜唢呐,唢呐声也响起来直冲云霄,他听见了大地气动岩浆奔突的声音。他狂奔着觉得自己像一只金蝇子一样飞了起来。路边的佃户们有的跟着他瞎跑,他们问:"陈二毛怎么啦?""快去马桥镇,共产党来革命啦!"陈茂边吹边跑,跟着的人越来越多,他们像一队鸵鸟饥饿地奔跑。他们沿着河岸跑过光秃秃的水稻地罂粟地,最后看见了蓑草亭子,饥饿队伍就是这时戛然而止的。

蓑草亭子状如祭台浑然耸立,青烟缭绕在你的头顶。他们看见烟霭中两个白衣人守护着红香炉。有人说重阳九九,祭祀土地了,那是刘氏家族延续百年的圣事。可是谁知道为什么在圣火前他们相遇了呢?

饥饿队伍散开了,他们站在地里凝望刘氏父子。父子俩面目苍茫,在一片寂静中走出蓑草亭子。刘老侠已经很老了,目光却依然像巨兽俯视他们弱小的灵魂。这是一九四九年他们头一次看见刘老侠。他们听见刘老侠咳嗽着吐出一口痰,又吐出一个熟悉的音节:狗。

"你们要干什么?"

"去马桥镇,共产党来革命了!"陈茂在人群里踮起脚尖。

"狗。他说什么?"刘老侠问沉草。

"他说革命。"沉草说。

"我们再也不给你卖命了。"陈茂说。

"刘三旺刘喜子你们把陈茂捆起来。"刘老侠说。

人们都站着观察,那些呆滞木然的脸组成的是饥饿队伍。

"捆啊,捆了他给你们每人一袋米!"

"一袋米?不骗人?"

"不骗你们,饿死鬼!"

"一袋米,我来捆!"饥饿队伍都跳了起来,他们动了起来,陈茂反身想跑已经来不及了。佃户们一拥而上抱住了陈茂。"一袋米！"他们大叫着把陈茂抬起来。有人喊没东西捆，接着又有人喊把他的裤腰带抽下来。陈茂被高高地抬起来，他的裤腰带被抽掉了。陈茂用手去护住羞处，但双手很快地被缚紧。"放开我刘老侠！"陈茂怒吼着，但没有人听见。"把陈二毛的裤子扒下来！"愉快的佃户们一边疯笑一边把他抬到蓑草亭子里，抬到刘氏父子身边。

沉草往后退。他看见陈茂的生殖器露出来在人们的头顶上晃荡着，陈茂的黑裤子被扒下扔到空中飞来飞去。他觉得恶心，浑身奇痒，那种突如其来的奇痒使他抱紧身体，恨不能死。这是怎么啦？他弯下腰朝地上吐口水，他看见无数双光脚丫踩碎了圣火，香炷折成了两截躺在地上。沉草拾起一截，半截香炷仍然很烫手，他把它扔掉了，沉草抓挠着脸和脖子，他喊："别闹了，你们都快滚蛋！"但他的声音也被快乐的潮声淹没了。佃户们喊："老爷，把陈二毛捆在哪里？"爹说："吊起来，吊到梁上。"沉草看见陈茂从人们头顶上升起来，很快地升到蓑草亭子的横梁上。陈茂的嘴张开着，像一只死鸟被挂在横梁上摇摇晃晃。谁把铜唢呐挂到了他的脖子上，铜唢呐也跟随主人在风中摇摇晃晃。沉草觉得陈茂的模样很滑稽，他却笑不出来，只是奇痒加剧。他想这个人与他之间存在某种生物效应，他看见这个人就奇痒难忍，心中充满灾难的阴影。沉草摸出了他的枪，他把枪举起来瞄准，准星线上陈茂的生殖器在空中愈发强壮硕大。狗，沉草想，那真的是一条狗让我恶心。沉草想，不知道这是第几回了，他举枪瞄准陈茂。

你想杀了他吗？为什么你面对他总是虚弱不堪？沉草想，也许这是害怕的缘故。你害怕一个人经常就是这样。沉草持枪的手垂下来，他发现佃户们瞪大眼睛看着他的手。他用枪管摩挲着脸部，他看见自己的形象映在枪身上那么小那么苍白，疲惫和厌恶是从心里映现在枪身烤蓝上的。除了白痴演义，我谁也杀不了了。我只能将子弹留到最后一天。

"让他吊在那儿，谁也别去管他。"爹指着陈茂对众人说。

沉草扶住爹离开蓑草亭子，背脊上似乎爬满了温热的虫子。他猛然回头，发现陈茂的目光是猩红的罂粟追逐着他们父子。对视间，陈茂朝他咧嘴笑了一下，紧接着他朝父子俩撒了一泡尿。沉草看见那泡尿也是猩红的一条弧线，他不知道那个人是人还是狗，他又一次在空虚中发现了人面狗身的幻影。

被缚的长工陈茂在野地里摇荡着，度过了难忘的昼夜。夜里他把挂在脖子上的铜唢呐用嘴衔起来，我们听见从蓑草亭子那边传来的唢呐声在枫杨树乡村回荡，响亮而悲壮。那是一九四九年的深秋，你听到的其实就是历史册页迅速翻动的声响。

第二天，庐方的工作队从马桥镇开到枫杨树。他们首先听见的就是那阵唢呐声。他们在河边就看见一个光屁股的男人被吊在蓑草亭子里吹唢呐，那情景非常奇特。工作队长庐方告诉我，把陈茂从梁上解下来时他们差点流出眼泪。陈茂的嘴唇肿胀着，光裸的身上爬满了黑色的飞蚤。庐方从挎包里找出一条裤子让他穿，他没接，却先抢过了别人手里的干粮。他一边嚼咽一边说："先吃馍馍再穿裤子。"庐方还说从陈茂的脸部轮廓上一眼就能分辨出老同学刘沉草的影子,沉草确实长得像陈茂。这一点谁都认为奇怪。他说枫杨树是个什么鬼地方啊,初到那里你就陷入了迷宫般的气氛中。庐方比喻四十年前的工作队生活就像在海底捞沉船,你看见一只船沉在海底却无法打捞,它生长在那里。而每一个枫杨树人像鱼像海藻像暗礁阻拦你下沉,你处在复杂多变的水流里,不知道怎样把沉船打捞上来。

庐方回忆起一九四九年秋天老地主坐在门槛上眺望南方的时刻。他每天都在等待收罂粟的人到来,等待贩盐船从河下游驶来,泊靠在他的岸边。

解放了。收罂粟的人不会来了。庐方说。

老地主默然不语。庐方跨过刘家门槛,看见大院里到处都是大大小小的竹匾,竹匾里晾着白色与棕色的罂粟粉。他第一次看见那种神奇的植物花朵,罂粟的气味使他神经紧张,他抓住枪套朝大宅深处走,觉得阳光在这里有了深刻的变化,有人站在屋角的黑暗里修理农具或者纳鞋底,神情木然愚蠢,庐方知道那是枫杨树亘古不变的神情。庐方走到中院的时候看见了刘家的两个女人。翠花花丰腴的手臂上点洒着唯一的阳光,她的佩戴了六个金银手镯的手臂环抱在胸前,她的乳房丰满超人。翠花花伏在窗台上向庐方点头微笑:"来啦,长官。"而刘素子当时在给一只猫喂食,刘素子不知为什么女扮男装,但庐方一眼就看出她的实质。庐方后来对我说,他忍不住对刘素子笑了,他说他的绑腿布松了,他蹲下去系的时候,看见刘素子砰地打碎破瓷碗逃进了东厢房。在门边她回头张望,她的猫一样的眼睛突然变得恐慌而愤怒,事隔好多年庐方仍然忘不了刘素子的一双眼睛:"她真的像猫!"

庐方走过黑暗的仓房时听见一阵咳嗽声。透过窗缝,他看见一个人端坐在屋角大缸上。他看不清那个人的脸,就掏出手电筒照过去。手电筒照亮一张熟悉的苍白的脸,那个人昏昏欲睡但嘴里含着什么东西。"谁在那儿?"那人说。庐方撞开木扉门。就这样他见到了阔别多年的老同学刘沉草,就这样庐方见到了蜗居在家的所有刘氏家族的成员。他说中国的地主家庭基本上都是一览无余的。你只要见到他们,心里就有数了,一般来说,我们的工作队足够制服他们。

沉草坐在仓房的大缸上。那也是白痴演义从前啃馍吃的地方。你如果有过吞面的经验会发现沉草在干什么。沉草在吞面。你发现这个细节不符合沉草的性格,你记得沉草归乡时在罂粟地里的昏厥,但沉草现在坐在大缸上,沉草确确实实在吞面。

他听见整个枫杨树在下雨。他走在雨中。一条路在茫茫雨雾中透迤向北。北面的沙坡上有一座红色楼房。他看见自己已变成一只蜗牛在雨中爬行。他看见红色楼顶上有一只网球在滚动,那只球掉下来了,在雨地里消失不见了。他听见整个枫杨树在下雨。蜗牛的背上很沉重,它在水洼里睡着了,而那条路上有人在雨中狂奔,他们从后面狂奔而来,蜗牛听见了疯狂的脚步声,它想躲一下却无法挪动身子。他看见水洼被踩碎了,美丽的水花飞溅起来。他听见蜗牛的身子被踩出清脆的巨响,砰然回荡。

院子里打翻了一只竹匾。沉草走出仓房,嘴里还留有罂粟面的余香。他站在台阶上抱住头,他觉得从那场雨中活过来很累。爹咒骂着谁,把地上的花面拾进竹匾。那些罂粟如今像冬日太阳一样对他发光。沉草站着回忆他感官上的神秘变化。他模模糊糊地记起来很久以前他是厌恶那些花的,那么什么时候变的呢?沉草想不起来,他觉得困倦极了,脑袋不由自主地靠在墙上。他仍然半睁着眼睛,看见爹的手在竹匾里上下翻动着罂粟花面。

"别晒了,收罂粟的人不会来了。"沉草说。

"罂粟会烂掉的,你白忙了一年。"沉草不断舔着下嘴唇,他说,"自己吃吧,爹,那滋味真好,你尝尝就知道了。"

沉草听见自己在说话,他看见爹扔下花面惊惶地看着自己。"沉草你吞面啦?"爹猛然叫起来,抓住他摇晃着。沉草觉得他像一棵草灰那样轻盈,灵魂疲惫而松弛。他说爹我想睡。可爹在用手掰开他紧闭的牙床,爹嗅到了他嘴里残存的罂粟味。"沉草你吞面啦?"爹抓住他头发打了他一巴掌。他不疼。他仍然想睡着等待雨中幻景重新降临。他把头靠在爹的肩膀上说:"爹,我看见那只球,那只球掉下去不见了。"

庐方记得沉草的形象在五年后已不再清俊不再忧郁,他肤色蜡黄,背脊像虾米一样弓起来,远看和他的地主父亲一样苍老。沉草想方设法逃避着庐方。但庐方总能在仓房的黑暗里找到沉草。沉草绕着大缸走一圈,跳进缸里,他像条蛇一样盘在缸里,一动不动,只是不时打着喷嚏。庐方怀疑沉草已经丧失记忆,沉草不认识他,他猜想沉草是装的,一时不知道说什么好。他后来精心设计了谈话的内容,因为他不想把第一场谈话弄得庸俗或者生硬了。

"沉草,周末了,我们去打网球。"

"草坪呢,草坪在哪里?"

"就在你家院子里打。"

"没有球,球掉下去不见了。"

"我带着一只球。"

"我已经忘了怎么打网球。"

"沉草,你知道你家有多少土地吗?"

"不知道,枫杨树的土地好像都是我家的。"

"你知道你家有多少财产吗?"

"不知道。"

"别装傻,你拿着你家的白金钥匙。"

"真的不知道,那都是我爹的东西,我没打开过。"

"沉草,你明白我们来干什么吗?"

"不明白,也不想明白,你们愿意干什么就干什么。"

"要土改了,要把你们家的土地和财产分给穷人。"

"我无所谓,我爹他不会同意的。"

庐方看见沉草从大缸里站起来,他的目光涣散游移不定。沉草仰面看着房顶上的一架纺车,半晌打出一个喷嚏。庐方突然听见沉草轻声喊了他的名字:"庐方,拉我一把。"他把手伸出去,抓住了沉草冰凉的汗津津的手掌。庐方回忆他们手臂相缠时勾起了往昔的友情。在仓房的蛛网幽影中,他们同时看见一块浅绿色的大草坪,阳光在某个傍晚洒下无数金色斑点,他们挥拍击球,那只球在草坪上滚动着。庐方说:"沉草,打球去。"沉草浑身一颤,他的眼睛闪亮了一瞬复又暗淡。沉草抬起手臂擦着眼睛,他的身上散发出罂粟枯干后的气味。"那只球掉下去不见了。"沉草叹了口气。庐方很快甩开了沉草软绵绵的手臂,他也说:"掉下去不见了,不见了我也没办法。"

我听见嘹亮的唢呐声在黎明的乡村吹响,那是一九四九年末风暴来临的日子。唢呐声召唤着枫杨树的土地和人,召唤所有幽闭的心灵在风中敞开。

风暴来临,所有的人将被卷离古老的居所,集结在新的历史高地上。"跟我来,乡亲们!跟我来吧,斗倒财主刘老侠!"我看见长工陈茂在枫杨树乡村奔走呼号。他的腰间挂着一把古老的铜唢呐(后来唢呐在枫杨树成了革命的象征,农会的男人腰间都挂上了唢呐)。庐方回忆说,陈茂是他开展农村工作以后遇见的最为自觉的农民革命者。他的翻身意识尤其强烈,就像干柴,你一点他就整个燃烧了。那是个难得的农村干部,可惜后来犯了错误。庐方说南方的农民们的生存状态是一潭死水,苦大仇深并不构成翻身意识,你剥夺他的劳动力他心甘情愿,那是一种物化的惰性。在枫杨树,佃户和长工们都把自己看成一种农具,而农具的主人是刘老侠。当庐方的工作队访贫问苦的时候，从他们嘴里听到的是刘老侠创业的丰功伟绩。他们说："枫杨树千年出了个刘老侠，他的手指缝里能敛进金元宝。"庐方说只有一种农民才能革地主老财的命，他自己一无所有，他的劳动力乃至全部精神都被剥夺，譬如长工陈茂，他是以一个完整的革命者出现的，你必须信任他。那一年，陈茂自然地成为枫杨树的农会主任。陈茂从工作队领到一杆三八式步枪。陈茂腰挂唢呐，肩佩步枪，风风火火来往于枫杨树乡村，一时成为真正的风云人物。乡村的孩子看见陈茂就躲在草垛后唱起另一首民谣：

  陈二毛，变了样
  一把唢呐一杆枪
  走到东啊奔到西
  地主老财遭大殃

陈茂走到刘家大宅前突然站住，他抓着腰间的唢呐吹了悠悠一声。他不明白自己这么做的道理，也许是提醒地主一家：我来了是我来了。他踢开门喊我来了，院子里一片死寂，几只鸡在地上的青苔间找谷子吃，厢房的门都关着。陈茂抓起唢呐又吹了一声，他踢飞一只鸡又大喊一声："人都死光了吗？"

东厢房的窗打开了。陈茂看见刘素子睡眼惺忪地出现在窗口，她的眼圈发黑，脸却苍白如纸，又一只猫伏在她瘦削的肩上。陈茂看见刘素子的淡绿色瞳仁里映着他的长枪,凝眸不动。她又被枪吓坏了。陈茂朝她眨眨眼睛,他总是从那张冰清玉洁的脸上发现受惊的神色。"别怕。"陈茂的手抠着枪带走过去,"我可不是土匪姜龙,我不会把你怎么样的。"

刘素子默然,那只猫叫了一声。陈茂歪着身子倚在窗前,端详着那个闭门不出的女人,他看见她雪白的长颈露在旗袍领子外面,一个梅花形的猫爪印清晰可见。那只猫又叫了一声。刘素子猛地抽搐了一下,砰地关窗,陈茂的脸被木窗重重地撞了一下。

"快滚,别这样看我。"

陈茂一手捂脸一手把窗往里推,他说:

"别关窗,我不是来睡你的。"

"我跟狗睡也不跟你睡。"

"女人嘴凶,可没有一个女人敢这样对我说,你是让姜龙给弄傻了。"

"你来干什么?翠花花不在家,天还没黑,你来干什么?"

"我不找那骚货。我找你爹你弟弟干革命。"

"我不管,我就是不愿看见公狗,恶心。"

"你会明白我是人是狗的,告诉我他们上哪儿了?"

"山上大庙,烧香。"

"烧香?"陈茂笑起来,他用枪托打着木窗,"你家劫数到了,谁也救不了你们,现在我是你们的菩萨,明白吗?"

"你要是菩萨,该上茅房去找供品。"

"小婊子，你明白拿什么供我，你是最好的供品。"

"狗，不要脸的大公狗。"刘素子终于把陈茂关在窗外了，陈茂被关在窗外发愣。他想女人脖颈上的梅花形猫印是怎么回事？它像个小太阳一样照得他熏热难耐，撩动他的情欲。"小婊子，我干了你。"他的额际上沁满了汗，女人的太阳真是熏热难耐。陈茂想这是怎么回事？我跟这家人到底是怎么回事？他想不透，想不透就只有吹唢呐了。

陈茂一边吹唢呐一边坐在门槛上。暮色点点滴滴潜入凄冷宅院，槐树叶子在层层青苔上凋零发烂，他听见一只驴子在磨房里咴咴地叫，那是他长工生涯的老伙计。陈茂忽然想去摸摸那只驴子，他起身朝磨房走去，他看见驴子皮包瘦骨半卧在食槽边，食槽是空的。可怜的驴子跟着他们会饿死的。陈茂把墙角堆着的糠全倒在食槽里，看驴子狼吞虎咽地吃食。他的手从上而下抚摸着驴子肮脏干枯的皮毛，思绪纷乱，缅怀他的大半辈子长工生涯。不知过了多久，陈茂觉得身后有动静，他猛地回头看见刘家三人站在院子里，他们脸上灰尘蒙蒙，每人手里抓着一把罂粟叶子。陈茂端起枪拉上枪栓，眯缝着眼睛观察地主一家，他觉得他们手持罂粟行色匆匆很奇怪。

"你们带着罂粟干什么去了？"

"上山求神保佑罂粟。山神说收罂粟的人快来了。"老地主的脸上没有任何表情，目光省略了。持枪的陈茂显得空灵悲伤。陈茂看着地主一家在他的枪下鱼贯而入，翠花花走在最后面，她的金手镯响着伸手把枪往上一挑，无所顾忌地在陈茂裤裆里拧了一把。陈茂往后跳了一下，但没来得及躲开她的手，那里碎裂般地疼。他骂了一声臭婊子货，忽然想起工作队交给的任务，便又跑过去横枪堵住了他们，他猛吼一嗓：

"站住，明天开会！"

地主一家疑惑地瞪着陈茂，然后是面面相觑。

"你说什么？"老地主摇着头，"我听不懂你的话。"

"听不懂？明天开会！"陈茂说，"开会你懂吗？"

"开什么会？"

"批斗会，斗你们地主一家。"

"干吗斗？怎么斗？"

"到蓑草亭子去！用绳子把你们捆起来斗，跟你们那回捆我一样。"

"这是谁定的干法，狗斗人吗？"

"农会。工作队。庐同志说只有斗倒你们，枫杨树人才能翻身解放。"陈茂看见老地主手中的罂粟掉到地上。陈茂想天也掉到地上了，狗为什么不能斗人？风水轮回还有什么不可改变的呢？陈茂朝老地主啐了一口。陈茂一高兴就把唢呐吹起来了，他吹着唢呐退出刘家大宅，他听见自己的唢呐像惊雷一样炸响，把刘家几百年的风光炸飞了。

没有人知道刘家三人上火牛岭去干什么。沉草知道这将成为一个秘密，永远不能启齿。爹带着老婆孩子去找土匪姜龙。沉草想爹是糊涂了，刘家人怎么能上山找土匪姜龙？他问爹到底要干什么。爹说花钱请他们下山。沉草说姜龙坑害了姐姐呀，他们无恶不作，你不能在他们面前折腰。爹说我记得你姐的冤，那不是一回事，姜龙再坏也没要我的地，我不能让谁把我的地抢去。沉草跺着脚说你让姜龙下山干什么呀？他看见爹的眼睛里爆出幽蓝火花，爹咬着牙，嗓音哽在喉咙里像在哭泣。

杀了他们。杀了庐方。杀了陈茂那条狗。

谁也不能把我的地抢去。

沉草跟着爹娘往山上走。他想起那次从县城归家的途中，看见姜龙的马队从火牛岭一闪而过。有个声音穿过年轮时光仍然在树林间回荡："刘沉草，上山来吧。"沉草至今还奇怪，那声呼唤来自何处来自谁的思想中？谁要我上山？也许是我自己？沉草这样想着，觉得他始终在某个神秘的圈套中行路，他走不出圈套而茫茫然不知所归。

他们跟着秘密向导寻找姜龙的踪迹，在火牛岭的纵深处，他们闻到山霭中浮荡着一股血的腥味，他们朝血腥味浓处走，看见山背上躺着三匹死马和几双红麻草鞋。岩石和干草上淤着紫色的干血。秘密向导说他听见过火牛岭的枪声，他猜姜龙的土匪是往山南去了。沉草在草丛中发现一颗球状晶体，他以为那是一只小球，走过去拾起了它，它一下子就像磁铁一样粘在他手心上，他把手翻过来端详着，突然尖厉地喊起来："眼睛，谁的眼睛！"他想甩掉它却无论如何甩不掉，他不知道这是怎么回事，他拾起了一颗人眼珠子!

沉草像在梦里,手上一直黏糊糊,抓着那颗人眼珠子。爹和娘来掰他的手时已经掰不开了,沉草紧握着那颗人眼珠子,就像紧握从前的网球。他看见爹绝望地蹲在一匹死马身边。山风吹过来,山风现在把我们都卷起来抛到天边,这就是你走入绝境的感觉。沉草听见爹对着死马说:"死了,再也没指望了。"

沉草觉得火牛岭真像一个圈套,在荒凉无人的山顶上你会体会到跋涉后的空虚。你去找土匪姜龙,但土匪姜龙也走了。沉草忘不了爹面对山南时悲哀而自嘲的笑容。爹从来不笑,爹一笑灾难就已经临头了。这一天像是梦游火牛岭,爹抓着一把罂粟叶子去上山找姜龙!沉草想爹真是糊涂了,在山上你听见喊声你找不到那个人,这就是圈套。沉草疲惫得要命,只是跟在爹娘身后走。回想起来,他是一直抓着那颗人眼珠子的。他想那只网球可能一直滚到这里,网球不见了人眼珠子出现了,他想这也是圈套,把我牢牢套住了,我必须抓着这颗人眼珠子。

枫杨树的祖父对孙子说:"传宗接代跟种田打粮不一样。你把心血全花在那上面,不一定有好收成。就像地主老刘家,种花得果,种瓜得草,谁知道里面的奥妙?人的血气不会天长地久,就像地主老刘家,世代单传的好血气到沉草一代就杂了,杂了就败了,这是遗传的规律。"

我明白枫杨树乡亲的观点趋向原始的人本思维。你不能要求枫杨树人对刘家变迁做出更高明的诠释。工作队长庐方对我说,揪斗地主刘老侠时曾经问他有什么交代的，他的回答让工作队的同志们窃笑不已，刘老侠说："我对不起祖宗，我没操出个好儿子来。"刘老侠又说："怪我心慈手软，我早就该把那条狗干掉了。"那时候庐方已经知道刘老侠说的狗是农会主席陈茂。

一九五〇年春天，三千名枫杨树人参加了地主刘老侠的斗争会。那个场面至今让人记忆犹新。刘老侠站在蓑草亭子里，从前的佃户和长工们坐在四周荒弃的罂粟地里。庐方说当时的气氛就像马桥镇赶会一样，孩子哭大人闹，好多男子在偷吃罂粟叶子，会场湮没在干罂粟的气味中，让工作队难以忍耐。庐方说枫杨树人就是这种散漫的脾气无法改变，他让农会主席朝空中鸣枪三声，蓑草亭子四周才静下来。

"刘老侠，把头低下来！"庐方说。

老地主不肯低头，他仰着脸，目光在黑压压的人群中逡巡，神情桀骜不驯，他的鹰眼发出一种惊人的亮度，仍然威慑着枫杨树人。人们发现刘老侠的脸上与其说是哭泣不如说是微笑。

"刘老侠，不准笑！"庐方说。

"我没笑，我想哭的时候就像笑。"

"老实点，把头低下来！"

"分我的地怎么还要我低头呢？"

庐方当时朝陈茂示意了一下，他想让陈茂把他的头摁下去，但陈茂理解错了，他冲上去举起枪托朝刘老侠头上砸去。一记沉闷的响声，刘老侠跟跄了一下又站住了。老地主的眼睛依然放光，他轻轻说了一句:"狗。"庐方说这下会场真正乱了,那些枫杨树人全站了起来。他看见翠花花戴满了金手镯从人群里奔过来,她一路哭号直奔老地主身边,她从一个男人手中抢过一片罂粟叶子给老地主糊伤口。老地主推开她说:"没你的事,给我滚回家。"翠花花就直奔陈茂去夺他的枪。翠花花一边跟陈茂撕扯一边哭骂不迭:"你怎么敢打东家?你这条掏不空的狗鸡巴夹不断的狗鸡巴。"枫杨树人哗地笑开了。庐方对陈茂喊:"把她拽下去!"但陈茂在翠花花的撕扯下只是躲闪。庐立听见台下有人喊:"陈二毛,翠花花,×××!"下面的话他听不清,他忍无可忍地吼:"别跟她拉扯,把她拽下去。"陈茂的脸又红又白,他骂了一声臭婊子,然后抬脚踢在翠花花的乳房上,然后陈茂也对女人说:"没你的事,给我滚回家。"

　　庐方说刘老侠的斗争会就开得那样乌烟瘴气,让你啼笑皆非。那天天气也怪,早晨日头很好,没有野风,但正午时分天突然暗下来,好多人在看天。在准备当众焚烧刘家的大堆地契账本的时候,风突然来了,风突然从火牛岭吹来,吹熄了庐方手里的汽油打火机。风突然把那些枯黄的地契账单卷到半空中,卷到人的头顶上。三千名枫杨树人起初屏息凝望,那些地契账单像蝴蝶一样低飞着发出一种温柔的嗡鸣,从人群深处猛地爆出一声吼:"抢啊!"人群一下子骚乱了,三千名枫杨树人互相碰撞着推搡着,黑压压的手臂全向空中张开。庐方的工作队员扯着嗓子喊:"乡亲们别抢,地契账单没用了。"但没有人听。庐方说他没办法了,只能再次鸣枪三声。他说枫杨树人什么都不怕，就怕你的枪声。三声枪响过后，枫杨树人再次平静，所有的地契账本都被他们掖在怀里了。他们掖着那些纸片就像掖着土地一样心满意足，你能对他们再说什么？庐方说他最后就让他们全带回家了。

"沉草，你过来。"

爹在喊他。

沉草走到爹的床边，他凝视着爹伸向虚空的那只手，那只手如同地里挨雨淋过的罂粟，有一种霉烂的气味。

爹病了。

我知道。

爹头一回生病。

我知道。

爹过不下去才会生病，要靠你了。

什么？

你老是听不懂爹的话。当初我应该把你溺在粪桶里。

当初不如让姜龙带你走，当土匪也比当狗强，现在轮到我们当狗了。

沉草看见爹的手里仍然紧抓着一把罂粟叶子。沉草说你把它放下吧，收罂粟的人再也不来了。爹点点头，他的手从空中垂下来，在沉草腰间摸索着。沉草说，爹，你在摸什么？枪，我给你的枪呢。

在这儿。

你放一枪给我听。

只有两颗子弹，放完了就没了。

那就留着吧，路上要用枪。

沉草走到床后，娘已经给他收拾好了行装，一大堆包裹堆放在地上。娘坐在便桶上哭，她总是坐在便桶上哭。沉草觉得饿，别过脸找那只装满干粮的黑陶瓮，陶瓮的木盖已经很久没有开过了，上面蒙着一层灰。他把手伸进去，里面空了，只掏出一块硬邦邦的馍，馍被咬过一口了，月牙形的齿印已经发黑。沉草抓起馍往嘴边送时，听见娘叫了起来："别吃它，那是演义吃剩下的！"他对那只隔年老馍端详着，看见演义血肉模糊的脸刻在馍上，但他放不下馍："我饿。"他一边干呕一边啃咬，那只馍像蛊药在肚腹中翻江倒海，他一边呕着一边朝外面跑，听见爹愤怒地拍着床板："别吃了，快滚吧快给我滚吧！"

沉草出逃的那天夜里下着大雨，狗没有叫，雨声掩蔽了刘沉草仓皇迷惘的脚步。第二天清晨，刘宅门前留下了一大片像蜂窝一样杂乱的脚印。去稻田排水的枫杨树人围着那些脚印喊，逃啦，地主逃啦。

现在看起来逃了就逃了，你没有必要再去追打丧家之犬，庐方说，但是一九五〇年我沉浸在某种亢奋心态中刹不住胯下的红鬃烈马。我带着陈茂和工作队沿着沉草的脚印追，一直追到火牛岭上，我看见沉草在慢悠悠地爬坡，他真的是慢悠悠的，一点不像逃亡。他的身上捆绑着五六个包裹，像披铠甲执长矛的武士出征远方。沉草听见了马蹄声回过头，他像个木偶一样站着朝我看。

陈茂要拍马上去被我拦住了，我看见他正站在一块石崖上，我怕他跳下去。我对他喊："别逃啦，你逃到哪里都是一样，逃不出我的掌心。"他仍然像个木偶站着不动。后来他开始解身上那些包裹，他将包裹迅速地往石崖下推，我听见了金属撞击山石的清脆的响声，我猜他把刘家的金银财宝都推到深涧里去了。

只留下一个最大的包裹，沉草就抱着它坐在石崖上等我们上去。我踢踢那只包是软的，我看见一些灰白色的粉状物从破缝间流出来，发出奇异醉人的香味。

"这是什么？"我问沉草。

"罂粟。"沉草说。

"谁让你逃的？"我又问。我看见沉草神情困顿地歪倒在我的腿上，疲倦地说："我爹。"

"你想逃到哪里去？"

"找姜龙。"

"你想当土匪了？"

"不知道。一点不知道。"

被堵获的沉草像一片风中树叶一样让人可怜，但你看不到他的枪。庐方说我没想到沉草的腰间藏了一支枪。

知道内情的人谈起刘家的历史，都着重强调沉草和长工陈茂的血亲问题。他们说沉草的诞生就是造成地主家庭崩溃消亡的一种自动契机，你要学会从一滴水中看见大海。他们说沉草的诞生预示着刘老侠的衰亡，这里有多种因果辩证关系，我无法阐述清楚，我只能向你们如实描绘刘家历史的发展曲线。

我知道你们感兴趣的还有旧日的长工、后来的农会主席陈茂。陈茂其实是个不同凡响的形象。他的出现与消失必将同地主家庭形成一种参照系。庐方说过枫杨树的土地革命因其有了骨干陈茂才得以向前发展。他至今缅怀着那个腰挂唢呐肩佩长枪的农会主席陈茂。我问陈茂后来怎么样了。庐方面露难色，不愿提这个话题。他说了一句讳莫如深的话：你能更换一个人的命运却换不了他的血液。他还说，有的男人注定是死在女人裤带上的，你无法把他解下来。

一九五〇年也是陈茂性史上复杂动荡的一年。那年陈茂与翠花花割断了多年的蛛网情丝，被他的唢呐迷过的人们希望他的生活步入正轨。你注意到他的英俊而猥亵的脸上起了一种变化，这种变化使他重返青春，浑身散发出新颖的男人的魅力。女人们给陈茂提亲络绎不绝，陈茂总是笑而不语。女人们说："陈二毛，你让地主婆掏空了吗？"陈茂就端起枪对她们吼："滚，别管我的鸡巴事，我要谁我自己知道！"

你可以猜到陈茂要的是谁。

陈茂是半夜潜进刘家大宅去的。那天月光很明净，夜空中听不见春天情欲的回流声，他的身体很平静。他挎着枪站在刘素子的窗前，回头看见一个熟悉的影子在青苔地上拉得很长很长，那是他自己的影子。他回想起从前多少个深夜他这样摸到翠花花的窗前，陈茂的心情很古怪，既不兴奋也不紧张，仿佛是依循某个夙愿去完成一件大事。他看见刘素子养的猫伏在窗台上，翡翠色的猫眼在月光下闪闪烁烁。你他妈的鬼猫。陈茂嘀咕了一句，他拉出枪上的刺刀对准猫眼刺进去，刺准了，猫眼喷出暗血，猫呜咽了一声。陈茂用刺刀轻轻撬开了木窗，跳进了东厢房。他看见刘素子睡在大竹榻上，她仍然睡着，陈茂知道她是个嗜睡的女人。刘素子半裸在棉被外面。这是他头一次看见刘素子真实的乳房，硕大而饱满。他想刘家的女人吃得好才有这么撩人的乳房。陈茂从脖子上拉下汗巾轻轻蒙在女人的眼睛上，然后把她从被子里抱起来，那个绵软的身体像竹叶一样清凉清凉的。他奇怪她怎么还不醒，也许在做梦。他抱着她走到院子里时听见那只猫又呜咽了一声。陈茂的手一抖，他想不到死猫又呜咽了一声。被劫的女人终于醒了，她在陈茂的怀里挣扎，张不开的睡眼像猫一样放出惊恐的绿光。

"姜龙，姜龙的土匪来了！"

陈茂抱紧女人往门外跑，他看见翠花花屋里的灯光亮了，翠花花走出来，蓬头垢面地跟着他们。他倚在廊柱上猛地回头："你跟着我们干什么？骚货。"翠花花不吱声地抓他的枪，他闪开了继续跑，他听见翠花花被什么绊倒了。翠花花终于喊起来："狗，快把她放下！"

"你再喊，我一枪崩了你。"陈茂把刘素子举了举说。他抱紧那个冰凉的女人朝野地里跑。月光清亮亮的，夜风却是潮红的，掠耳而过。他觉得怀里的女人越来越凉，他冻得受不了。他必须把那个冰凉的身体带到他的体内去。陈茂飞跑着,他听见自己跑出了一种飞翔的声音,他知道这不是梦却比梦境更具飞翔的感觉,他朝着蓑草亭子那里飞跑,他看见蓑草亭子耸立在月光地里。它以圣殿的姿态呼唤他,他必须飞进去,飞进去!

"狗,放下我,你不能碰我。"女人在他怀里喊。

"非碰不可。"陈茂咬着牙说,"我早晚都要把你干了。"

"你是谁?"女人睁大眼睛,女人怎么也看不清他的脸。

"陈茂。"陈茂想了想回答,"我不是姜龙,我让姜龙先走一步了。"

陈茂把刘素子放到蓑草亭子下,他抬头看见锥形草顶下飞走了一对夜鸟。这真是一个做爱的好地方,陈茂无声地笑着坐到女人的肚子上,月光下那个雪白清凉的胴体微微泛着寒光。他闭上眼睛,手在那圈寒光里摸索蛇行,最后停留在高耸的乳房上。他感觉到女人已经瘫软了,但他的身体也像打摆子一样控制不住颤个不停。他嘴里咝咝地换着气,感觉到自己前所未有的虚弱:"我早晚要把你干了。"他咬着女人的乳晕,听见铜唢呐从身边滚出去,铛铛地响。

庐方说他曾经感觉到陈茂和地主一家之间存在的神秘的场。但他厘不清他们之间千丝万缕的联系。他问陈茂,陈茂自己也说不清,他只知道他恨地主一家。陈茂说:"要么我是狗,要么他们是狗,就这样,我跟他们一家就这么回事。"

庐方不知道陈茂对刘素子实施过暴力,直到有一天翠花花从刘宅门洞里跳出来,拉住他告陈茂的状,说刘素子怀孕了,怀的是陈茂的种。庐方说你别诬陷我们的干部。翠花花指着天发誓,她说长官,你可别相信陈茂,那是一条又贱又下流的狗,他干遍了枫杨树女人,最后把刘素子也干了,你去看刘素子的肚子吧,那是他的罪孽!庐方后来去找陈茂核证,陈茂坦然承认,他说我是把刘素子干了。他问庐方干革命是不是就不让干刘素子,庐方答不出来。他考虑了好久,决定撤掉陈茂的农会主席,下掉他手里的枪。他记得下枪的时候陈茂把步枪死抱住不放。他脸涨得通红吼:"为什么不让我干了?我恨他们,我能革命!"庐方说他心里也怅然,但事情到这一步已经不可收拾。他知道工作队能把陈茂从蓑草亭子梁上解下来,却不能阻止他作为枫杨树男人的生活。庐方想在枫杨树找到更理想的农会主席。

那天凌晨下着雨,也许不是雨,只是风吹树叶声。沉草记得他在一片心造的雨声中蜷缩着,他看见自己幻变成一只黄蜂躲在罂粟的花苞里吸吮着,嘴里一股熏香,他的睡眠总是似醒非醒。鸡啼叫了第一遍以后,雨中传来了脚步声。他听见窗户被什么硬物敲击了一下,一个影子雪白冰凉地映在窗纸上。你是谁?影子不说话。沉草想披衣下床的时候听见姐姐说:"沉草,你如果是刘家的男人,就去杀了陈茂。"

"你说什么?"

"我去摘罂粟,你去杀了陈茂。"

沉草点亮灯,窗外的姐姐已经消失了。他觉得她很异样,他想也许是梦游,姐姐经常梦游。那阵脚步声消失在雨中,她去哪里摘罂粟?沉草仿佛又睡去,他蜷缩着不知过了多久,听见东厢房那儿闹起来,有人呼号大哭。他迷迷糊糊地往东厢房跑,看见爹蹲在姐姐身边,姐姐躺在地上,白丝绒旗袍闪烁着寒光,他看见姐姐的脖颈上有几颗暗红的齿痕,还有一道项圈般的绳迹。梁上那根绳了还在微微晃动。她把自己缢死了,她为什么要把自己缢死?沉草看见爹在掩面哭泣,爹说:"好闺女,男人都不如你。"

"她说她去摘罂粟。"沉草漫无目的地绕着姐姐尸体转,他闻见一股霉烂的罂粟气味从她张开的嘴里吐出来,她脸上表情轻松自如。沉草想要是我把那股气味吐出来,我也会变得轻松自如的。

"她说她去摘罂粟,我去把陈茂杀了。"沉草说。他看见爹猛然抬起头,嘴角痛苦地咧开笑着。他想这回灾难真的临头了。爹站起来抱紧他的脖子,爹的双手搓着他的脸:"她去了,沉草你怎么办?"

"怎么办?"沉草僵立着,任凭爹的手在他脸上搓压。他回忆起小时候陈茂也这样搓压他的脸,以前很疼现在却没有知觉了。你怎么办?沉草摸摸腰间的枪,枪还在,已经好久没使用过它了。沉草想了想说:"那好吧,我就去把陈茂杀了。"

沉草抬臂打了下垂在面前的那根绳子,朝外面走。娘从后面扑上来抱住他,喊道:"沉草你不能去,千万不能去。"爹也扑上来抱住了娘,爹说:"去吧,把陈茂杀了再回家。"娘说:"去了还能回家吗？刘家就你一条根了。"爹说："管不了那些了，快去吧。"娘又喊了一声："沉草别去，你杀别人吧不能杀陈茂。"爹这时候一脚踢开了娘，爹吼着："骚货，你到现在还恋着那条狗！"沉草回头看着三人相互缠拉的场面觉得很好笑，他说："你们到底让不让我去？"他看见娘卧在地上哭，爹的脸乌黑发青，爹推了他一把，说："沉草，去吧。"

那时枫杨树人还不知道刘家大宅发生的事。地里的人们看见刘沉草从家里出来，怕冷似的缩着肩膀。他朝人多的地方走，看见熟识的人就问："陈茂在哪里？"人们都好奇地看着他恍恍惚惚的模样，他们说你找陈茂干什么？沉草说他们让我杀了陈茂。人们都一笑了之，以为沉草犯魔怔了，谁也不相信他的话。有人头一次当沉草的面开了恶毒的玩笑："儿子不能杀老子。"沉草对此毫无反应。他经过地里一堆又一堆的人群，最后听见蓑草亭子那里飘来一阵悠扬的唢呐声，他就朝蓑草亭子那里走。

你要相信这一天命运在蓑草亭子布置了一次约会。陈茂这天早晨坐在那里吹唢呐，吹得响亮惊人，整个枫杨树都听到了那阵焦躁不安的唢呐声。陈茂看见沉草走过来了，怕冷似的缩着肩膀，他扔下唢呐说少爷你怎么大清早的出来逛了？他忽然觉得沉草的神情不对劲，沉草皱着眉头把手伸向腰间摸索着，他看见一支缠着红布的驳壳枪对准了自己。陈茂以为沉草在开玩笑，但他又知道沉草从来不跟任何人开玩笑。陈茂抓挠着脸问：

"沉草你想干什么？"

"他们让我把你杀了。"

"你说什么?"

"他们让我把你杀了。"

"别听他们的。沉草你没听说过我是你亲爹?"

"听说了,我不相信。"

"要想杀我,让刘老侠来,你不行。"

"我行,我早就会杀人了。"

在最后的时刻,陈茂想找枪,但马上意识到他的枪已经被下掉了。"我操你姥姥的!"陈茂骂了一声,然后他把铜唢呐朝沉草头上砸过去。沉草没有躲,他僵立着扣响扳机。枪声就这样响了。沉草打了两枪,一枪朝陈茂的裤裆打,一枪打在陈茂的眼睛上。他低头看见驳壳枪在冒烟,他把枪在手中掂了一下然后扔在地上。地上滚动着一只晶莹的小小的球体,他拾起来发现那是陈茂的眼珠子,它黏糊糊地卡在两个指缝间。血已经在蓑草亭子蔓开了,沉草又找陈茂的生殖器,却找不到。他摸摸陈茂的裤裆,生殖器仍然挺立在他身上。"打不下来。"沉草咕哝着,他觉得这很奇怪。在这个过程中,沉草的嗅觉始终警醒,他闻见原野上永恒飘浮的罂粟气味倏而浓郁倏而消失殆尽了。沉草吐出一口浊气,心里有一种蓝天般透明的感觉。他看见陈茂的身体也像一棵老罂粟一样倾倒在地。他想我现在终于把那股霉烂的气味吐出来了,现在我也像姐姐一样轻松自如了。

庐方说事发后你看不见凶手沉草,谁也没看见他往哪里跑。

人们赶到刘家大宅，在院子里见到了刘素子的尸体，刘素子死后躺在大竹榻上，容颜不变仿佛午夜的安睡。刘素子的黑发里插着一朵鲜红的罂粟。罂粟盛开的季节早已过去，你不知道地主一家是怎样把那朵罂粟保存下来的。

"刘沉草呢？"庐方问。

"死了，该死的都会死的。"老地主说。

"你们上火牛岭吧，沉草去投奔姜龙了。"翠花花说。

庐方带着人马上火牛岭搜寻凶手沉草。在一个山洞里，他们看见了沉草的黑制服和陈茂的铜唢呐，那两件东西靠在一起让你不可思议，但找不到人影，沉草不知跑到哪里去了。庐方的人马回到枫杨树已是天黑时分，远远地就听见整个乡村处在前所未有的骚乱声中。男人女人拉着孩子在村巷里狂奔。他们看见了火，火在蓑草亭子里燃烧成一个巨大的火炬。庐方拍马过去，他目睹了枫杨树乡村生活中惊心动魄的一幕。他首先发现死者陈茂被人从村公所搬迁了，死者陈茂被重新吊到了蓑草亭子的木梁上，被捆绑的死者陈茂在半空里燃烧，身体呈现焦黑的颜色弯曲着。而蓑草亭子燃烧着噼啪有声，你觉得它应该倾颓了，但它仍然竖立在那里。走近了你发现地上还躺着三具交缠的尸体，刘老侠、翠花花，还有刘素子，他们还没烧着，惊异于那四人最后还是聚到一起来了。

"刘老侠——刘老侠——刘老侠——"

庐方听见围观的人群里有人在高亢地喊着老地主的名字。你真的无法体会刘老侠临死前奇怪的欲望。庐方说你怎么想得到他连死人也不放过，他把陈茂的尸体吊到蓑草亭子上，临死前还把陈茂做了殉葬品。庐方说他从此原宥了死者陈茂的种种错误，从此他真正痛恨了自焚的地主刘老侠，痛恨那一代业已灭亡的地主阶级。

一九五〇年冬天，工作队长庐方奉命镇压地主的儿子刘沉草，至此，枫杨树刘家最后一个成员灭亡。

庐方走进关押沉草的刘家仓房，他看见被抓获的逃亡者坐在一只大缸里。庐方想起他到枫杨树与刘沉草重逢也就是在这只大缸边。幽暗的空空的仓房里再次响起一种折裂的声音，你听出来一部历史已经翻完掉到地上了。庐方走过去敲了敲缸说："刘沉草，给我爬出来。"

沉草好像睡着了。庐方把头探到缸里，看见沉草闭着眼睛嘴里嚼咽着什么东西。"你在嚼什么？"沉草梦呓般地说："罂粟。"庐方不知道沉草被绑着怎么找到了罂粟，他把沉草从缸里拉起来时才发现那是一只罂粟缸，里面盛满了陈年的粉状罂粟花面。庐方把沉草抱起来，沉草逃亡后身体像婴儿一样轻盈。沉草勾住庐方的肩膀轻轻说："请把我放回缸里。"庐方迟疑着把他又扔进大缸。沉草闭着眼睛等待着。庐方拔枪的时候听见沉草最后说："我要重新出世了。"

庐方就在罂粟缸里击毙了刘沉草。他说枪响时他感觉到罂粟在缸里爆炸了，那真是世界上最强劲的植物气味，它像猛兽疯狂地向你扑来,那气味附在你头上身上手上,你无处躲避,直到如今,庐方还会在自己身上闻见罂粟的气味,怎么洗也洗不掉。

作家在刘氏家谱中记了最后一笔。

枫杨树最大的地主家庭在工作组长庐方的枪声中灭亡,时为公元一九五〇年十二月二十六日。

城乡简史

/// 范小青

　　自清喜欢买书。买书是好事情，可是到后来就渐渐地有了许多不便之处，主要是家里的书越来越多。本来书是人买来的，人是书的主人，结果书太多了，事情就反过来了，书挤占了人的空间，人在书的缝隙中艰难栖息，人成了书的奴隶。在书的世界里，人越来越渺小，越来越压抑，最后人要夺回自己的地位，就得对书下手了。怎么下手？当然是把书处理掉一部分，让它还出位置来。这位置本来是人的。

　　自清的家属特别兴奋，她等了许多年终于等到了这一天，对于摆满了家里的书，她早就欲除它们而后快。在自清的决心将下未下、犹犹豫豫的这些日子里，她没少费口舌，也没少花心思，总之是变着法子净说书的坏话。家里的其他大小事情，一概是她做主的，但唯一在书的问题上，自清不肯让步，所以她也只能以理服他,再以事实说话。她拿出一些毛料的衣服给他看,毛料衣服上有一些被虫子蛀的洞。这些虫子,就是从书里爬出来的,是银灰色的,大约有一厘米长短,细细的身子,滑起来又快又溜,像一道道细小的闪电。它们不怕樟脑,也不怕敌杀死,什么也不怕,有时候还成群结队大摇大摆地在地板上经过,好像是展示实力。后来自清的家属还看到报纸上有一个说法,一个家庭如果书太多,家庭里的人常年呼吸在书的空气里,对小孩子的身体不好,容易患呼吸道疾病。自清认为这种说法没有科学性,但也不敢拿孩子的身体来开玩笑。就这样,日积月累,家属的说服工作,终于见到了成效。自清说,好吧,该处理的,就处理掉,屋里也实在放不下了。

处理书的方法有许多种,卖掉,送给亲戚朋友,甚至扔掉。但扔掉是舍不得的,其中有许多书,自清当年是费了许多心思和精力才弄到手的。比如有一本薄薄的书,他是特意坐火车跑到浙江的一个小镇上去觅来的,这本书印数很少,又不是什么畅销书,专业性比较强,这么多年下来,自清从来没有在别的地方看到过它,现在它也和其他要被处理的书躺在了一起。自清看到了,又舍不得,又随手捡了回来。他的家属说,你这本也要捡回来那本也要捡回来,最后是一本也处理不掉的。家属的话说得不错,自清又将它丢回去,但心里有依依惜别隐隐疼痛的感觉。这些书曾经是他的宝贝,是他的精神支柱,一些年过去了,他竟要将它们扔掉?自清下不了这样的手。家属说,你舍不得扔掉,那就卖吧,多少也值一点钱。可是卖旧书是三钱不值两钱的，说是卖，几乎就是送，尤其现在新书的书价一翻再翻，卖旧书却仍然按斤论两，更显出旧书的贱，再加上收旧货的人可能还会克扣分量，还会用不标准的秤砣来坑蒙欺骗。一想到这些书像被捆扎了前往屠宰场的猪一样，而且还是被堵住了嘴不许嚎叫的猪，自清心里就有说不出的难过，算了算了，他说，卖它干什么，还是送人吧。可是谁要这些书呢，自清的小舅子说，我一张光盘就抵你十个书屋了，我要书干什么？也有一个和他一样喜欢书的人，看着也眼馋，家里也有地方，他倒是想要了，但他的老婆跟自清的家属不和，说，我们家不见得穷得要捡人家丢掉的破烂。结果自清忍痛割爱的这些书，竟然没个去处。

正好这时候，政府发动大家向贫困地区的学校捐赠书籍或其他物资，自清清理出来的书，正好有了去处，捆扎了几麻袋，专门雇了一辆人力车，拖到扶贫办公室去，领回了一张荣誉证书。

时隔不久，自清发现他的一个账本不见了。自清有记账的习惯，从很早的时候就开始了，许多年坚持下来，每年都有一本账本，记着家里的各项收入和开支。本来记账也不是一件很特别的事，许多家庭里都会有一个人负责记账，也是长年累月坚持不变的。但自清的记账可能和其他人家还有所不同，别人记账，无非就是这个月里买了什么东西，用了多少钱，再细致一点的，写上具体的日期就算是比较认真的记法了。总之，家庭记账一般就是单纯地记下家庭的收入和开销。但自清的账本，有时候会超出账本的内容，也超出了单纯记账的意义，基本上像是一本日记了。他不仅像大家一样记下购买的东西和价钱，记下日期，还会详细写下购买这件东西的前因后果、时代背景、周边的环境、当时的心情，甚至去哪个商店，是怎么去的，走去的，还是坐公交车，或者是打的，都要记一笔；天气怎么样，也是要写清楚的，淋没淋着雨，晒没晒着太阳，路上有没有堵车，都有记载，甚至在购物时发生的一些与他无关、与他购物也无关的别人的小故事，他也会记下来。比如某年某月某日的一次，他记下了这样的内容：下午五时二十五分，在鱼龙菜场买鱼，两条鲫鱼已经过秤，被扔进他的菜篮子，这时候一个巨大的霹雷临空而降突然炸响，吓得鱼贩子夺路而逃，也不要收鱼钱了，一直等到雷雨过后，鱼贩子不知从哪里冒了出来，自清再将鱼钱付清，以为鱼贩子会感动，却不料鱼贩子说，你这个人，顶真得来。好像他们两个人的角色是倒过来的，好像自清是鱼贩子，而鱼贩子是自清。这样的账本，有点喧宾夺主的意思，记账的内容少，账外的内容多，当然也有单纯记账的，只是写下某年某月某日某时在某某街某某杂货店购买塑料脸盆一只，蓝底粉花，荷花。价格：一元三角五分。

但是自清的账本，虽然内容多一些杂一些，却又是比较随意的，想多记就多记一点，想少写就少写一点，心情好又有时间就多记几笔，情绪不高时间不够就简单一点，也有简单到只有自己能够看得懂的，比如"手：一百七十五元"。这是缴纳的手机费，换一个人，哪怕是他的家属，恐怕也是看不懂的。甚至还有过了几年后连他自己都看不懂的内容，比如"南吃：九十七元"。这个"南吃"，其实和许许多多的账本上的许许多多内容一样，过了这一年，就沉睡下去了，也许永远也不会再见世面的。但偏偏自清有个习惯，过一段时间，他会把老账本再翻出来看看，并没有什么目的，也没有什么意义，甚至谈不上是忆旧什么的，只是看看而已。当他看到"南吃"两个字的时候，就停顿下来，想回忆起隐藏在这两个字背后的历史，但是这一小片历史躲藏起来了，就躲藏在"南吃"两个字的背后，怎么也不肯出来，自清就根据这两个字的含义去推理。"南吃"，"吃"，一般说来肯定和吃东西有关，那么这个"南"呢，是指在木城的南某饭店吃饭？这本账本是五年前的账本，自清就沿着这条线去搜索，五年前，本城有哪些南某饭店，他自己可能去过其中的哪些。但这一条路没有走通，现在的饭店开得快也关得快，五年前的饭店现在已经没有人记得清楚了。再说了，自清一般出去吃饭都是别人请他，他自己掏钱请人吃饭的次数并不多，所以自清基本上否定了这一种可能性。那么"南吃"两字是不是指的在带有"南"字的外地城乡吃饭，比如南京，比如南浔，比如南方，比如南亚，比如南非，等等，采取排除法，很快又否定了这些可能性。因为自清根本就没有去过那些地方，他只去过一个叫南塘湾的乡镇，也是别人请他去的，不可能让他买单吃饭。自清的思路阻塞了，他的儿子说，大概是你自己写了错别字，是难吃吧？这也是一条思路，可能有一天吃了一顿很难吃的饭，所以记下了？但无论怎么想，都只能是推测和猜想，已经没有任何的记忆，更没有任何的实物来证明"南吃"到底是什么，这九十多块钱，到底是用在了什么地方。好在这样的事情并不多，总的说来，自清的记账还是认真负责的。

自清的账本里有许多账目以外的内容，但说到底，就算是这样的账本，也并没有什么重大的意义，甚至也没有什么实际的作用。自清的初衷，也许是想用记账的形式来约束自己的开销，因为早些年大家的经济都比较拮据，总是要想尽一切办法节约用钱，记账就是办法之一，许多人家都这么办。而实际上是起不到多大作用的，该记的账照记，该花的钱还是照花，不会因为这笔钱花了要记账，就不花它了。所以，很多年过去了，该花的钱也花了，甚至不该花的也花了不少，账本一本一本地叠起来，倒也壮观，唯一的用处就是在自清有闲心的时候，会随手抽出其中一本，看到是某某年的，他的思绪便飞回这个某某年，但是他已经记不清某某年的许多情形了，这时候，账本就帮助他回忆，从账本上的内容，他可以想起当年的一些事情。比如有一次他拿了一九八六年的账本出来，他先回想一九八六年是一个什么样的年头，但脑子里已经没有具体的印象了，账本上写着：一九八六年二月，支出部分。二月三日支出：十六元二角（酒：二元；肉皮：一元；韭菜：八角；点心：一元；蜜枣：一元三角；油面筋：四角；素鸡：八角；花生：五角；盆子：八元四角）。在收入部分记着，一月九日，自清月工资：六十四元。

当年的账本还记得比较简单，光是记账，但只是看看这样的账，当年的许多事情就慢慢地回来了。所以，当自清打开旧账本的时候，总是一种淡淡的个人化的享受。

如果一定要找出一点实际的作用，在自清想来，也就是对下一代进行一点传统教育，跟小孩子说：你看看，从前我们是怎么过日子的；你看看，从前我们过个年，就花这一点钱。但对自清的孩子来说，似乎接受不了这样的教育，他几乎没有钱的概念，就更没有节约用钱的想法，你跟他讲过去的事情，他虽然点着头，但是目光迷离，你就知道他根本没有听进去。

自清开始的时候可能是因为经济条件差，收入低，为了控制支出才想到记账的。后来条件好起来，而且越来越好，自清夫妻俩的工作都不错，家庭年收入节节攀升，孩子虽然在上高中，但一路过来学习都很好，肯定属于那种替父母拨份儿的孩子，以后读大学或者出国学习之类都不用父母支付大笔的费用，家里新房子也有了，还买了一辆车，由家属开着，条件真的不错，完全没有必要再记账。更何况，这些账本既没有什么实际的用处，却又一年一年地多起来，也是占地方的，自清也曾想停止记账这一习惯，但也只是想想而已，他做不到，别说做不到不记账，就算只是想一想，也觉得不行。一想到从此以后再也没有账本了，心里就立刻会觉得空荡荡的，好像丢失了什么，好像无依无靠了，自清知道，这是习惯成自然。习惯，真是一种很可怕的力量。

那就继续记账吧。于是日子就这样一年一年地过去了，账本又一本一本地增加出来。每年年终的那一天，自清就将这一年的账本加入到无数个年头汇聚起来的账本中，按年份将它们排好，放在书橱下层的柜子里，这是不要公示于外人的，是自己的东西。不像那些买来的书，是放在书橱的玻璃门里面的格子上，是可以给任何人看的，还是一种无言无声的炫耀。大家看了会说，哇，老蒋，十大藏书家，名不虚传。

现在自清打开书橱下面的柜门，就发现少了一本账本，少的就是最新的一本账本。年刚刚过去，新账本刚刚开始使用，去年的那本还揣着温度的鲜活的账本就不见了。自清找了又找，想了又想，最后他想到会不会是夹在旧书里捐给了贫困地区。

如果是捐给了贫困地区，这本账本最后就和其他书籍一样，到了某个贫困乡村的学校里，学校是将这些捐赠的书统一放在学校，还是分到每个学生手上，这个自清是不知道的。但是自清想，这本账本对贫困地区的孩子来说，是没有用处的，它又不是书，又没有任何的教育作用，也没有什么知识可以让人家学的，更没有乐趣可言，人家拿去了也不一定要看。何况自清记账的方式比较特别，写的字又比较潦草，乡下的小孩子不一定能看懂，就算他们看得懂，对他们也没有意义，因为与他们的生活和人生根本是不搭界的。最后他们很可能就随手扔掉了那本账本。

但是对于自清来说，事情就不一样了，少了这本账本，自清的生活并不受影响，但他的心里却一阵一阵地空荡起来，就觉得心脏那里少了一块什么，像得了心脏病的感觉，整天心慌慌意乱乱。开始家属和亲友还都以为他心脏出了毛病，去医院看了。医生说，心脏没有病，但是心脏不舒服是真的，不是自清的臆想，是心因性反应。心因性反应虽然不是器质性病变，但是人到中年，有些情绪性的东西，如果不加以控制和调节，也可能转变成具体的真实的病灶。

　　自清坐不住了，他要找回那本丢失的账本，把心里的缺口填上。自清第二天就到扶贫办公室去，他希望书还没有送走，但是书已经送走了。幸好办公室工作细致，造有花名册，记有捐书人的单位和名字，但因为捐赠物物多量大，不仅有书，还有衣物和其他物品，光造出来的花名册就堆了半间房。办公室的同志问自清误捐了什么重要的东西，自清没敢说实话，因为工作人员都很忙，如果知道是找一本家庭的记账本，他们会觉得自清没事找事，给他们添麻烦。所以自清含糊地说，是一本重要的笔记本，记着很重要的内容。工作人员耐心地从无数的花名册中替他寻找，最后总算找到了蒋自清的名字。自清还希望能有更细致的记录，就是每个捐赠者捐赠物品的细目，如果有这个细目，如果能够记下每一本书的书名，自清就能知道账本在不在这里，但工作人员告诉他，这是不可能的，其实就算他们不说，自清也已经认识到这一点。也就是说，自清在花名册上找到自己的名字，名字后面的备注里写着"捐书一百五十二册"，就是这件事情的结局了。至于自清的书，最后到了哪里，因为没有记录，没人能说清楚。但是大方向是知道的，那一批捐赠物资运往了甘肃省，还有一点也是可以肯定的，自清的书和其他许许多多的捐赠物品一样，被捆扎在麻袋里，塞上火车，然后，从火车上拖下来，又上了汽车，也许还会转上其他运输工具，最后到了乡间的某个小学或中学里。在这个过程中，它们的命运是不可知，是不确定的，麻袋与麻袋堆在一起，并没有谁规定这一袋往这边走那一袋往那边走，搬运过程中的偶然性，就是它们的命运。最后它们到了哪里，只是那一头的人知道，这一头的人，似乎永远是不能知道的。

其实这中间是有一条必然之路的，虽然分拖麻袋的时候会有各种可能性，但每一个麻袋毕竟是有它的去向的，自清的麻袋也一定是走在它自己的路上，路并没有走到头。如果自清能够沿着这条路再往前走，他会走到一个叫小王庄的地方。这个地方在甘肃省西部，后来小王庄小学一个叫王小才的学生，拿到了自清的账本，带回家去了。

王才认得几个字，也就中小那点水平，但在村子里也算是高学历了。他这一茬年龄的男人，大多数不认得字，王才就特别光荣，所以他更要督促王小才好好念书，王才对别人说，我们老王家，要通过王小才的念书，改变命运。

捐赠的书到达学校的那一天，并没有分发下来。王小才回来告诉王才，说学校来了许多书。王才说，放在学校里，到最后肯定都不知去向，还不如分给大家回家看，小孩可以看，大人也可以看。人家说，你家大人可以看，我们家大人都不识字，看什么看。但是最后校长的想法跟王才的想法是一致的。他说，以前捐来的那些书，到现在一本也没有了，与其这样，还不如分给你们大家带回去，如果愿意多看几本书，你们就互相交换着看吧。至于这些书应该怎么分，校长也是有办法的，将每本书贴上标号，然后学生抽号，抽到哪本就带走哪本，结果王小才抽到了自清的那本账本。账本是黑色的硬纸封皮，谁也没有发现这不是一本书，一直到王小才高高兴兴地把账本带回家去，交给王才的时候，王才翻开来一看，说，错了，这不是书。王才拿着账本到学校去找校长。校长说，虽然这不是一本书，但它是作为书捐赠来的，我们也把它当作书分发下去的，你们不要，就退回来，换一本是不可能的，因为学校已经没有可以和你们交换的书了，除非你找到别的学生和他们的家长愿意跟你们换的，你们可以自由处理。但是谁会要一本账本呢，书是有标价的，几块，十几块，甚至有更厚更贵重的书，书上的字都是印出来的，可账本是一个人用钢笔写出来的，连个标价都没有，没人要。王才最后闹到乡的教育办，教育办也不好处理，最后拿出他们办公室自留的一本《浅论乡村小学教育》，王才这才心满意足回家去。

那本账本本来王才是放在乡教育办的，但教育办的同志说，这东西我们也没有用，放在这里算什么，你还是拿走吧。王才说，那你们不是亏了么，等于白送我一本书了。教育办的同志说，我们的工作都是为了学生，只要学生喜欢，你尽管拿去就是。王才这才将书和账本一起带了回来。

可这教育办的书，王才和王小才是看不懂的，它里边谈的都是些理论问题，比如说，乡村小学教育的出路，说是先要搞清楚基础教育的问题，但什么是基础教育问题，王才和王小才都不知道，所以王才和王小才不具备看这本书的先决条件。虽然看不懂，但王才并不泄气，他对王小才说，放着，好好地放着，总有你看得懂的一天。丢开了《浅论乡村小学教育》，就剩下那本账本了。王才本来是觉得占了便宜的，还觉得有点对不住乡教育办，但现在心情沮丧起来，觉得还是吃了亏，拿了一本看不懂的书，再加上一本没有用的城里人记的账本，两本加起来，也不及隔壁老徐家那本合算。老徐家的孩子小徐，手气真好，一摸就摸到一本大作家写的人生之旅，跟着人家走南闯北，等于免费周游了一趟世界。王才生气之下，把自清的账本提过来，把王小才也提过来，说，你看看，你看看，你什么臭手，什么霉运？王小才知道自己犯了错，垂落着脑袋，但他的眼睛却斜着看那本被翻开的账本，他看到了一个他认得出来但却不知其意的词：香薰精油。王小才说，什么叫香薰精油？王才愣了一愣，也朝账本那地方看了一眼，他也看到了那个词：香薰精油。

王才就沿着这个"香薰精油"看下去了，他无论如何也想不到，他这一看，就对这本账本产生了强烈的兴趣，因为账本上的内容，对他来说，实在太离奇了。

我们先跟着王才看一看这一页账本上的内容，这是二〇〇四年的某一天中的某一笔开支：午饭后毓秀说她皮肤干燥，去美容院做测试，美容院推荐了一款香薰精油，七毫升，价格：六百七十九元。毓秀有美容院的白金卡，打七折，为四百七十五元。

拿回来一看，是拇指大的一瓶东西，应该是洗过脸后滴几滴出来按在脸上，能保湿，滋润皮肤。大家都说，现在两种人的钱好骗，女人和小人，看起来是不假。

王才看了三遍，也没太弄清楚这件事情。他和王小才商榷，说，你说这是个什么东西。王小才说，是香薰精油。王才说，我知道是香薰精油。他竖起拇指，又说，这么大个东西，四百七十五块钱？它是人民币吗？王小才说，四百七十五块钱，你和妈妈种一年地也种不出来。王才生气了，说，王小才，你是嫌你娘老子没有本事？王小才说，不是的，我是说这东西太贵了，我们用不起。王才说，呸你的，你还用不起呢，你有条件看到这四个字，就算你福分了。王小才说，我想看看四百七十五块的大拇指。王才还要继续批评王小才，王才的老婆来喊他们吃饭了。她先喂了猪，身上还围着喂猪的围裙，手里拿着喂猪用的勺子，就来喊他们吃饭，她对王才和王小才有意见，她一个人忙着猪又忙着人，他们父子俩却在这里瞎白话。王才说，你不懂的，我们不是在瞎白话，我们在研究城里人的生活。

王才叫王小才去向校长借了一本字典，但是字典里没有"香薰精油"，只有香蕉香肠香瓜香菇这些东西。王才咽了一口口水，生气地说，别念了，什么字典，连香薰精油也没有。王小才说，校长说，这是今年的最新版本。王才说，贼日的，城里人过的什么日子啊，城里人过的日子连字典上都没有。王小才说，我好好念书，以后上初中，再上高中，再上大学，大学毕业，我就接你们到城里去住。王才说,那要等到哪一年。王小才掰了掰手指头,说,我今年五年级,还有十一年。王才说,还要我等十一年啊,到那时候,香薰精油都变成臭薰精油了。王小才说,那我就更好好地念书,跳级。王才说,你跳级,你跳得起来吗,你跳得了级,我也念得了大学了。其实王才对王小才一直抱有很大希望的,王小才至少到五年级的时候,还没有辜负王才的希望,王才也一直是以王小才为荣的,但是因为出现了这本账本,将王才的心弄乱了。他看着站在他面前托着两条鼻涕的王小才,忽然就觉得,这小子靠不上,要靠自己。

王才决定举家迁往城里去生活,也就是现在大家说的进城打工,只是别人家更多的是先由男人一个人出去,混得好了,再回来带妻子儿子。也有的人,混得好了,就不回来了,甚至在城里另外有了妻子儿子。也有的人,混得不好,自己就回来了。但王才与他们不同,他不是去试水探路的,他就是去城里生活的,他决定要做城里人了。

说起来也太不可思议,就是因为账本上的那四个字"香薰精油",王才想,贼日的,我枉做了半辈子的人,连什么叫"香薰精油"都不知道,我要到城里去看一看"香薰精油"。王才的老婆不同意王才的决定,她觉得王才发疯了。但是在乡下老婆是做不了男人的主的,别说男人要带她进城,就是男人要带她进牢房下地狱,她也不好多说什么。王小才的态度呢,一直很暧昧,他只觉得心里慌慌的,乱乱的,最后他发出的声音像老鼠那样吱吱吱的,他说,我不要去，我不要去。可是王才不会听他的意见，没有他说话的余地。

王才说走就走，第二天他家的门上就上了一把大铁锁，还贴了一张纸条，欠谁谁谁三块钱，欠谁谁谁五块钱，都不会赖的，有朝一日衣锦还乡时一定如数加倍奉还，至于谁谁谁欠王才的几块钱，就一笔勾销，算是王才离开家乡送给乡亲们的一点心意。王才贴纸条的时候，王小才说，如数加倍是什么意思？王才说，如数就是欠多少还多少，加倍呢，就是欠多少再加倍多还一点。王小才说，那到底是欠多少还多少还是加倍地还呢。王才说，你不懂的，你看看人家的账本，你就会懂一点事了。其实王小才还应该提出王才的另一些错误，比如他将"一笔勾销"的"销"写成了"消"，但王小才没有这个水平，他连"一笔勾消"这四个字还是第一次见到。

除了衣服之外，王才一家没有带多余的东西，他们家也没有什么多余的东西，只有自清的那本账本，王才是要随身带着的。现在王才每天都要看账本，他看得很慢，因为里边有些字他不认得，也有一些字是认得的，但意思搞不懂，就像香薰精油，王才到现在还不知道它是什么。

在车上，王才看到这么一段："周日，快过年了，街上的人都行色匆匆，但精神振奋，面带喜气。下午去花鸟市场，虽天寒地冻，仍有很多人。在诸多的种类中，一眼就看中了蝴蝶兰，开价八百元，还到六百元，买回来，毓秀和蒋小冬都喜欢。搁在客厅的沙发茶几上,活如几只蝴蝶在飞舞,将一个家舞得生动起来。"

后来王才在车上睡着了,他做了一个梦,梦见一只蝴蝶对他说,王才,王才,你快起来。王才急了,说,蝴蝶不会说话的,蝴蝶不会说话的,你不是蝴蝶。蝴蝶就笑起来。王才给吓醒了,醒来后好半天心还在乱跳,最后他忍不住问王小才,你说蝴蝶会说话吗?王小才想了想,说,我没有听到过。

这时候,他们坐的车已经到了一个火车小站,在这里他们要去买火车票,然后坐火车往南,往东,再往南,再往东,到一个很远的城市去。中国的城市很多,从来没有出过门的王才,连东南西北也搞不清的王才,怎么知道自己要到哪个城市呢。毫无疑问,是自清的账本指引了王才,在自清的账本的扉页上,不仅记有年份,还工工整整地写着他们生活的城市的名称。他写道:自清于某某年记于某某市。

在这里停靠的火车都是慢车,它们来得很慢。在等候火车到来的时候,王才又看账本了,他想看看这个记账的人有没有关于火车的记载,但是翻来翻去也没有看到,最后王才啪地打了一下自己的嘴巴,说,你真蠢,人家是城里人,坐火车干什么?乡下人才要坐火车进城。

其实自清最后还是去了一趟甘肃。当然,他是借出差之便。他和王才一家走的是反道,他先坐火车,再坐汽车,再坐残疾车,再坐驴车,最后在甘肃省的西部找到了小王庄,也找到了小王庄小学,最后也知道了自己的账本确实是到了小王庄小学,是分到了一个叫王小才的学生手里。自清这一趟远行虽然曲折却有收获，可是他来晚了一步，王小才的父亲带着他们全家进城去了。他们坐的开往火车站的汽车与自清坐的开往乡下的汽车擦肩而过。会车的时候，王才正在看自清的账本；而自清呢，正在车上构思当天的账本记录内容。但他在车上的所有构思和最后写下的已经不是一回事了，因为在车上的时候，他还没有到达小王庄。

这一天晚上，自清在小旅馆里，借着昏暗的灯火，写下了以下的内容："初春的西部乡村，开阔，一切是那么地宁静悠远，站在这片土地上，把喧嚣混杂的城市扔开，静静地享受这珍贵的平和。我到小王庄小学的时候，校长不在学校，他正在法庭上，他是被告，学校去年抢修危房的一笔工程款，他拿不出来，一直拖欠着。校长当校长第四个年头，已经第七次成为被告。中午时分，校长回来了，笑眯眯地对我说，对不起，蒋同志，让你等了。他好像不是从法庭上下来。平静，也许是因为无奈，也许是因为穷困，才平静。我说，校长，听说你们欠了工程款。校长说，本来我们有教育附加费，就一直寅吃卯粮，就这么挪下去，撑下去，现在取消了教育附加费，挪不着了，就撑不下去了。我说，撑不下去怎么办？校长说，其实还是要撑下去的，学校总是要办的，学生总是要上学的，学校不会关门的，蒋同志你说对不对。面对贫困的这种坦然心态，在日新月异的城市里是很难见着的。今天的开支，旅馆住宿费：三元；残疾车往：五元（开价二元）；驴车返：五元（开价一元）；早饭：二角。玉米饼两块，吃下一块，另一块送给残疾车主吃了。晚饭：五角，光面三两。午饭：五角（校长说不要付钱，他请客，还是坚持付了，想多付一点，校长坚决不收），和小学生一起吃，白米饭加青菜，还有青菜汤。王小才平时也在这里吃，今天他走了，不知道今天中午他在哪里吃，吃的什么。"

自清最后在王小才家的门上，看到了那张纸条，字写得歪歪扭扭，自清以为就是那个分到他的账本的小学生写的，却不知道这字是小学生的爸爸写的。虽然王小才已经念到五年级，他的爸爸王才才四年级的水平，平时家里的文字工作，都是由王小才承担的，但这一回不同了，王才似乎觉得王小才承担不起这件事情，所以由他出面做了。

自清最终也没有找回自己丢失的账本，但是他的失落的心情却在长途的艰难的旅行中渐渐地排除掉了。当他站到那座低矮的土屋前，看到"一笔勾消"这四个字的时候，他的心情忽然就开朗起来，所有的疙疙瘩瘩，似乎一瞬间就被勾销掉了，他彻底地丢掉了账本，也丢掉了神魂颠倒坐卧不宁的日子。于是，他放放心心地出完这趟公差，索性还绕道西安游览了兵马俑和黄帝陵。

自清从大西北回来，看到他家隔壁邻居的车库里住进了一户外来的农民工家庭。在自清住的这个小区里，家家都有车库，有些人家并没有买车，也或者车是有的，但那是公车，接送上下班后，车就走了，不停在他家，这样车库就空了出来，有的人家就将车库出租给外来的人住。

这个农民工就是王才。王才做的是收旧货的工作，所以他和小区里的人很快就熟悉起来。天气渐渐地热了，有一天自清经过车库门口，看到王才和他的妻子在太阳底下捆扎收购来的旧货，他们满头大汗，破衣烂衫都湿透了。下晚的时候，自清又经过这里，他看到他们住的车库里，堆满了收来的旧货，密不透风。自清忍不住说，师傅，车库里没有窗，晚上热吧？王才说，不热的。他伸手将一根绳线一拉，一架吊扇就转起来了，呼呼作响。王才说，你猜多少钱买的？自清猜不出来。王才笑了，说，告诉你吧，我捡来的，到底还是城里好，电扇都有得捡。自清想说什么却没有说得出来。王才又说，城里真是好啊，要是我们不到城里来，哪里知道城里有这么好，菜场里有好多青菜叶子可以捡回来吃，都不要出钱买的。王才的老婆平时不大肯说话的，这时候她忽然说，我还捡到一条鱼，是活的，就是小一点，鱼贩子就扔掉了。自清说，可是在乡下你们可以自己种菜吃。王才说，我们那地方，净是沙土，也没有水，长不出粮食，蔬菜也长不出来，就算有菜，也没得油炒。自清从他们说话的口音中，感觉出他们是西部的人，但他没有问他们是哪里人。他只是在想，从前老话都说，金窝银窝，不如自家的狗窝，但是现在的人不这么想了，现在背井离乡的人越来越多了。

　　王才和自清说话的时候，是尽量用普通话说的，虽然不标准，但至少让人家能听懂大概的意思，如果他们说自己的家乡话，自清是听不懂的。后来他们自己就用家乡话交流了。王小才从民工子弟学校放学回来的时候，王才跟王小才说，我叫你到学校查字典，你查了没有？王小才说，我查了，学校的大字典有这么大，这么厚，我都拿不动。王才说，蝴蝶兰是什么呢？王小才说，蝴蝶兰就是一种花。王才说，贼日的，一朵花也能卖这么多钱，城里到底还是比乡下好啊。

这些话，自清都没有听懂，但他听出了他们对生活的满意。后来他们还说到了他的账本，他们感谢这本账本改变了他们的生活，让他们从贫穷的一无所有的乡下来到繁华的样样都有的城市。自清也一样没有听懂，他也不知道现在王才每天晚上空闲下来，就要看他的账本，而且王才不仅看自清的账本，王才自己也渐渐地养成了记账的习惯。王才记道："收旧书三十五斤，每斤支出五角，卖到废品收购站，每斤九角，一出一进，净赚四角乘三十五斤，等于十四元整。到底城里比乡下好。这些旧书是住在楼上那个戴眼镜的人卖的，听说他家的书多得放不下了，肯定还会再卖。我要跟他搞好关系，下次把秤打得高一点。"

一个星期天，王小才跟着王才上街，他们经过一家美容店，在美容店的玻璃橱窗里，王才和王小才看到了香薰精油。王小才一看之下，高兴得喊了起来，哎嘿，哎嘿，这个便宜哎，降价了哎，这瓶十毫升的，是四百零七块钱。王才说，你懂什么，牌子不一样，价格也不一样，便宜个屁，这种东西，只会越来越贵，王小才，我告诉你，你乡下人，不懂就不要乱说啊。

颠倒的时光

/// 鲁敏

一

如果,你可以像麻雀一样,从苏北这一带的上空飞过,你会惊奇地发现,这里的田野,现在不是绿油油的,不是黄灿灿的,也不是黑黝黝的,而是,嘿嘿,是白乎乎的啦……无边无际的大棚,白茫茫的,这家的结束了,那家的又起了,远远地瞧下去,像延绵跑动着的小野兽,像波浪起伏、银光闪闪的江河流水……但到了我们东坝这里,大地的色调似乎出现了一些犹豫与停滞,黄的、绿的、黑的、灰的,仍然占据着相当的地位,只在一些边边角角处,白色,方有些羞羞答答的,点缀着,不成气候,不得风流,叫人看着简直有些遗憾。

从这年的秋天开始,木丹,便像是麻雀一样地,总在东坝的上空飞着……他看来看去，左思右想，被邻村里那些白茫茫的东西迷惑着，内心犹如沸水翻滚不止……

二

有人说木丹这是开窍了。男子开窍，有二：先呢，是开女人的窍，渴想床笫之事；再者呢，是开钱的窍，晓得琢磨赚钱之道。

木丹幼年失怙，母又早亡，从十三岁起，就是一个人在东坝过活，承着众人的照应，种着父母留下的四亩地。除了每年清明到坟上磕几个头，他的全部时间都花在了他的四亩地上。或许正因一个人生活得太久，对温良日子的想头比一般的人要大一点。木丹的第一个窍，开得早些，二十出头便娶了邻村的凤子，天天儿地早早关门上床睡觉，有时想了，白天也拴上门拉下帘子耍弄去了……

但对于赚钱之道，他是明显地有些钝了。就像一个娃娃，若是先会走路了，开口必定就迟。总之，别的人，跟他差不多岁数的，前前后后都抬脚走了，到县城去，到省城去，到京城去，总之，不能够再待在东坝，出去，随便做什么……到了年底，再回来时，都是"敢叫日月换新天"的样子，发达了。

木丹呢，这时便混在他们里面，抽着人家丢过来的烟，半仰着头听他们讲外面的见识，眼神望着半空，若无其事的……既不羡也不妒，晚上回来，还是早早儿地关了门按着凤子，忙乎过一大场，倒头便打起呼了。

知道木丹性情的人，晓得他是贪恋东坝这里的水土，不了解的，只当他是懒，是拙，便替他急，要给他寻出路，这样年纪轻轻的，不能光守着几亩田就完事啊。木丹这孩子，就算是成家立业了，东坝的老人们仍是不大放心，他们总还记着木丹父母活着时的样子呢，木丹的事，他们会一直放在心上。

　　——木丹，你眉眼有些文气的，做个俗和尚好吧？碰上白事了，披上袍子敲个小经儿，有烟有酒有红包，多好。

　　——木丹，我看你倒是要学样手艺才好。剃头，做豆腐，打井，多好的营生，农忙了丢下，农闲了拾起，替凤子挣点胭脂钱管够。（胭脂？凤子那种好肤色，哪里要用胭脂。说话的人也知道，但劝年轻人进取么，这样说出来才更漂亮似的。）

　　木丹笑眯眯的，不应也不回，谢了老人家，仍是照常过日子。唉，拿他没办法，白费心思。

三

　　可这年的秋天，像是被夏雷劈过似的，哪里就通窍了，木丹真的突然开始想钱啦。他开始没日没夜地想，连凤子都顾不上压了，总是扑棱一下子，就变成只杂毛小麻雀，飞到东坝的上空，东看西看，左思右想……

　　这几天，他甚至已经想得很具体了，都想到了气味。

　　木丹，不知为何，对气味总特别注意似的。那些从城里回来过年的家伙，一旦说起打工的情形，他们总会避重就轻地提到麦当劳、地铁、水幕电影、购物中心等等，总之都是些特别光鲜有趣的事情。可木丹在一边，稍稍地动动鼻子，总会闻到一些别的……凝固后把衣服僵成硬条条的水泥味，下水道里臭得起了泡泡的泔水味，仓库里铁条与原料桶的塑胶味儿。总之，木丹可以知道，每个人所做的事情，都会像小刀一样，在他们注意不到的地方，刻下细微的印记，并以气味的形式储存在他们的肌肉与皮肤之间，然后，如影随形、不紧不慢地散发出来……即使过了很久，他们换了衣裳，他们回到家乡，木丹总还是可以嗅出来。他们在城里，是工地上的水泥匠，是饭馆里使粗活打下手的，是化工仓库的搬运工……

木丹常常地也会闻闻自己、嗅嗅凤子，到目前为止，他都很满意。他和她，身上都是最纯粹最正宗的东坝味儿。嘿嘿，东坝的味儿，多好呀。受了潮气的柴火，在灶里点着了，那种令人着懊的呛味儿。满地乱滚的雏鸡，处处大便，不小心踩上了，类似青菜帮子的涩味，跟着脚底板四处移动。用粗盐码过的瓜条，萎黄了挂在绳子上，被苍蝇蛾子蚊子好奇地叮过，味道反倒浓郁了似的，清新而瘦弱。想到用它配着稀饭，舌下会突然渗出口水。

不过，大棚，想到那白茫茫的大棚，木丹倒有一些忧戚了。他到邻村玩儿的时候，留意过，甚至还进去待过一小会儿……那大棚，被三层的薄膜撑起来，只要天上有点太阳花儿，里面的温度就会高到二十几度，做活的人一进去就得把衣服脱得半光，男女不避。因为高度有限，得跪着，或弓着腰，要么干脆爬来爬去……

尿素、杀虫剂、发酵的泥土、挣扎着的种子、汗、缺少流通的空气……这些味道混在一起,在高温里搅拌着,往鼻子耳朵眼睛里钻来钻去,每个人的脸都被熏得皱成一团……好像仅仅是这一点,这气味的障碍,让木丹有些拿不定主意,他像麻雀一样,停在半空,不知如何是好了。

四

退了休的伊老师是我们这里顶热心顶有水平的人,听说木丹开了第二窍,要种大棚西瓜,真比他故去的父母都要高兴。

他过来替木丹算账,像在课堂给学生讲课,以无形的空气做黑板,一行又一行写得挺挺括括。

喏……我都替你打听好了。你家的四亩地,太少,要再租上个六亩,凑个整数,手笔大一点。租金么,每亩大约是八百块……到了高峰期,还要雇二两个小工,他们每月的工资,听说外面都是一千块的行情……这些还算是小钱,贵是贵在种子、薄膜、竹架子、电线和照明灯、肥料、杀虫剂,听说,每亩都要三千块左右的成本……伊老师一边说,一边注意地瞧着木丹的神情,怕把他给吓住的样子,不过,后者,眼睛一眨不眨的,只专心望着空中的黑板,像那些上课走神的学生。

伊老师索性不管了,狠下心继续往下讲:最主要的,人是要吃苦的,从大棚第一天张起来,就不能睡囫囵觉,特别是冬春之交,下雪刮风了,得守着棚子,哪里裂开一道口子,哪里掀掉一个角,寒气进去了，就全部完蛋，所有的瓜苗会在一夜之内全都冻得死光光……当然了，苦尽甘来，如果你侍弄得好，大棚会报答你的，清明一过，就让你天天儿地摘瓜、卖瓜，一直卖到中秋节……总之，我替你算过，从最高价钱的头瓜到最贱的脚瓜，每亩都会让你卖出五六千块的样子……这样，木丹，你自己看，多少可以赚一些钱的……他的手在无形的黑板上有力顿了两笔，像画了个硕大的等于号，用力得把粉笔都写断了。

木丹把头侧过去，眼珠略有点斜，好像他是坐在第一组的学生，而黑板上的字，被伊老师写到第四组那边，他看不清了……

嗳，木丹，看什么呢？伊老师狐疑起来，也回过头看看他身后的虚空。

没什么……只是，我刚才突然想到……我忽略掉西瓜的味道了，那大棚里，到最后，一定满是西瓜的香甜气，从清明一直到中秋……要能在那种香气里待上几个月，也是不错的吧……

这么地，木丹就此决定下来了。

伊老师高兴坏了，以为是他的一番算术起了作用，而且立竿见影呀！话音刚落，不，话音还未落呢，木丹就从善如流了！还有比这更能让人自豪的事吗？在他从木丹家返程的路上，关于木丹要租十亩地种大棚西瓜的消息，像浓郁的香料一样，飘到了东坝的每一个角落，连刚刚生下来的小羊都知道了……初生的羔羊，身上粘一层油亮的液体，两只腿打着晃，喜悦地挣扎着，发出动人心弦的第一声叫唤，温柔得像秋天的最后一丝晚风。

五

刚进腊月,像人们曾经在邻村看过的那样,木丹的大棚竖起来了,跟突然发胖的女人似的,像模像样,到处粗粗白白,猫着腰走进去,田畦也是齐齐整整的,像是众神仙替他一行行仔细捋出来似的。人家吃惊地张开嘴巴,紧接着又小嘴不停了,问出各样好奇的问题,好像木丹与凤子两个,不仅长了三头六臂,还长了八片嘴唇,十二块舌头。

哦,你们这畦里用的是河里的淤泥呀,怪不得这样黑,这样难闻呢……最好,这样很肥的,木丹你个家伙,看不出脑子还真好使……

咦,地上这些硬硬的是什么,是地热层……通了电会发热?唉我的妈呀,真是高科技,不得了!

那么,地上还铺什么塑胶膜,太浪费了……哦,防虫,对的,虫从土起……

……

是啊,说起来,这还是东坝第一次有这样大规模的大棚呢,这大棚不只是木丹的,是东坝所有人家的。他们作势推推架子,又捅捅薄膜,有人解了衣服,夸张地嚷热,早有半大的孩子从家里翻出块缺角的温度计,举在手上等着红色的水银像该死的蜗牛一样慢慢地往上爬……

有人再回头看看木丹,才发现他是瘦了一些,而凤子,也少了些水灵气——要在往年,腊月头上,正是贴秋膘的时候呢,正是睡女人的时候呢。老人们在心里欢喜地笑笑,觉得瘦下去的木丹,好像突然出息了。

六

而呼啸的北风,说来就来了,那样地大,声音又响,像小兽在屋前屋后呜呜地哭,人人都冻得挂起了清鼻涕,拢着两只袖口贴着墙根慢慢地走——木丹的大棚里却宛若盛暑,他和凤子都热得衣衫不整了,汗水在鼻尖处汇聚起来,固执地支棱着,悬挂很久之后,才慢吞吞地滴下去,滴到淡绿柔弱的瓜蔓上,碎得无影无踪了。

总是在这样的时候,木丹会突然地失声笑出声来,吸一口气,欲言又止的样子。凤子不抬头,只顾着顺藤,把主藤和副藤分开,让前者好好准备开花打朵儿,让后者知趣地趴到地下慢慢萎掉。

木丹躬着腰磨磨蹭蹭地往凤子的方向挪过去。凤子的棉毛衫,不知为何,在腋下破了一个大洞,从一个特定的角度,可以清楚地看到她的内衣——白白的小汗褂子,最鼓处有一点深色的晕,好像也已是湿透了。

他又自顾淡笑了一声,终于还是自说自话了:凤子,你要实在热,再脱一件也没事儿。看我。他一边急急忙忙地扒掉衬衫,赤裸出半身,再接着往下说。反正这大棚隔着三道薄膜呢,外面谁也瞧不见咱们。

凤子也仰头看了看，四周都是白白的一片，依稀能瞧见外面有颗发黄的小太阳似的，风一阵紧过一阵，棚内棚外，这种时节上的落差令人不安……木丹这一说，她是更加地觉得燥热了，浑身蹿着火儿，有什么东西给她拳打脚踢一番才好，可是能有什么呢，永远是这些没完没了的瓜蔓儿瓜藤儿，像乱麻这般，又像丝线那般，爱也不是烦也不是。

木丹继续往这里挪，凤子看看他略带羞涩的样子，倒是明白了。木丹这家伙一向这样，虽是两年的夫妻了，要做起那事了，他总会突然间局促起来，像苍蝇一样在四周打着转儿，不敢落脚……他这里一转，凤子终于也明白了，刚才为什么憋得难受，原来跟这"苍蝇"一样，想的是一码事儿呢。

可是，在大棚里，不太好吧……而木丹这时已经在碰她的手了，轻得像苍蝇在搓脚……

得了，就这里吧……的确，是人热了，凤子脱下毛衫，小背心褂子果真是湿透了，她低下头看自己，木丹也在盯着……

他们慢慢地、有节制地躺到地上，木丹替凤子垫上了他的外衣。身子有些放牢了，凤子的脸向一边侧去，快要躲到瓜叶里了，绿的瓜叶遮住她两只亮亮的眼了，却又衬出她汗白的身子了……木丹这下没有耐心了，也没有害羞了，他开始突然袭击，他的脚抵着一小块田畦，伸缩之间，后者很快成了一堆散土儿……可木丹还在抵着，向下抵了，地上慢慢地倒弄个小坑来……

七

这个晚上,木丹与凤子,真是睡得特别好了。

为了预防风雪,他们在大棚的一侧搭了个供人过夜的小棚,里面有张小床,但因为气味,是啊,因为味道不好,木丹不大愿意睡在这里,而凤子,一个人也是不行的。因此,他们平常总是回家去睡,因此便睡得特别地不安稳,像狗一样,把耳朵贴着地面——他们是恨不能贴着屋檐,这样,一旦有个风吹草动,套上衣服就能直奔大棚了……好在,这大棚是争气的,大半个腊月下来,一次事都没出过。

不过这一天,他们倒决定就留在小棚睡了,从大棚里软绵绵地出来,浑身还冒着热气……他们甚至都不用穿上褂子了,就那样前胸贴后背的,搂着睡下去,多美。

漫漫的夜,就在他们的搂抱之中来了。很久没有这样畅快地睡凤子了,木丹的困倦像影子一样地爬上来,他奓着耳朵,当真就睡着了——反正是睡在大棚边上,不必像平日那样悬着心思了。

而今冬的第一场大雪,就在这个夜里静悄悄地来了。

东坝这里的冬天,总是这样,不下雪的时候,风就刮得像要死人一样,树啊房子啊草垛啊,都给它吹得纷乱不堪……可一旦下起雪来,怪了,风便一下子遁于无形了,只有雪,成了天地唯一的主宰,铺头盖脸地罩下来,一个时辰就叫世间换了颜色……每到下雪的晚上,人们都会睡得特别地深沉,深沉到那种地步,好像整个村子都进入静止与死亡了。

白雪便在无声中一层层地落到木丹的棚子上。开始,像精致的女人在往脸上敷粉;接着,像不精致的女人往脸上涂粉;再着,像精打细算的小漆匠了;再接着,像不要过日子的小漆匠了,拿着桶往下倒白漆了……木丹大棚的薄膜,开始吱吱地绷紧了,架子与架子间的绳子,缓慢地摩擦纠缠。有些性急的雪都开始化了,把薄膜下部用来压脚的沙包泡得软起来,以不可觉察的速度往下塌着。

而我们的木丹与凤子,还半裸着身子,凤子的前胸贴着木丹的后背,抱着,睡得像死去了一样呢。这种落雪之夜,睡眠总是像迷药一样,没人会醒得来的。

八

伊老师是被小便憋醒的。年纪毕竟是人了,总是要小便,在冬天,这简直太麻烦了,抖抖缩缩地起来了,端着家伙,站得浑身冰凉,却只挤下可怜的几滴。

这个晚上,他一边挤着小便,一边地突然觉得有些不对。外面,怎的这样静呢?

直觉像闪电一样突至,是了,一定是落雪了。再说,他有些惭愧于刚才所谓的直觉了——昨晚,他听了天气预报,似乎也提到,未来几天,有雪雨的,看来,是提前了……

小便挤完了。他重新缩回去,但在身子埋入被窝的那一个小小瞬间,他停住了。

大棚,木丹的大棚!

伊老师像年轻人一样腾地起来了,裹上棉袄,推醒脚头的老伴,又拉开了门栓,跑了出去,一家家地敲门,嘴里只喊一句"木丹的大棚,大棚要塌雪了!"有的人蒙眬而短促地应了,有的却没有声息。

脚下的雪已经很厚了,咯吱咯吱的,平常,伊老师顶爱听这个动静了,可这会儿不行,越听越急,浑身都要冒汗了……

等伊老师高一脚低一脚地跑到木丹的大棚,那连绵的白波浪前已有一些影影绰绰的人影了,个个儿地努力踮着脚,手里拿着各样救急的家伙,纷乱而有序地从棚顶上往下捋雪了。还有人从家里拿着东西陆续地来了,鼻子里闷闷地打个短促的招呼,脚下咯吱咯吱的声音响成一片……险情眼见着也就下去了。这会儿,再听听,伊老师又觉出那咯吱声的好来了。

来帮忙的大多是像他这样年纪的半号老头了,看来,小便都不好吧……再说,年纪轻的那些,又哪里会睡在东坝呢?他们都睡在县城,睡在省城,睡在京城,睡在不知哪里的异乡,不知哪里的床铺上呢……伊老师突然地想到这些,略有些伤感,更加觉得木丹这孩子有些天可怜见似的。咦,木丹人呢?他张着眼睛四处看,眉毛睫毛上都挂了雪水,有些朦胧不清。

这时分,像开玩笑似的,雪倒慢慢地小了,大家靠拢了开始说话,还有人递烟,黑里一亮一亮的。终于有人摸到小棚子里一边骂一边揪出木丹，后者匆忙地裹着件脏兮兮的军绿大衣钻了出来，两只迷迷瞪瞪的眼里略有些惊惶和后怕，看大家天神般地站成一圈，要打自己似的，倒又吸吸鼻子，有些害羞地笑起来。

有来帮忙的女人，钻到棚子里暖和身子，不知看到什么或是说了什么，在里面掐住凤子，女人们尖叫打闹起来。这在深夜里，听上去真有些不合体统，但因是刚刚经了一险，老人们也都宽容了，嘟囔了各自慢慢往家走了。

九

那个风雪之夜过后，不知为何，木丹竟有些心思似的。晚上，他常常会跑到寒天冻地里去，蹲在东坝唯一的那块小塘前。

冬天的夜，空气清冽得叫人透不过气儿。有些未化的雪，藏在背阴的角落，像等着什么约会似的。

凤子找寻过来。为了味道？她问木丹。

她知道木丹的鼻子一向挑剔，自从吃了上次的教训，木丹现在每晚都睡在小棚里。虽有门帘隔着，大棚的味道仍是一阵一阵钻进小棚——肥料在地下沤着，旧瓜叶在上面烂着，热气又分分秒秒地蒸着。唉，不要说他，连她都是有些够了。

木丹动动鼻子，没回答。他有点说不清楚的惆怅。

他想起从前的那二十几个冬天，每年冬天的第一场雪，都是他最快活的时候，好像等了一个漫长的年份，就是为了这场白而浩荡的雪似的。雪盖住柴火堆，盖住高低不平的沟道，盖住羊圈的栅栏,盖住黑乎乎的烟囱,看到那些,木丹总高兴得要手舞足蹈。他会跑到雪地里,打着喷嚏,拼命地吸入雪的味道,天哪,雪没有任何味道!可是他总要无数次地捧起它们,贪婪地往鼻尖处涂抹……

而这次,雪怎么就差点成了祸害了?他觉得他对不住雪,人家是按时分到的,人家是约好到年底就来的,只因他伺弄起大棚瓜了,倒把相交多年的雪给撇到一边了,这算什么,为什么要跟雪对着干呢?

——这些想法,有些乱糟糟的,怪天真的,跟凤子怎么说得清楚呢?

十

到了腊月二十之后,要忙年,这就不是一般地忙了。男人们负责鱼肉鲜货、对联与喜庆,以及答应孩子的旺旺礼包、动画书或衣衫之类,有大有小,都是家中早就计划好的添置。总之,他们总要到县城里去采买花费。女人们则要蒸馒头,做糯米糕,做团子,炸肉丸子,熬花生糖,她们在灶头里忙得团团乱转。整个东坝,成了一口巨大的锅似的,各种五颜六色的味道,在田埂和河道间飘来飘去,连狗都慌乱得顾不上叫唤了,一路小跑,仰着头等着孩子赏赐骨头。

木丹与凤子的大棚,却也到了第一个要紧处:给藤打叉,留着有了花苞的藤,反之,则一刀剪掉。

木丹与凤子，原来也算是喜欢整洁的两个年轻人，这一个多月下来，倒有些邋遢相了，日日弯腰弓背，头发胡乱散着，吃食上也是随便对付，常常是炖了一大锅厚粥来，就着腌辣条分几顿吃掉。

好在瓜苗是有情意的，长得很旺，藤叶密密匝匝，映得连大棚的四壁都泛起了青色。人走在里面，总有种恍惚之感，不知今夕何夕了。

邻村有懂得的大棚老手过来看了，却说叶子太多，要打叉，要剪枝。总之，他一句话说下来，木丹与凤子又忙得半死，葱绿的藤条，是留还是剪，总让他们取舍不定，好不容易长出来的叶子，一片片都是心肝宝贝，剪下每一刀都心疼得很……偶尔直起腰来对视，两人的眼神竟都有些茫然了，这与世隔绝的苦累，这不知尽头的活计，这凶吉未卜的收成……

剪下来的绿枝蔓，还鲜美着呢，摸在手上，有点毛痒痒的刺。木丹把绿油油的废藤卷成一团，送到羊圈。

在冬季，羊是最可怜的，吃不到一口青，能喂它们的都是秋天收割下来的麦秸秆之类，僵硬焦黄，只在秆子的深处残存着变了味的水汁。要能吃到这大棚里刚剪下来的嫩枝叶，它们真要高兴得撒蹄子吧。

木丹把绿得刺眼的瓜藤挂到羊圈的栅栏上，老羊、小羊呆住了似的，满腹犹疑地伸过头来嗅嗅，再嗅嗅，最终却还是掉开头去，去啃那地上的旧玉米苞皮了——这可真奇怪，可真叫人生气！

怎么会这样呢，难不成这羊脑袋里，还挂个口钟，还掐算着时节，知道在冬天，它们就应当啃枯草根？！

木丹百思不解地从羊圈往回走，嘴里怏怏不乐地含了一根瓜藤——羊不吃，他吃。经过小河塘，他又痴痴地站了下来。河塘上有一层薄冰，大约有孩子刚玩过冰漂，冰上扔的全是各种小石子及文蛤壳。河塘边一片萧杀，竹子、桑树条、向日葵桩，全都灰扑扑地站着，有种返璞归真的冷淡似的，全然不理会木丹的惆怅。

唉！唉。唉——

这大棚！

十一

有一日，木丹到镇上去买氮肥，像是什么大发现似的，一回到棚子里，就对着凤子大嚷起来：唉呀，咱们竟差点忘了，快过年了！幸亏我去得巧，那店铺老板都要打烊回家了……你快来，看我给你买了什么？

凤子凑近了一看，是两块香肥皂，一大瓶的海飞丝。唉呀，她哭笑不得，这就算是年货了？！

木丹笑嘻嘻的，情绪好像因为要过年而突然地高昂起来：匆匆忙忙，来不及想了。不过你瞧我们两个，像从洞里爬出来似的……等明天中午太阳好的时候，我们好好烧点水，在棚子里洗把干净澡，浑身香喷喷的，不比什么都强。海——飞——丝——

你念念这三个字!

木丹陶醉地吸吸鼻子,像是突然走进一个香味的隧道似的,连日来的疲倦、与外世的隔膜、对大棚瓜的复杂感怀,竟淡下去不少。

木丹的大棚里可以洗澡!

这消息就像是凤子头上的海飞丝香味一样,以最小的分子、最强大的力量传播到空气里去了,混杂在那些烈火烹油的肉香里,人人都为之精神一振。是呀,洗澡,这是东坝人在过年前的最后一件大事,也是一件难事。

说了不怕外乡人见笑,在咱们东坝,没有公共浴室,各家各户里也没有取暖的新式玩意,到了冬天,不管多讲究的小媳妇,或是多派头的村干部,洗澡这件事,总是删繁就简二月花的,或者,干脆说吧,不仅从简,还从无了,一两个月都不洗,一直到要过年了,因要换新衣裳、换新气象,女人才会挑了有太阳的好天气,烧出几大锅水来,一大家子来轮流洗。而这种洗澡,咳,咳,怎么说呢,没说的,就是挨冻,冻得浑身鸡皮疙瘩,乃至伤风感冒⋯⋯而身上的脏呢,倒没掉下多少,只不过心里面,觉着很安慰很整齐了,左邻右舍碰上了,会冲着太阳打个响亮的喷嚏,报告这个大事情:今天,我们一家子把澡给洗了。

可是!现在!木丹的大棚,二十几度呢,热烘烘的!没有一丝儿风!热水总也不会凉!可不美死人了嘛!

于是,在春节前的最后几天,木丹的大棚成了整个东坝最热闹最离奇的处所——

似乎整个东坝的老少都倾巢而动了,夹着毛巾,夹着白而新的毛衫,女人还拿着梳子和发带,孩子则抱着小板凳,老人们带着丝瓜条,这玩意儿,下脏最管用的……一开始,有些混乱,这个要进了,那里还没出来,女人半敞着怀,牵着的小孩子拖着鼻涕四处乱跑……

伊老师真是有本事,真是有魄力,他果断地站出来,替大家排次序了——到底是做数学老师的出身,他把全村的人数一统计,男女老少一分类,再除以过年前剩下的日子,不多不少,每天该着几位,男女如何搭配,安排得极为妥当,实在是妙极了。

不过,伊老师竖起一根指头,像强调一个附加题的重点与难点:我有个建议。接着,他放低声音,与打算洗澡的人们交头接耳,大家也都心领神会地点头。

于是,在约定的洗澡时间之前,他们当中有些人,会提前很多时间就到木丹的棚子里来,假装很好奇似的,看木丹与凤子做活。西瓜藤么,又不是第一次看到,他们很快就会上手,便自顾找一个长畦,也给藤分起叉来……木丹与凤子有些吃惊,慢慢地看出大家的用心,便拉扯起来,哪能让大家都吃这个苦呢——

也的确是吃苦呢,不过帮一两个小时的忙,人们都感到腰肢要断了似的,汗要把皮肤腌成咸肉似的,眼睛看藤都发花得要打瞌睡了。木丹与凤子越是拉,大家越是要做。他们是真没有想到,这大棚的活儿,这样吃紧,想他们两个,天天儿地一声不吭埋在里面做，十亩地呢，真是吃了大苦了。

木丹见拉不住，便拿出他最喜欢的香肥皂与海飞丝来，作为大家洗澡时他的招待……嘿嘿，这样，在春节来临之前，我们东坝的上空，所有湿漉漉的脑袋上，全都飘荡着木丹最喜欢的海——飞——丝——啦。

另有些婶子媳妇儿的，见插不上手，或者是怕做不好那瓜藤活计，就从家里找些吃食，点了红花绿纹的白米糕，冻好的肉团子，大捆的青蒜与白菜，连头带尾的红烧鱼，满盆满罐地往木丹的大棚里送，又怕里面温度太高，就搁在棚外的寒地里，红红绿绿的，看得木丹口水都要掉下来了。他蹲在那些吃食前大口地吸气，无限满足，对凤子说：年货不用买了，我看什么都不缺了。

伊老师最会锦上添花，他两只手恭恭敬敬地平举着，替木丹"请"来了五六个威风凛凛的武将门神，挨个儿地贴在大棚的各个入口处。风飒飒的，很难贴，花费了许多时辰才粘牢。他满意地哈着手，对木丹说：这门神会保佑你的，开了春，就开花结果卖大价钱。

果然。

年三十儿，木丹跟凤子在棚子里喝酒吃菜看电视晚会，喝到快要醉了，忽然听到凤子失声地叫起来：看，这里，开出一朵小花了。

那黄而小的花，开在大年夜，羞怯而骄傲的，一言不发，却又千言万语，木丹屏心静气地蹲在一边，听了小半夜。

十二

北风呼啸,大地冰冻。万物萧瑟,百种安眠。可木丹大棚的春天来了,特别有模有样地来了。

嫩黄色的花骨朵像痴情的女人似的,这里冒出一朵,那里绽出两颗;又像最纯洁的星星似的,在深绿的藤蔓上,天真无邪地睁着圆圆的眼……西瓜花的这种黄,刚出来,撒娇得很,胆怯地躲躲藏藏,过几天,便慢慢老练起来,骄傲得很,完全瞧不起人间烟火似的……是啊,它们真可以瞧不起人间烟火,没有风吹过,没有雨打过,那般完美无瑕、娇弱可怜,竟是像假的一样了……

而世上的事情,原本就是要这么配的——光有那些绿叶子时,大棚里好像有些平常,可叫这黄色的花儿一缀,空气都换了颜色似的……就好比是,大道上远远地走来一个男人,大家都看不见似的,若他旁边偎着个姣好的女子,便很引人注目了……

木丹喜笑颜开,嘴巴里一阵翻滚,却憋不出像样的词句。

颠倒了,真是完全颠倒了。他最终只好翻来覆去地这样感叹。

正月里,正是走家串户的好辰光,人们穿着新衣,袖着两只手,也会到木丹的棚子里转转。这里繁花似锦、生机热烈的样子也让他们张口结舌了,个个回声般地跟在木丹后面重复:颠倒了,这哪里是冬天呢,完全是阳春三月呀……完全地颠倒了……

人们一起乐观地笑起来,他们好像都长了一双能够拨冗去雾、预见未来的慧眼似的,从花便看到果子,从果子便看到钱了。

不是！跟真正的春天不一样，没有蝴蝶飞飞，没有蜜蜂嗡嗡！一个正在念书的孩子叫起来，他在书上背过春天，背得都烦死了，所以也记得特别清晰了——哪一篇春天的文章不会提到蝴蝶与蜜蜂呢！

是啊，人们个个儿恍然大悟，这花，开是开得好，可现在，没有蜂也没有蛾子，倒如何结出果子来呢？他们转过脸去盯着两个年轻人，他们分明是又瘦了一圈了。

凤子掉过头去不搭理，木丹则略有些迟疑地说：人工授粉……我们到邻村学过，要……人工授粉……

木丹这话声犹在耳呢，转眼间，瓜花们就开得很盛了，像饥渴的嘴，里面毛茸茸的，果柄长而粗，从厚厚的子房里伸出来，这是雌花。而雄花，颜色就更加地鲜艳，花冠大而开放，黄色的蕊上，花粉肥嘟嘟着，拼命地想引起蜜蜂之类的注意——现在，只能是引起木丹与凤子的注意了，还有另外两个短工。因为忙不过来，他们请了两个半大的孩子。

他们四个人，像蜜蜂嗡嗡，像蝴蝶飞飞，要赶在每天的上午，把新开的雄花一朵朵地摘下来，把花瓣外翻，露出雄蕊，然后找到那些张着小嘴的雌花，倒扣过来，在她的柱头上轻轻揉弄，像涂胭脂似的，让黄色的花粉完全地粘上去……一般一朵雄花可以涂两三朵雌花……

真好玩呢。一朵雄花，为什么得配两三朵雌花？木丹一边忙着，一边自言自语似的，却又故意地往凤子那里瞟。

凤子却虎着脸——她很不喜欢"人工授粉"。这四个字,讲出来,总像是粗话似的,而做起来,动作又那样地下流……而且,木丹竟会因此特别得意似的,到了晚上,也像发情了似的,倒扣到她身上,模仿着授粉的动作,揉弄着……

两个帮工到底还是孩子,因是头一次独立打零工赚钱,又是这样好玩的活计,竟十分兴奋了。他们按照木丹的要求,剪了许多小红线,亦步亦趋地跟在后面,凡是授过的雌花,都要系上一条儿作为记号——等到第二天,就要凭了这红线一一查看,如果雌花花柄开始弯曲下垂了,说明是"授上了";反之,如若她仍然饥渴着向上或向前直伸着,则说明"没授上",得替她重新授……

一整个上午,他们是蜜蜂,到了下午,则又成了机器人,一人背着台喷雾器,打"保果灵"。

"保果灵"是很关键的药分,关系到结瓜的质量与数量及稳定性、成活率,一步也少不得。这"保果灵",闻起来有些腥气,又有些农药气,还有点令人倒胃的甜丝丝……但看上去还不错,四根喷雾器一起劳动起来,白而发亮的水汽在大棚里一层层地弥漫着,叶子与花就全部湿漉漉的,像大雾之后的清晨……如若碰上太阳强烈的天气,简直像是升起了无数道彩虹……彩虹下面,绿的叶,黄的花,红的线,简直是人间至美之景了。

凤子捅捅木丹:味道!味道怎么样?

木丹木着张脸,喘着气忙着喷洒,想来满鼻子都是"保果灵"的味儿。他一时没有理会,或者是想如何回答。过了好久,打完他的那一眨,他终于说,语气倒也不是特别地伤心:我的鼻子,怕是要坏了,现在,什么都闻不出了……都不知道,第一个瓜结出来,我还能不能闻到它的香甜气……

十三

打了春,赤脚奔。人世间真正的春天终于傲慢地、慢吞吞地到来了,到这个时候,整个东坝也像个正在伸懒腰的人似的,快要睁开眼了。各家各户的事情也开始多了,翻地、晒种、下肥、买崽猪、捉鸡苗……一浪推着一浪,谁都躲不开,虽说春日漫长,他们却少有工夫再到木丹的大棚里瞧稀奇了。

倒是木丹,有时会从大棚里出来,窜到别人家的地里去,他也不怕冷,把鞋袜全脱了,两只脚踩到依然干硬着的泥土里,抡起大锹,用力砸起土块——休养了一个长冬的大地,外表坚实,内心温柔。木丹轻轻地一砸,它们就碎了,袒露出黑黝黝的心肠来,有些还湿漉漉的,像是含着去年的冬雪似的……木丹看得喜欢,又从人家手里抓起大把油菜籽,均匀地抛撒开去,一阵吹面略寒的春风刮过,几道飞起来的弧线之下,红而圆润的油菜籽像是极小的珍珠似的,在泥土上织出花布一样的纹路……别人看木丹这专注而痴情的样子,都发起笑来:木丹,这地,你弄了十几年,还没弄够?这哪里比得上你的大棚,不见风不打雨的……

是啊,大棚。木丹有些恋恋不舍地,把冻得发白的脚从黑地里拔出来,又回到大棚里去了。在大棚前,他总要停下来站住,深吸一口气,然后,一个猛子,从外面的初春扎到里面的盛夏。

而这个时候的大棚,的确是怠慢不得的,就像女人快要临盆,进入吃紧的时候了。

授过粉之后,藤蔓上开始坐瓜了。蚕豆大了,拳头大了,小孩头那么大了……一天一个样似的。

这个期间,肥料是一周一次。木丹下了大本钱,用的是豆饼,豆饼揉碎了烂在地里,有种接近于发酵面团的味道,这让木丹很满意……他时常长久地蹲在藤蔓边,像要打盹似的迷糊过去……凤子忙得头发贴在额上,不满地过来推他,他会突然地一惊,却又露出恍惚而神秘的笑:好了,我的鼻子又好了……这豆饼,香得很……

凤子在忙着担水,这一个月,她觉得她都要把村子里那河塘里的水给挑空了……瓜藤们像是无数个吸管似的,吱溜吱溜地拼命往上抽水。是啊,要结那么多那么大的瓜呢,哪能不管它喝个饱的。可是,像父母待孩子似的,又千万不能纵容着,若水浇得过头,它又会烂根,结出来的瓜会"沤"掉。总之,这里面有个"见干见湿"的度,微妙极了,如同男人对女子表白爱意,多一点不行,少一分也不行。

伊老师是没有四时农活的,他光拿退休工资就可以过得蛮体面了。现在,也只是他才有空,每天到木丹的大棚来转转。这时节,是三月三的天气吧,得"春捂",加上外头还有些春寒,伊老师总爱围着条藏青色的旧围巾,文绉绉地在大棚里东转西转。看到木丹跟凤子露胳膊露腿儿地忙得热火朝天、汗滴泥土,两方都会失笑起来。

伊老师看木丹累得眼睛都大了,就给他说瞎话解闷儿。

木丹,老话说,人定胜天,我还只当是说说,四时轮回,日升月落,人哪里能胜过天?但现在看到你这大棚,却觉得此话有些道理了。何止是人棚西瓜,我看,所有吃的作物或果蔬,都是可以进大棚了,以后,还要分什么四季,若有本事,就用一张最大的塑胶薄膜,把所有的耕地都罩起来。哼,全天下永远四季如春,那还得了!粮食要吃不掉了,要支援给埃塞俄比亚难民了吧……哈哈……伊老师不知翻的是哪年的老黄历,还惦记着非洲兄弟呢。

木丹知道伊老师是在讲玩笑话,却听得脸色凝重起来,不以为然似的,有些欲言又止。

凤子在一旁替他说了,也算是告状:伊老师,他这人,怪得很,当初兴头头要种大棚的是他,这会儿,快要忙到头了,他倒又不高兴起来,总哼哼唧唧的,不知哪里不对……

伊老师点点头:这个,我懂的,叫近乡情怯,担心瓜的成色。你不要怪他。

木丹却在一边支支吾吾地反驳着:也不是提心……我只是觉得不对,天儿还这么冷呢,人家都在下种,我这里却在摘西瓜,几百斤上万斤地摘。这个动作,这个场面,我一想起来就怕了,不踏实……

嗯？伊老师瞪起眼睛。你这孩子，脑壳进水了，我都还嫌摘得太迟呢。我昨天看省城新闻，那里的瓜现在是三块五一斤，卖得俏得很呢……你得赶早了，去抢这批头筹才是！

不几天，伊老师替木丹领来个人，他这样介绍的：木丹啊，来，认识一下，乔……乔经纪人，专门收西瓜、卖西瓜的……

哦，是瓜贩子，可木丹给经纪人的名头弄得一愣，手都不知道握了。幸而那乔经纪人也是庄稼汉出身，是个实在人，挑了门帘就进大棚里看光景。

这几天，瓜开始从小孩头向大人头长了，有些都长到有猪头那样大了……肥而圆，东倒西歪，慌不择地，着实很有气候了。木丹一言不发，像是有些木讷似的，只跟着乔经纪人后木木地走。凤子着急地瞟瞟他，他这个时候不应该自夸几句吗？

乔经纪人一副老把式的模样，蹲下来，训练有素地拍拍这个，又敲敲那个，表情专业，严肃。连伊老师也给他唬住了，有些紧张地盯着他的嘴。

还不错。到底喂的豆饼，瓜好。但水不够，特别是最后一周，水就是重量，浇上去了，就打秤了。乔经纪人话不多，句句都讲到点子上似的。另外，你们要赶紧夹种点大蒜或葱头……春天来了，地下的虫子都活泛过来，这层薄膜，哪里挡得住……

那么这瓜……到底是女人，凤子按捺不住地接着问了。

一周后，我带买家放个车子来，你家的头道瓜，我全包了。

十四

离清明还有五天,木丹摘下了他的第一只瓜。

他自己去请来伊老师,又让凤子去请了东坝的几个老人。大家一起坐在大棚里,准备吃第一只瓜。

清明时刻的天气,其实也是有些热了,他把大棚掀开一角,放进一点自然风来,摆上几张凳子,把瓜切成长而薄的片片,两手举了请他们几位品尝。

唉呀,好瓜,好瓜。似乎嘴唇刚一碰到瓜汁,像最轻微最漫不经心的一个亲吻似的,他们几个就立刻赞叹起来。那叫好声,跟在戏台下专门替人叫好的托儿一样,充满激情,也充满心机。

木丹就怕这个,怕他们喊得太快,可又能说什么呢,他们是真诚的。

伊老师看出他的意思,埋下头,又仔细地吃了几口:真的,木丹,甜、沙,水分足。嗯,唯一不足的呢,是皮有些厚了……不过没关系,你反正是按重量算钱的,只要口味好就行……

几位老人也诚心诚意地吃着,没牙的嘴努力地嚅动着,一边有些抱歉地:唉,木丹,我们是年岁大了,舌苔又厚,对甜的东西,不大有数……但真的,活了六十多年,我还从来没有这么早吃过瓜呢……

吃掉第一个瓜,木丹和凤子开始大规模地摘了,他们在大棚的一角清出个空地来,一层层地码,很快便堆得像个小山丘了。

忙了一会儿，木丹忽然想起什么似的。

刚才那老人说过……活了六十多年，他还从来没有这么早吃过瓜呢……也是，东坝有谁这么早吃过西瓜呀，这才清明不到，人们还裹着棉袄呢……

木丹心头一阵突袭的愉快，他找出担筐子，让凤子把瓜直接往筐子里装。

做什么？凤子是猜到他心思了，却不敢相信，当真他要送人？现在可是三四块一斤！他们两个像狗一样在这大棚里爬了三个多月，好不容易才收出这第一批……

给大家尝尝呗。看看凤子的脸色，他又加上一句，你不记得了，下雪那夜，要不是他们……

其实他这话只是说给凤子听的，就是没有那一夜，他还是会送的。大家伙一起尝尝吧。东坝的第一锅大棚西瓜。

东坝好像迎来一个西瓜的民间节日。

先是孩子们，高兴得都跳起脚来，几乎奔走相告。孩子跟老人不一样，对西瓜向来是爱吃不够的，一个冬天下来，嘴里正想着有什么好吃的呢……看孩子这样，女人们也高兴了，拿出毛巾替孩子擦嘴角的口水……看孩子和女人高兴了，男人们也笑起来。他们还笑这里面的神奇与荒诞——这种时候，吃西瓜，嘿嘿，进嘴了都会冰牙齿吧。老祖宗们哪里会想得到，他们的子孙会有这种不可思议的口福，有违常情的口福……

伊老师听到动静，或者说，闻到空气里疯狂起来的西瓜味儿，几乎是跑出了门，唉呀，这个实心眼的木丹……他想对邻居们说什么，看了看，想了想，终于还是什么都没说……

木丹每到一处，都要跟人"打架"——他要丢下两三个瓜，可男人们不肯，只要一个，并且，是跟另一户合一个。他们拉来扯去，红着脖子直嚷：心意收下了，收下了，主要是给小孩子尝尝……这样大的瓜，半个都嫌多……你当我们这样没出息的……你们那样辛苦的，出了大本钱，哪能给我们这样白吃……

等木丹走了，小孩子早扑上去，女人打开孩子的手，递给男人一片瓜，后者半信半疑、小心翼翼地咬上一口半口，就又让给女人，女人在鼻子跟前闻闻，啧啧地看几眼，就完全地塞到孩子手里……每家半只瓜一只瓜，竟会吃上很久……

就算是这样吧，木丹也足足挑了八九筐才送齐了全村，有些人家人口多的，他又悄悄地折回去，在门外再补上一两个。木丹想起来，他母亲刚去世那阵了，他早上打开门，也常常地会在门槛外发现人家送来的吃食。这样的情形，现在自己反过来做了，怎么竟还有些难为情似的，毕竟这大棚里出来的瓜，也算不上什么顶好的东西吧。而有些情谊，并不是一来一往可以回报得掉的。

送完了全村，他最后才悄悄地绕到父母的坟上，跪着，用拳头就地捶开一个，红红的瓤像血一样地流出来……

吃吧，尝尝吧。东坝最早的西瓜，一辈子里吃得最早的西瓜。他叹口气，跟父母打个招呼。清明，会很忙，我就不来烧纸了……

等到重新回到大棚，木丹还真是有些累了，他躺在地上不再动了。薄膜铺着的地面,热乎乎的,像谁用温柔的手在轻轻地托住他的身子。

凤子在一边闷着生气,木丹是送出去千把块钱呢。见木丹回来,又不想显得那样小气,便找他说话,并且,她突然想起件事来:咦,木丹,刚才……你自己还没吃瓜吧?我来切一个你尝尝?

木丹不吭声,像是要睡着了。凤子又问他,他才心不在焉地说:吃不吃都一样……我一闻就知道它是什么味儿……再说,我前几天做梦,天天都在吃瓜呢,比谁都吃得早……

可你得当真吃一口才对呀!

不了,真的,一点都不想吃……怎么看着这瓜,我就肚子胀胀的……

真是这样的,说了都没有人肯信,木丹就那样固执着,不肯尝一尝他大棚里出来的头一道瓜。这孩子,就是这样,在小事情上怪怪的,没办法。

十五

乔经纪人带了胖胖的收瓜人来,收瓜人开了辆半新的卡车,上面已经装了一半。看样子是一路收过来的。伊老师也跟着来了,他怕木丹在价钱上吃亏。

这收瓜人显然是健谈的,大概是走南闯北有些见识,讲话很有气势。他对木丹点点头:年轻人,脑子活呀,你们东坝,也是得换换思路了,不能总守着时辰,到点吃饭,到点睡觉,这样不行的……看人家溱西镇，人家安东镇，与时俱进，整个村子都是大棚，不仅是瓜，还有各样的果树，各样的蔬菜，青椒啊西红柿啊莴苣啊萝卜什么的，家家户户发大财……

乔经纪人在一边帮着腔，点头笑。不知为何，木丹却听得有些不耐烦，他径直带了收瓜人到那小山丘前。

乔经纪人突然在后面扯扯他的衣服：咦，就这些一点呀，十亩地呢，你不要留一手，我是跟你说好的，头道瓜我全要……

哦，全在这里了。昨天，给村里人分了一些……

伊老师连忙解释：唉呀，乔经纪人，你不知道，木丹是个实心眼儿的孩子。昨天，他那一下子弄的，总有两三百斤是给大家吃了……您别多心，我亲眼看着的，大家吃个欢喜劲儿，吃个新鲜劲儿呗！您知道，东坝，从前没有长过大棚瓜……

乔经纪人倒不是真的生气，他只是注意地看了木丹一眼，说不上是什么意思。

村里来了几个人一起帮着往车上拾掇瓜。收瓜人则把木丹拉到一边．怎么样？小兄弟，一块九我收了。

木丹没有数，看看伊老师。伊老师其实也是纸上谈兵，却还是壮着胆子回了一句，算是"还价"了：我看电视里，人家城里都要卖三块多呢！

饭店里，卖三块八九的也有呢！收瓜人不恼，手里不紧不慢敲着瓜。可是这一路上，从地里到城里人嘴里，你们知道要经过多少道关口？要交多少税费？还要倒着几手？哪一层不要剥个几毛钱?

伊老师抿起嘴,不敢轻易开口,只得一筹莫展地掉脸看看乔经纪人。

乔经纪人拍拍收瓜人的肩膀,说出他的一套老话:大家让一步,大家让一步,嗳,人家东坝头一个大棚,头一笔生意,把调子起得高一点……你第一家做得好了,以后不全是你的?你看东坝,现在还全都是黑地裸地呢,等全变成大棚了,我保证把业务全带给你。

他又掉过头来对着木丹和伊老师:行情我是有数的。上面的环节太多,我们这些人,其实都是赚个小头……我看,两块钱好了,比刚才收的那家还要高五分,基本是清明瓜最好的价了……另外,木丹,我挺喜欢你这小伙子,我的中介费,你知道的,抽他两分,抽你两分,每斤我能赚四分钱……我要让你一分,只收一分。不过下不为例,你后面的瓜,是一分不能少了。

十六

后面的瓜……后面的瓜……怎么说呢。

清明后面是谷雨,谷雨后面是小满,小满后面是芒种。好像夏天慢慢儿地就快要来了似的。

因为天气开始真正暖和了起来,白天的时候,木丹就把大棚揭起几个角,他的瓜还在一批批地开花结果,仍是那样完美无缺、干干净净、撒娇般的黄……但蜜蜂蝴蝶呀什么的并不往这里飞,它们像是一齐商量好似的,永远只在那无边的天地间纷纷扰扰地飞……因此,木丹的人工授粉还是得做,施肥、顺藤、浇水、打"保果灵",一样也少不得……

而木丹的瓜,却再也不那么金贵了,像得了头生子的人家,对老二、老三,都有些散漫了;价钱,更像是小孩折的纸飞机似的,斜着往下直冲,从一块五,到一块二,到八毛,现在,只是四毛了。不管是什么样的价钱,每次起瓜,他都会给各家的孩子们送一些过去,好在价格慢慢地贱了,大家也不要再费劲拉扯了。

送完瓜回家的路上,他会被那些蜜蜂蝴蝶什么的弄得原地打转,脑壳都要疼起来,沮丧地失去方向。他索性把扁担放下来,半个屁股坐在地上,看着那些蜜蜂……

嗡嗡嗡,嗡嗡嗡……它们跳着复杂的舞蹈四处乱飞,洋槐花、油菜花、蚕豆花、芝麻花,甚至是狗尾巴花,它们都毫不犹豫地扑上去,停下来,伸出尖尖的刺,一边搓着脚……为什么,偏偏就不到他的大棚里去呢?……每每想到这个,他都会觉得心里空荡荡的,总也笑不出来。不过,这算是什么事呢,他都没有办法跟谁抱怨,见过谁跟蜜蜂较劲的吗?……

也许他得跟他自家晒场上的那些瓜蔓儿较劲。他不知道是谁,其实不会是谁,肯定是凤子,又像往年一样,在晒场边胡乱撒了些瓜籽儿。一直没有人去理会,也没人注意。前几天他无意中一张眼,发现那瓜藤竟已是绕得满场走了。不知为何,这让他有些气恼。这个凤子,还怕今年没瓜吃么。

他瞧瞧那些瓜,已经结了几个,大小不一,样子也不好看……可是他看着那瓜,竟有些散神了。

他想起小时候,每到这样的时候,就天天儿地扒着瓜藤,恨不得拿把软尺来量一量西瓜的腰围,看看比上一天大了多少……那瓜,却总是不着急,停住了一样地,慢慢儿地长。木丹总疑心它是营养不够,每次夜里起来小解,他都要站到瓜藤边,举起他的小弟弟,艰难地对准了瓜藤的根部……暮春的夜,略有些寒气,头上总有白白的月光,照得晒场也白白的,像大鱼的肚皮。他一边小便,一边嗅鼻子,就是那么小的一个瓜苗子,他也能闻到它里面香而甜的含蓄味道……就这样,一天天地等呀,用小便浇呀,终于等到瓜上面有了一层淡淡的白霜,四周的叶子开始萎黄了……母亲才会允他摘了,为了更加好吃,母亲会把瓜放到桶里,用长长的井绳吊了放到井里……到了晚上,洗过澡,蚊子出来了,萤火虫出来了,纺织娘出来了,他便与母亲开始,用心地吃他们夏天的第一枚瓜了……这瓜,是接了地气的,是笑过春风的,是受过露水的,是听过惊雷的,吃到嘴里,跟吃到春夏四时的滋味似的……

不知想到哪里去了,木丹惊异地发现,他的眼中忽然噙满了令人羞愧的泪珠……

他伤心地拖着脚步,往大棚慢慢地去了。那大棚里,有太多太多的西瓜,来得那样轻易,那样不合时宜,而这,竟让他感到特别难过了。

十七

等外面的瓜也开始大量结果上市了,大棚瓜的存在就显得有些可笑了。价格更没有任何优势,或许还是劣势,别人能卖一角,他只能卖七八分,好在,也不多了,都是脚瓜了。脚瓜——这说法真难听,但大家都这么说,木丹也就这么听了。

乔经纪人看木丹有些失落的样子,便劝导他:大棚瓜都是这样的,只有前几批值钱,到后面,反倒比不过外面的地生瓜……也正常的,凭良心讲,大棚的口味,是怎么也比不过外面的。不仅是瓜,所有那些果物呀菜蔬呀,都一样,再怎么下工夫下肥料,没办法,就是拼不过野地里一天一日按时节长出来……但怎么办呢,现代人越来越馋了呀,越来越急性子了,越来越贪心了,哪里有耐心等那地里慢慢儿地长,哪里肯跟着四时节刻走呢……活该就得花大价钱吃大棚瓜大棚菜呗……你呢,不要为现在的价钱不服气,前面也赚到了是不是……

木丹摇摇头,这位乔经纪人,跟伊老师一样,总以为他是在为价钱闷闷不乐。其实哪里是呢,但到底是因为什么,他自己也理不出个头绪……

等最后一批脚瓜摘尽,大棚里终于彻底萧条起来,像秋天,像冬天,这一切也比世外来得早。那些瓜藤,弃妇一般,面色委顿,僵硬枯黄,随随便便地满地透迤着。木丹与凤子用耙子把它们拢起来,成捆成捆地拖到河塘边去晒——晒干了,好做柴火。他们今年没有种玉米没有种棉花没有种黄豆，什么都没种，柴火是有些吃紧的。

木丹尽力掩藏起他的某种悲伤……这些瓜藤，曾经那样毛茸茸的，摸在手上，有些刺而痒，曾经开着许多的花，挂了许多的果……可是，难受什么，所有的作物，不都是这样的归宿么，就跟人一样，来于尘，归于土……但为什么呢，木丹竟感到内疚似的，或许因为，现在尚是盛夏，这时节，所有别的瓜蔬作物们，还都绿油油的，风华正茂的！而它们，这些大棚的瓜们，却要这样提前死去了，它们前面最好的日子已经叫木丹给糟蹋了，给利用完了吧……

没了瓜藤的田畦光秃秃的，有些难看似的，从前人工授粉时所挂的红线条现在东一根西一根，上面粘着泥或水，已是很脏了……薄膜已被凤子完全地掀掉收起了，大棚，现在只剩下些毛竹搭成的空架子，搭头处的绳子挂着，有些松动……外面的风与阳光，完完全全地透进来，照着地上的斑驳与狼藉。他们现在可以不用猫着腰了——木丹却仍是习惯性地佝偻着，不安地到处走，用脚四处踢踢，眼睛都没地方放似的。

十八

伊老师拿着个旧算盘来了，满脸笑嘻嘻的，看样子，关于木丹大棚瓜的收益，他已在家中预先打过大略的草稿，这会儿来，只为了详细地验算给木丹再看一遍。

这算盘真是太旧了，不知有多少时日没人用过了，有半边的珠子都掉得差不多了。伊老师因陋就简，只局促地挤在四条完整的珠杆上算，每到进位到万，他就要竖起一根指头，放在算盘边上，嘴里自顾提醒着：进一位，我们借一根指头作万位……再进一位，我们借第二根指头……

这样借着指头算了一阵子，从一开始的地租、雇工钱到薄膜这些一次性的投入开始，又再一次地核实木丹这几个月来所花费的农药与肥料，他算得十分地精确，连浇水的管子、小木桶之类都不放过。

——木丹啊，成本一定要算足，收入么，四舍五入，有个大概就可以。他停一停，对木丹强调。但当伊老师问起卖瓜具体所得，木丹一时竟有些茫然，连个大概也说不清楚，凤子在一边轻声地笑了起来，她站起身，不知哪里翻出个小本子，得意地一页页翻过：哪一日卖了多少斤，单价是多少，中介费是多少，收入又是多少，记得清清楚楚。

伊老师从算盘上抬起头，用他那只不用被借作万位的手指指木丹：一块馒头搭一块糕，你这糊涂虫，幸好娶的是凤子，要别的婆娘，把你钞票卷走了你都不知道……

其实账是很简单的，但伊老师弄得有些复杂了。他先算出成本总数，再除出每亩的成本；算出收入总数，再除出每亩的收入，然后再把两个商相减。

喏，这个，就是你平均每亩瓜田的净收入。他谨慎地抿起嘴，像是机密般地,不愿直接报出那数字,只小心地把算盘转个方向,往木丹面前缓缓地推过去。

陈旧,却依然黑得发亮的算盘珠子,像千百年前的眼睛一样,默默地盯着木丹。木丹竟看得有些吃力了,他小学只读过两年,这算盘上,散落排列着的那些珠子,到底是多少呢?他这样,便是赚了么,他赚得算多么,他赚得算值么……

伊老师收起算盘,他摸摸胡子,运筹帷幄的样子:这个数目,不算太好,也不能算太坏……所以呢,我看,你明年可以扩大再生产,弄个五十亩,现在都讲究规模化的,那样才能赚得多……而且,我都替你打听过了,现在县里有专门的贷款,无息的,支持大棚户……你要弄得好了,真可以把咱们东坝的家家户户都带动起来,就像我跟你说过的那样,用一块最大的薄膜,让咱们这里,所有人家所有的地都成为大棚,永远四季如春,永远播种,永远收获……伊老师讲得都动感情了,都诗情画意了。

木丹却听得有些散神似的,他怔忡地调开眼去,不置可否,好像又回到他从前那种"不开窍"的样子里去了。

明年到底种不种,到底种多少——伊老师这次没有等到立竿见影的答案。

十九

立秋的这天,照风俗说,要啃秋,也就是说,要最后一次好好地多多地吃西瓜,跟夏天郑重地道别。

外面下起了雨，滴滴答答地，像一座永远走不完的钟似的。

凤子在家里转了转，突然笑起来：咦，木丹，我们家没有西瓜了呢。不过，吃不吃也无妨……我们种大棚瓜的，哪里还会稀罕这个……再说你，你今年，好像都不喜欢吃瓜了是吧，从头到尾，都没见你吃过几次……这个晴秋，我们倒真可以免了……

木丹正跷着腿躺在床上，神情寡淡，不知在想些什么，听凤子的口气里有些故作的不屑，看样子，她其实还是想吃的。唉，西瓜，跟夏天的饭似的，真没听说过谁能吃厌了的。

他看看凤子，不紧不慢地摇摇腿：你到晒场看看，说不定，那里会有几个……

凤子一拍手：唉呀，我倒真差点忘掉，春上我撒过一圈种子的……她冒着雨，几乎是跑着出去，不一会儿，果真抱着两个沾满了泥浆的瓜来。这两个瓜，形状长得不算周正，一个可能还熟过了头。

但木丹见了，倒眼睛一亮似的，一骨碌从床上翻下身来，麻利地舀了半盆水来，让凤子托住瓜，他们一起站在檐下，细细地洗净了，然后坐到小板凳上，放在矮几上一刀切开。

确实不算太好，瓜瓤是粉红的，但籽倒是分外地黑，水分也足，矮几上流了一摊。

木丹如获至宝，吃得有些馋相，一边口齿不清地嘟囔：不错，真不错。好像他又回到了小时候，这正是他等了一整年的那头一枚瓜。

长篇存目

赵本夫《走出蓝水河》《无土时代》《天漏邑》
范小青《赤脚医生万泉和》《裤裆巷风流记》
鲁　敏《六人晚餐》

后 记

《百年乡愁：中国乡土小说经典大系》是张丽军教授作为首席专家的 2021 年度国家社科基金重大项目"百年中国乡土文学与农村建设运动关系研究"的资料选编成果。项目团队核心成员田振华、李君君等参与了全过程选编工作，张娟、沈萍、彭嘉凝、陈嘉慧、姚若凡、胡跃、林雪柔、徐晓文、宣庭祯等参与了编校工作，在此对他们的辛勤劳动表示感谢！

在具体编撰过程中，本套"大系"还得到了张炜、韩少功、周燕芬、王春林、何平、孔会侠、苏北、育邦、刘玉栋、刘青、乔叶、朱山坡、项静等作家与学者的大力支持与帮助，在此深深致谢！

需要特别说明的是，因为选入本套"大系"的作品跨越百年之久，在文字、标点等方面，我们在充分尊重作家初版本的基础上，依据现代语言文字规范统一做了修订。

编 者

2023 年 7 月 4 日